外星人救助指南

杨董 著

江苏凤凰文艺出版社
JIANGSU PHOENIX LITERATURE AND
ART PUBLISHING

图书在版编目（CIP）数据

外星人救助指南 / 杨董著 . —— 南京：江苏凤凰文艺出版社，2022.12
ISBN 978-7-5594-7008-9

Ⅰ.①外… Ⅱ.①杨… Ⅲ.①幻想小说 – 中国 – 当代
Ⅳ.① I247.5

中国版本图书馆 CIP 数据核字 (2022) 第 124461 号

外星人救助指南

杨董　著

责任编辑　王昕宁

特约编辑　计双羽

出版发行　江苏凤凰文艺出版社

　　　　　南京市中央路 165 号，邮编：210009

网　　址　http://www.jswenyi.com

印　　刷　上海盛通时代印刷有限公司

开　　本　880 毫米 × 1230 毫米　1/32

印　　张　9.75

字　　数　236 千字

版　　次　2022 年 12 月第 1 版

印　　次　2022 年 12 月第 1 次印刷

书　　号　ISBN 978-7-5594-7008-9

定　　价　59.00 元

感谢水天一色的帮助，没有她就没有这部小说。

目 录

楔 子

基层好民警魏泽，被调到一个秘密隔离外星人的小区做片警。身处外星人和地球人两种截然不同的环境中，他快崩溃了。

外星人外貌不同、语言不同、习惯不同、危险系数不同、遇到的困难也不同……这些不同，地球好民警魏泽必须一个一个解决，否则他将面临不可知的命运和未来。他必须用尽手段、拼尽心力往复于救助自己和救助他们之间！误会的、麻烦的、啼笑皆非的、残忍可怕的各种事件，一件跟着一件纷至沓来——

证人、受害人、嫌疑人，皆为外星人，我们地球人到底该如何破案，才能为他们讨回公道？

chapter 1
霾中埋

01

魏泽坐在出租车上，车上的视频正在播放远方的战乱，饥寒交迫的难民本已被安置，却被各国以种种借口驱赶。

他却无心为此担忧，因为他怀里正抱着两具尸体。

02

"你就是魏泽？资历不错啊！"陆茂警督看着新同事的履历表，赞叹道，"警校毕业典礼发言代表、派出所连续三年工作标兵，还协助破获谋杀案……"

"我从小就想当刑警，这辈子就想当刑警！"魏泽赌气地脱口而出，只是喊的时候眼泪都快流出来了，心中诅咒组织部黄主任的祖宗十八代。

就是协助破获这起谋杀案，他引起了上级的注意。经过组织一番考察，决定交给他一项"绝密任务"。他满心以为会一偿夙愿，加入刑侦部门。

结果却是——

"爱莲小区警务工作站欢迎你的加入。"

一副树懒模样的老警察有气无力地向他致辞，屁股却一直粘在办公桌后面的转椅上没动过。

职位没变，还是户籍警察，工作地点却从本来处于市区的基层派出所，被一脚踢到了这个鸟不拉屎的地方——北京六十环开外的社区警务工作站。

原先派出所好歹还有十多名同事，现如今唯一的同事就是这位已经卡在退休线上、头发花白的陆茂警督。

嗯？警督？就一个工作站，天知道为什么还要配个警督，这警衔也太好混了吧？

"树懒"慢条斯理地说道："把随身用品放下，准备工作吧。"

要不是老警察提醒，魏泽不知还要拎着包傻站多久呢。可是真要放下时，魏泽才发现，工作站本来就狭小的空间里堆满了各种不知名的设备，且无一例外都是"傻大笨粗"，尤其是机箱旁的黑箱子，看上去年龄比魏泽还大上几岁，仿佛整个市局淘汰下来的装备都在这间小屋里再就业。魏泽压抑住翻白眼的冲动，这哪里是办公室？明明是工具间，连下脚的地方都没有，更别提放东西了。魏泽无奈，坐到办公桌前，随手把包塞在脚边。

"一会儿有住户登记，"陆茂把空白的户籍登记表摆到他面前，一一指给他看，手指的移动速度堪比真正的树懒，"按照表格的顺序，输入电脑里。"边说，他的手指还边在某处重重地敲击。

魏泽的眼睛落在纸上，心思却全投入吐槽中。

这有什么好讲的？这就是黄主任嘴里所谓"经验丰富，要向他多学习"的陆茂警督？还什么"传奇人物"，怕只是黄主任说话有口音，他想说的该不是"喘气"吧？

"没问题。"魏泽努力挤出三个字来，毕竟是第一天上班。魏泽一直用指甲掐着脸皮，不让自己发作，一脸怨念外加一脸青紫的新任警察就这样开始了自己的新工作。

陆茂至少有一点说对了：今天真是很忙。人来人往，络绎不绝。魏泽一直埋首于电脑，手指尖敲得快肿了，眼皮都没机会眨，一天没得闲。

这样也好，重复简单的操作，让魏泽无暇多想，便压抑住了心中的苦楚。

只剩下最后一位。

姓名，吴鸣士……

这名字……魏泽差点笑出声。今天遇到奇怪名字的比例未免也太高了：什么梅钱华、步治道；"子腾"这名字听着倒是顺耳，可是偏偏姓"杜"……

之前时间紧张没机会见识，这次遇到"无名氏"，魏泽说什么也要抬头看看，他们的父母到底心多大，才能给孩子起这样的名字。

可惜有点迟，正好那人转身离开，魏泽只来得及看见他的背影。

"怎么了？"

魏泽犹豫片刻。他总不能说，刚才那家伙长得像章鱼吧？

"没事，没事。"新任户籍警察晃了晃脑袋，大概是今天干活太累了，脑袋有点发蒙。他继续把资料输入电脑里，突然注意到，表格上的指纹录入——竟然只留了八个空位！

他回过头又翻阅了前几张登记表，发现全都一样，只有八个。再翻之前，也是如此。

这都是什么玩意儿，连户籍登记用的表格都不对！

偏远的位置、落后的设备、行将退休的搭档、错版的登记表……如果说进门之后，魏泽还残留那么一丁点对未来的希望，现在也消散得干干净净了。

03

之前参与破获的一起谋杀案，魏泽付出了大量心血，最终正是依靠他找到的关键证据抓获了凶手。很快他就接到上级通知，不久会有调动的机会。

"调到刑侦大队吗？"魏泽急切地问领导，这可是他翘首以盼的岗位。

"可能是吧，那起案子你贡献良多，应该会让你如愿的。"见魏泽的脸都笑开了花，领导又不确定地补充道，"不过文件机密等级很高，我也没看到详情。"

就连领导都不知情，说不定是秘密调查，或者潜伏卧底之类的，那就更棒了。魏泽越想越多，连立功授奖大会的致辞都想好了。每天上班动不动就偷笑，外加兴奋得睡不着觉，熬出了黑眼圈。同事们私下议论，怀疑魏泽发了"失心疯"。

然而通知迟迟不至，魏泽的心情随着时间的推迟越发低落，担心自己做错了什么以至于让上级改了想法。同事们窃窃私语，疑心他是不是"抑郁症"发作。

终于等到特设的电话铃声响起，通知魏泽前往组织部谈话时，积累了很久的胸中热火突然迸发，魏泽高兴得手舞足蹈，因为如愿以偿而眼泪直流。同事们惊慌失措，认为他病情严重，差点拨了120。

"魏泽同志，你的工作能力很突出。"黄主任微笑着道。

魏泽回以紧张的笑容："是上级领导有方，而且这也不是我一个人的功劳，是同人辛苦的结晶。"

黄主任摆摆手："官话套话就不要说了。有一项新任务，想听听你的想法。"

"一切服从组织安排！"魏泽立刻回应道。

"也要听听个人的心声嘛。"黄主任脸上始终挂着微笑，让一直处于兴奋和紧张交织状态的魏泽感到安心了一点，"新岗位很艰苦，休息时间少，任务繁多。而且面临的是全新的挑战，你现有的经验可能全都用不上，需要有随机应变的能力。你能做到吗？"

"能！"魏泽大声回答。警察的休息时间本来就不固定，还经常会占用休息时间出任务，这都是家常便饭，早就见怪不怪了。新岗位肯定是新挑战，他在派出所的经验当然不适用于刑警——不过他还是有一点经验的嘛。

"面对的目标群体有与你之前遇到的完全不同的习性，你必须学习和适应他们的生活习惯，更要学习他们的语言。你能做到吗？"

魏泽有点迷糊，难道辖区是在使馆区，还是外事任务？不过这都不成问题，自己的外语水平还可以，至于学习新事物更是自己擅长的。他回应道："能！"

"要做好长期工作的打算，你必须独立坚持。你能做到吗？"

干到退休都没问题。"能！"

黄主任还是笑容满面："这是一项艰巨的任务，你要做好吃苦耐劳的心理准备。"

"是！请组织放心，魏泽保证完成任务！"他"嗖"地站起身敬礼，心中充满了对新岗位的期待和热忱，幻想干出一番功绩……

"如果你三个月都没能掌握爱莲小区的情况，就说明你不适应那里的工作，组织上会考虑更换人选。"黄主任最后补充道。

"用不了三个月，我就能全面掌握！"魏泽挺直了胸脯，使命感直冲脑顶，以至于他忽略掉了本次谈话中最重要的四个字。

04

这四个字就摆在魏泽的眼前。

"爱莲小区"四个大字如今成了他每天必看的风景：这就是他的辖区，经过风吹日晒已然不清晰的小区招牌，不想看都难。

才来一天，魏泽就不禁悲从中来：这儿和"笑面虎"黄主任说的到底哪里一样了！

海口已经夸下，真的过了三个月被替换，难看的恐怕不只是脸面了，档案上也会留下不光彩的一笔。为了将来得到更好的工作机会，魏泽硬着头皮也要往下干。

和之前的居民住宅区、工业区等区域相比，如今辖区只有区区几幢楼，自己到底能干点什么呢？

"巡逻。"那位落后于时代、成天抱着笔和本的"树懒"言简意赅地指点迷津。

可不是嘛，户籍警察有一项职责就是定期巡逻，维护辖区治安。这项工作魏泽可不陌生，在上一处工作单位，自己就是因为勤快才得以抓住谋杀案的重要线索的。

巡逻不是为了发现罪犯，很多时候犯罪分子会有意识避开这些时间行动，巡逻最重要的意义是深入群众。警察的人员和精力有限，无法照顾到方方面面；而本地居民会注意到很多异常信息，只是有时他们没有意识到这些异常信息背后隐藏着犯罪信息。当居民把信息汇总到警察那里时，往往就成了警察破解谜案的重要一环。

"朝阳群众"——不，这里距离朝阳区非常远，已是市郊的墨合区，所以他们应该叫作"墨合群众"才对——才是真正的信息宝库。

说干就干。比起在办公室里呆坐着浪费时间，宁可深入人民群众中间了解情况。魏泽揣上装备起身，风风火火地推开大门。临出门，他瞥了一眼身后，陆茂警督依然雷打不动地把屁股粘在椅子上。自打魏泽来，陆茂就一股脑儿把自己的工作踢给了新人，本来就缺乏运动的"树懒"越发不动弹。

魏泽快步走进小区，想找居民聊聊天，了解情况。抱着这样的目的，他围着爱莲小区转了一圈，又转了一圈，然后是第三圈、第四圈……从太阳初升的早晨，到艳阳高照的中午，再到落日余晖的晚高峰，直到月光皎洁的晚间。他几乎走遍了爱莲小区的每一处，除发现这里有十余幢间隔各异的居民楼、紧密的围墙与大片的空地、几条岔道和死胡同，以及被剪得光秃秃的小树和遗忘在角落里的繁茂大树外，一无所获。

换句话说，一个活人都没碰见。

这里难道是传说中的骨灰存放处？曾经有谣传说墓地费用太高，有人买下便宜的住宅存放骨灰。不可能，他摇摇头，明明之前刚登记过不少名字奇诡的居民。

难不成这里住的都是"宅神"？譬如说，程序员聚集地？

回到杂乱的办公室，魏泽顾不得走得磕磕绊绊，直接打开电脑进入本地系统，震惊地发现这里的报警数字居然是零。

没有人报过警？就算是新小区，也不可能是这个数字。魏泽曾经的辖区里，就发生过邻里间因为装修起冲突而报警的情况。更何况爱莲小区算不上新，按照记录，最早的居民都入住一年了。这种情况简直闻所未闻。

这难道就是黄主任所说的"全新挑战"？是居民对警察不信任，还是他们能自行处理任何情况？

"陆老师，这种情况是怎么回事？"第二天一早，魏泽就迫不及待地向唯一的同事请教，毕竟陆警督在这里干过一段时间，了解必要的情况。

陆茂放下笔记本，慢悠悠抬起头："你觉得呢？"

发问代替回答，魏泽心中有所不悦。

"我觉得……"这里就是职业生涯的坟场，自己的刑侦梦已经到头了。

不过当着上司的面，他不可能说出这样的话来，决定先随便说一种，等着对方反驳。

"这里是个安静祥和的小区，只是地处偏远，所以大家上班所需时间较长，因此，回到小区的时间可能非常晚，以至于难以遇到……"

原以为是面瘫的陆茂竟然露出了极度失望的神情。

魏泽吃了一惊，口中的话语卡在喉咙里，说也不是，不说也不是，最后化作了一阵剧烈的咳嗽。

而唯一的听众也没有催促。

05

说到爱莲小区之偏僻，魏泽没想到，连手机地图软件都没有收录它。

当魏泽收到黄主任发来的路线图时，还暗笑黄主任是个不熟悉手机的远古人类。路线图上居然还标着哪里乘车、何处换乘、坐多少站、下车怎么走之类，现代人哪需要那么麻烦，一键不就搞定了嘛。等他出了地铁站，才深感黄主任有先见之明。

不管换了多少个地图软件，都搜不到"爱莲小区"的位置。难道是这个地方太新，还没被记录上？这下可麻烦了，因为魏泽根本没把找路当回事，路线图都没有存着。

屋漏偏逢连阴雨，这个时候外面还起了雾霾。魏泽掏出随身携带的口罩戴上。

自从十年前首都出现"雾霾"这种自然现象，它的频率和浓度与日俱增，已经成了生活的一部分。有时浓度之高，能见度不过数米，周遭的建筑物全都消失，被大家戏称"发射"到了外太空。

而魏泽深陷其中的雾霾只大不小。一片纯白之中，魏泽的黑色警服成了唯一的异色。

没过多久，着急上任的警察就完全迷失了方向。还好不远处有灯光，凑近一看，原来有间店铺开着门。魏泽就像是见到了救星一般，连忙冲进去。

"请问爱莲小区怎么走？"

大家争先恐后地回答，可是魏泽一个字都听不懂，后悔上学时没多选修"猫语言文学"或者"狗语翻译"专业。

只见笼子里的猫压低声调恐吓，狗连续不断地吼叫威胁，就连仓鼠也放下花生，对着魏泽露出锐利的牙齿。

魏泽哪见过这阵势，吓得连连后退，被门槛绊倒，一屁股倒在地上。

"怎么了这是？"从后面匆匆跑来一位大叔，大概是听见了百兽齐鸣，赶紧出来安抚。

魏泽见有人出来，迅速爬起身："您好，请问……"

店主循声转头，竟然无师自通地重复了魏泽几分钟前的动作。他惊恐地后退，直到被内室的门槛绊倒。"我、我……"他脸上的表情仿佛看见了前来索命的黑无常。

这是进了宠物店之后，魏泽遭受的第二次打击。不光是小动物不喜欢他，连他的同类亦如此："您别紧张，我不是坏人……"

店主颤巍巍的声音打断了他的话："我知道……你是警察，你抓坏人……"

一听这话，魏泽就气不打一处来。我倒是也想抓坏人啊，可是现在被打发到了市郊的墨合区，连个活人都看不见。

"我就打听个地方！"因为赌气，魏泽的声调也不自觉地提高了。

魏泽尖厉的声音让满屋的动物沉默，也让店主大叔冷静了下来，后者挠挠头，缓缓站了起来。

"你想问哪里？"店主怯生生地打量着魏泽，留意到魏泽的视线，店主悲伤地补充道，"唉，其他的宠物店都倒了，这附近只剩下我这一家了。你打听打听就知道，我在这里很久了。如果买宠物的话找我，童叟无欺。"

这间店铺似乎真的有些年头了，墙已经起皮，就像好久没洗头泛起的头皮屑。有限的几件家具仿佛退休之后又返聘的老专家，顶上花白，底盘不稳。一屋子的宠物也一副不耐烦的样子，似乎对自己的境遇满腹怨气。只有打包好的猫粮、狗粮，似乎是要拉走送货，显示着这里还在营业中。

这一切都证明店主所言不虚。魏泽放下心来，庆幸总算找到认识路的人。

"爱莲小区？"店主一脸迷糊，"这是什么地方？没听说过啊。"

魏泽觉得自己要去的是天涯海角。

"该不会是那个地方吧？"店主想了想，犹豫地说。

特征还没说完，魏泽就大呼："没错，就是那儿！"

店主一拍大腿，露出恍然大悟的神情："那个地方原来叫'爱莲小区'啊！我卖过猫给他们。那里真是人傻钱多……"接下来魏泽以为大叔会说怎么过去，谁知话题方向竟然偏离了一百八十度，"据说那个地方本来是回迁房，你看这偏得，这么一大片地方，却只有孤零零的几幢楼。好好的市区房子拆了，就分配这么个破地方。那些拆迁户肯定不愿意啊，最后去了别处的房子。那个地方就空了下来，谁知道没过多久，呼啦啦搬来那么一大群人，好像还把那里改成了高档社区，连路都修得很宽，和周边隔离似的。总能看见一卡车一卡车往里面运东西，拉的该不是专供品吧？就是没怎么看见过有人出来。要不怎么是高档社区呢，连买东西都是专人来，自己不出来。看看这天气，我住了这么多年，都没见过这么多雾霾天。自打他们搬来，三天两头起霾，也是见鬼了。"估计大叔已经好久没和同类聊过天了，这话匣子一开，可就不容易关上了。

废话说了半天，地址还是没着落。心急如焚的魏泽恨不得抄起马桶撅子堵上他的嘴："大叔，爱莲小区到底怎么走啊？"

"啊？怎么走？"谈兴正浓的店主这才想起还有这么一档子事，眼看就要失去唯一听众，他郁郁寡欢地告诉了魏泽路线。

魏泽三步并作两步，向着目的地奔跑。没跑出多远，背后传来大叔期盼的声音："有空多过来聊聊啊……"

06

回忆起店主的话，新来的户籍警魏泽突然觉得，无人报警这事说不定还有其他解释：此处居民一定有问题。

不然，现在本来警力就紧张，又怎么会为一个小型住宅区配个警务工作站？一般一个工作站要辐射好几个居民区。

工作站的领导更不会是警督。

这么一想，干劲又回来了，他急切地想找出爱莲小区的秘密。

留给他的时间本就不多——悬在魏泽脑袋上方的达摩克利斯之剑，是三个月的试用期。

他一定要挖出点东西来，哪怕这里真的藏龙卧虎。

就算挖地三尺也在所不惜。

要不说"一语成谶"呢。魏泽的决心刚下了还不到半个小时，就迎头遇到怪事。

魏泽按照惯例出门巡逻，可惜今天的雾霾堪比哆啦A梦——伸手不见五指。他风风火火地沿着石板路走过半程，如常日毫无所得。

周遭的楼宇不禁让他怀疑起宠物店老板的"高档社区"论。这十四幢楼外形一模一样，仿佛开发商为了省钱，刚拿到第一幢的设计图就急不可耐地把设计师解雇，然后老板亲自上阵复制粘贴立刻下发，包工队面对图纸也毫不生疑，于是爱莲小区拔地而起。等到交付使用，第一批住户大概都傻了眼。老板毕竟不专业，复制粘贴之时手抖得厉害，导致楼宇之间的距离千差万别：近的楼若是家里做饭缺盐，可以直接从隔壁楼的厨房舀一勺；远的楼之间想串门，非要先倒时差不可。

至于小区环境，又是奇怪的对立面：一方面是日渐枯萎的草坪，要是有外星人从天空向下看，肯定觉得这是只罹患了脱毛症的绿毛龟；另一方面则是干净至极，一页废纸、一个塑料袋都不曾存在。魏泽搞不懂小区物业到底是勤快还是懒惰，毕竟他连物业的工作人员也还不曾遇到一位。

当魏泽走过第六幢楼，也就是F幢——这里的楼宇是以英文字母的顺序排列的，突然察觉路边有人正在光秃秃的草坪上劳作。这可是难得一见之事。户籍警都上任快半个月了，这还是头一回见到在小区里活动的居民呢。

"您好！请问您是爱莲小区的居民吗？"魏泽快走几步上前，拿出全部的热情招呼道。

稍微看清楚了一点，居民似乎正在往回填土，听到声音立刻停住，脑袋转向了魏泽的方向。但是在雾霾之中，所有的动作都显得模糊，魏泽隐约看到对方的两对上肢正在手忙脚乱地忙乎。

四只胳膊？难道是两个人？靠近到能够看清楚时，他也只看到一具躯体。

对方没有回应，反而加快了填土的速度，让魏泽的警察之魂开始燃烧。

"我是警察，"魏泽一边掏证件，一边加速，声音也严厉起来，"你在干什么？"

还没等魏泽有机会展示自己的警官证，对方已然收拾完家伙什儿，全速向混沌中退去。

"别跑！"发现事情不对，魏泽也快步追上去。

可惜这片白色区域太大，没追几步，那位加剧了草坪枯萎的居民就消失得无影无踪。

07

当天魏泽把时间都花在寻找挖坑人上，但没有什么结果。毕竟他一没看见外貌，二不清楚对方进了哪个门楼，可谓线索全无。

更令他百思不得其解的是，为什么挖坑人一发现他就仓皇逃窜？就为了盗拔小区草皮这样的小事逃跑？爱莲小区的草皮也实在没有什么可拔的啊！

除非那家伙埋的东西——正躺在床上准备入眠的魏泽一下子坐起身——是见不得光的？

有可能。没有任何报警记录的爱莲小区，非常适合罪犯隐藏。至于赃物，留在身边危险，不如埋在空无一人的地方。

越想越激动，根本睡不着，魏泽索性穿好衣服，趴在窗边等天亮。天刚蒙蒙亮，他就扛起铁锹，意气风发地来到工作站。这就是自己梦寐以求的机会：干出一番事业，不光是为了三个月的试用期，更是为了发挥自己应有的作用，保护人民群众的安全。

兴奋之情溢于言表的魏泽刚要出门，就与陆茂迎头撞见。

魏泽来不及想借口，可是"树懒"也没把他的装束当回事，依然用不紧不慢的语调说道："今天的工作会比较忙。"

魏泽的嘴角弯成了八点二十分，不痛快地应了一声。

"需要做户籍登记。"陆茂补充道。

又是这种无聊的活计。很奇怪，魏泽突然想到，以前他在派出所工作时，进行户籍登记的居民一天也就来一两个，怎么到了这个地方，来的人都是一拨一拨的啊？上次忙了一整天，今天估计也差不多。

失望的魏泽坐回到电脑前开始准备，可是心里毕竟还惦记着地下埋着的东西，他心不在焉的状态很快就被陆茂发现。

"魏泽，集中精神。"

陆茂的眼神很敏锐。与他对视的瞬间，魏泽心头一惊，也许对方并非表面看上去的泛泛之辈。

要不要询问一下老警官的意见？不行，现在什么都没有，万一挖出垃圾怎么办？还是算了。况且真的听了他的意见，不管有没有用，功劳都要分一半。

经过短暂的思考，魏泽做出了决定。

"你在想什么？"陆茂追问。

看来非要给答复不可了。魏泽低下头，正好看到手里捏着的户籍登记表，眉头一皱，计上心来："陆老师，您发现这个了吗？"他指向指纹卡的空位，"只有八个。这些也都是错版。"魏泽又指向了旁边厚厚的一摞。

陆茂的眼睛里露出了喜色。魏泽怀疑，这位"树懒"其实还是会笑的，只是长期不笑，现在已经退化了。

"这倒是。其他的还有什么问题吗？"

"呃……"陆茂的态度让魏泽有些犹豫。以前他就发现这个了吗？为什么陆茂的第一个念头不是要求上级更换？魏泽心想：也许对这位临近退休的老头来说，多一事不如少一事，既然如此，更没有必要告诉他"霾中埋"的事了。

"没有了。"魏泽肯定地回答。

"哦。那开始干活吧。"看来那所谓的微笑应该只是错觉，陆老师的脸上依然是没有表情的麻木神色。

魏泽转首去对付电脑。

"对了，魏泽。"

"怎么了，陆老师？"

说话间，魏泽用余光扫到，第一位未来的住户已经进了门。

"不要总是埋头干，"陆茂教诲道，"多抬头看看，见到人时要多观察。"

"没问题。"魏泽满口答应，心里却想着早点完事，赶紧去F幢前的草坪上挖坑。

08

处理完户籍事宜，太阳已经落山。目送陆茂离开之后，魏泽立刻扛起铁锹，奔赴目的地。天色暗了下来，能见度下降不少，但是比之前的情况要好上一些。也许是着急的缘故，这次他感觉走的距离近了一些。不过这又不需要什么复杂操作，只要会数到六，就不用担心找错位置。魏泽满怀信心铲下第一锹。

三个小时后，气喘吁吁的新任民警丢下铲子，瘫坐在地上。他周围是一个个深浅不一的土坑。如果说挖土期间他有什么收获的话，那么只有体脂比略微下降。

难道是自己看错了？魏泽数了数居民楼，没错啊，当时他就是走过第六幢楼，也就是 F 幢，看见这幢楼前面——现在自己所在的位置——有人正在鬼鬼祟祟地做什么事。

既然没有错，那么——魏泽转头看了看四处的坑——"赃物"到哪儿去了？

推论：因为犯人被发现，所以趁着没人时挖走了。

猜测：可能性存在，因为今天自己忙了一天，所以警察和犯罪嫌疑人之间有一天的时间差。

反驳：地上没有挖过的痕迹。挖之前自己确认过的。

等一下，魏泽一直只惦记着挖坑，此刻才突然想起另外一个问题。

扩展：之前犯罪嫌疑人挖坑的痕迹哪儿去了？

反转：难道还真是自己找错了地方？

魏泽努力回忆，但是他找不出问题所在。

再确定：自己的记忆无误，一定就是在这儿！

经过几轮的思考，魏泽更加确定自己没有找错位置。可是如此一来，问题又回到了出发点。

东西在哪儿？

09

"陆老师，您请坐。"黄主任说着，双手为身边坐着的陆茂递上茶杯，"您请喝茶。"

"谢谢黄主任。"陆茂接过茶杯，放在茶几上。

此刻组织部的主任办公室里只有他们两个人，这间办公室占地很小，有限空间还被设备或档案占据，留给人的地方不多。

"快别这么称呼，"黄主任摆摆手，"您还是像咱们搭档时，叫我小黄就好。"办公室的主人这才坐下，恭敬地面对警衔更低的客人。

寥寥几句寒暄结束后，两个人立刻进入正题。"您觉得魏泽如何？"黄主任一反常态，脸上没有一丝笑意，与魏泽记忆里的笑面虎截然不同。

"他有能力，但是太毛躁。"陆茂毫不留情地回答，"注意到了很多事情，但是没有把它们联系起来。"

黄主任严肃地点点头："您觉得他能通过试用期吗？"

"现在看还说不好。"

"您的看法和我的差不多。如果他依然不合格，您一个人可就辛苦了。"黄主任犹豫了片刻，眼神停留在陆茂的腰部上，"您知道，培训班至少还要等上一年，其间……"黄主任欲言又止。

"我的伤不重，你看，这不是好好的？"说着，陆茂扭了扭腰，"再说，魏泽的试用期还有两个月，中间会发生些什么，很难讲。"陆茂的眉毛拧了拧，"我得说，他的关注点和我不一样。实事求是地说，有点超出我的经验。"

"当初您不就是因为他看问题角度独特，才推荐他的嘛。"黄主任终于忍不住笑了，"只是再怎么独特，'自己的辖区里都是外星人'这事也超出了一般人的认知。不过话说回来，陆老师，魏泽的保密等级不够，您还不能直接告诉他。"

"他已经发现了一点眉目。"陆茂点点头，回答道，"希望他能通过。他有干劲，而且年轻，能力也不错。假以时日，他一定能取代我。"

"到那时您也可以安心退休了。"黄主任叹了口气，"要不是您三番五次非要我开后门，让我把您留在一线业务部门，您早就该回家休养了。"

"可别，我闲不住。到那时我就又该找你了。"

"这是最后一次了。"黄主任板起脸，"到那时您必须得老老实实退休。"

10

难道是外星人干的？

不可能，就算是外星人，也做不到挖坑没痕迹吧？

耗光了体力和脑细胞的魏泽瘫倒在椅子里，以至于上班了还紧闭双眼。

地点不会错的。爱莲小区巴掌大的地方，能见度再差，只要认准第六幢楼，也不怕找不对地方。至于草坪的区域就更小了，连老鼠一家都容不下，不可能有遗漏的地方。深度更不用说了，再加把劲儿都到国外了。

一定是哪里搞错了。

魏泽突然坐了起来。

难道是那些神龙见首不见尾的物业？

这么一想似乎有点说得通了。这里的物业处理问题完全随机：比如那片既没有草也没有垃圾的草坪；一遇下雨必定积水，却连一丝碎渣都没有的塑胶小路……

以及没有找到挖埋痕迹的土坑。

"陆老师，"魏泽顾不得前一晚劳作带来的酸痛，直挺挺竖了起来，"小区物业在哪儿？"

顺着陆茂指引的方向，魏泽毫不费力地找到了物业所在。但仍让魏泽不禁想起隐居在深山老林里的武林高手——实在是太偏僻了，就连自以为遍历整个爱莲小区的魏泽此前都忽略了这个不起眼的小地方。

进去之后却豁然开朗。魏泽愣住了，他绝对无法通过其外表推断出室内的容载量。里面太大了，与其说是办公室，毋宁说是仓库，里面堆满了各式物资，有的装在麻袋里，有的被密封在真空袋里，还有数不清的气体钢瓶。

这些是什么东西？被勾起了好奇心的户籍警几乎忘记了自己的使命。

魏泽凑上前去仔细看，发现这些物资的外包装上写有标志，只是认不出这些莫名的外文，所以他最终也没搞懂手里拿起的到底是什么东西。端详半晌，唯一稍感欣慰的是，总算找到了认得出的字符：大写英文字母 C 和阿拉伯数字 1502。不过写字的人一定小学没毕业，就这么几个字，写得弯弯扭扭，如同鬼画符。再看近处的其他口袋上，也有这么几个字母和数字。

魏泽抬起头望向后排竖立的钢瓶，那上面的字倒是清楚，有个大写的英文 N，还有阿拉伯数字 2，再后面的数字就看不到了。

魏泽掰着手指头，轻声念出英文字母表，A 是 1，B 是 2……第十四个是 N——爱莲小区正好有十四幢楼。

这些瓶瓶罐罐似乎可以证明宠物店老板口中的"特供品"并非虚言，字母和数字恐怕正是收货人的地址：C1502 表示 C 幢 15 楼 2 号。

这到底是个什么样的地方？魏泽的脑中更加疑惑。

突然，身后传来异样的声响。

"谁在那儿？"魏泽高声问道，觅声看去。

回答他的是嗖嗖声，一道黑影飞快地蹿出。

魏泽不甘示弱，飞身而出。可惜力量之火在前一天晚上已经燃烧殆尽，才跨出一步，一阵酸痛传遍全身。等他到达门口，早已没有了黑影的踪迹。

"物业没有人。"拖着疲惫的身躯，魏泽回到警务工作站，又一次倒进椅子里。无论如何他也不会承认自己还没犯人跑得快。

那个人是谁？为什么一见他就跑？如果说之前挖坑的人是在犯罪，那么这个人又为什么如此慌张？

他的脑海里积攒了大量问题想问陆茂。可是当他看到唯一的同事那副树懒模样，像抱着树干一样抱着一个黑皮本，嘴里轻轻地咕噜咕噜，怎么看都不像是值得信赖的样子。

算了，本来就没什么证据，还是先不要告诉他了。

11

先找到坑里的东西再说。

养精蓄锐一天，魏泽再次扛起了铁锹。

和发现情况那天一样，今天空气中也充满了白色微粒，能见度和之前相比只低不高。顶着雾霾，魏泽走出了几百米，眼睛死死地盯着身边的一幢幢高楼。

1，2，3，4，5，下一幢就是了，这次不会错。

来到 F 幢前面的草坪，魏泽再次开始劳作。

突然，铲子碰到了什么东西。魏泽连忙丢下铲子，改用手刨。没刨几下，就发现了埋得深浅不一的尸体。

魏泽惊得一屁股坐在了地上，险些掉进自己挖的另一个坑里。

这也太……

白忙乎了吧？

他爬起来拍掉屁股上的泥，看着坑中两具猫的尸体，心中抱怨道。

这样的心理落差实在太大。不过魏泽还是找了个纸盒子，把猫的尸体弄回了工作站。

好在陆茂只是随便看了他一眼，并没有对他的个人世界表示出足够的好奇心，直到下班陆茂也没就外来的盒子提过任何问题。

麻烦的是魏泽要怎么办。他总不能再找个地方把它们埋掉吧？

魏泽暗暗憎恶起那个在雾霾天挖坑的浑蛋，如果他当时没有逃跑，而是留下说明情况，怎么会浪费自己如此多的时间和感情。他直接告诉魏泽，就是死了猫，挖坑埋了，不就什么事都没有了。魏泽翻遍法律条文，也找不到任何条款能够惩治他。他当时干吗非跑不可啊！

魏泽一个鲤鱼打挺从椅子上坐了起来。

对啊，他干吗非跑不可？

魏泽回头看了看宿舍角落里放着的猫的尸体，心想：除非他知道，被发现了就一定会被拖进什么案件之中。

两具尸体在黑暗中仿佛发出无比耀眼的光芒。

12

魏泽请了假，带着包裹严实的尸体前往宠物医院。顺便一提，由于尸体过地铁安检肯定会有很多麻烦，哪怕只是猫的，所以他打了辆出租车。

不得不说近年来北京公共交通非常发达，不光四通八达，而且速度飞快，就算是从市中心到北六十环外也不过区区个把钟头。

只是乘出租车的速度比不上地铁，价钱更是贵得惊人。看着计价器跳字，魏泽的心就在滴血。

出租车上的视频正在播放远方的战乱，饥寒交迫的难民本已被安置，却被各国以种种借口驱赶。本该同情难民的魏泽此时却在想，如果车费照这个速度涨下去，过不了多久自己就要和他们做伴了。

魏泽要去的那家宠物医院位于他以前的辖区，以前辖区内发生宠物大战，都是魏泽抱着"受害者们"到这里进行伤情鉴定，所以他和院长也算熟络。

"魏警官，听说你去别的单位了，升官了？"王院长笑着接过盒子。

一提这事就来气，哪里是升官，分明是贬职！他避开王院长的视线，含糊地应了一声。

"不是当刑警了吗，怎么还管宠物大战？我们可验不了……"王院长掀开盒盖，猛然惊得松了手，盒子摔在了地上。

"尸体"两个字还没说出口，两具猫尸就散落一地。

"这是……这是……"他震惊得手足无措，低头看了看尸体，又抬头看了看魏泽。毕竟对方之前来的时候，带的可都是活物。

坏了。看到这一幕，魏泽不禁自责。都是因为自己执着于职位的变化，忘记提醒王院长盒里装的东西。

"麻烦您为它们做下尸检，我觉得它们的死很有问题。"魏泽赶紧蹲下身，收拾起掉落的尸体——确切地说是尸块。此时他的心中冒出了几条推论，只是缺乏证据支持。

王院长没有立刻吐出来，已经算得上极度克制："我……我可做不了这个。"

"麻烦您帮忙想想办法。"魏泽恳求道，他弯下腰鞠躬，双手还死死拉住院长的手。

院长急忙抽出手，不是不想帮魏泽的忙，而是他需要用到手。室内的味道越来越浓烈。王院长掩住了口鼻，声音顿时变得模糊了许多："它们是怎么来的？"他用圆珠笔翻弄捡拾起来的尸体，问道。

"现在还不清楚。"魏泽稍微松了口气，看来对方有意接下，"今天可以弄完吗？"

"不可能。"院长肯定地回答。

"不管多晚都没关系，如果您需要帮手，算我一个。"魏泽强烈要求道，"可能有人会有危险，真的。"

王院长困惑地看着魏泽，很快他就被警察眼睛里的真诚打动了："好吧，我尽力。"

"太感谢您了！"

虽然魏泽能做的，不过是在一旁递上手术工具。他看着猫的尸体被剖开，分成一块又一块，某些部位又被剪成小片儿……

等外面的天完全黑下来，院长总算完成了手上的工作。

"我要先说明，"他反复在手上涂抹洗手液，"这是我第一次进行尸检。"

魏泽点点头："我明白。"

"而且这些可怜的猫也死了有段时间了，所以有些数据不一定准确。"大概洗了十次手，院长才擦干，"我们还是出去聊吧。这里味道太差了。"

魏泽顺从地跟着走出去。

出了医院门，王院长重重地吸了一口气。屋外弥漫着汽车尾气、做饭的油烟、似有若无的汗臭……但都比刚才那股腐烂的味道要清新得多。

"我不知道应该从哪儿说起。还是你来问吧。"

"好的。"魏泽神情严肃，"死亡原因是什么？"

"三花死于疾病，'警长'死于毒药。"院长想了想，连忙补充道，"我说的'警长'不是那个意思……"

"我知道，是黑白花的猫。"魏泽继续问道，"什么样的毒药？"

"毒鼠强之类的，具体是哪种我不知道，但肯定是毒药。它的肠胃已经完全被破坏掉，看起来毒发后几个小时内就死掉了。"说着，院长的声音有些哽咽，"它还是只小猫，也就一两岁大。杀它的人非常非常可恨，你一定要抓住他！"

"我会抓住他的。"魏泽停顿了片刻才回答。他自己对这个答案并没有什么信心，到目前为止，线索还是太少了。可是他一定要抓住这个凶手，因为对凶手来说，这两只小猫的死不是结束，而是开始。

"它死了多久了？"

"几天。从腐烂程度上看，有五六天吧。"王院长停顿了片刻补充道，"只是推断。"

魏泽倒推了时间，差不多就是看到埋尸那天。"谢谢院长，您提供的帮助非常重要。"他已经得到了想要的信息，但并没有转身离开，他不想让王院长觉得辛勤的工作被白白浪费，于是继续问道，"那只三花呢，它的情况如何？"

"它大概死了有一个月吧，我猜。"院长没有把握，"也许更久一点。"

"您刚才说它是病死的？"

"啊，对，是的。我觉得像急性肾衰竭。"

"这是什么病？"

"这个我还懂一点。"王院长挤出一丝笑容，似乎稍微排解了一点抑郁情绪，"猫不喜欢喝水，而且吃的多是干粮，有的家猫会得慢性肾衰竭。我这里治疗过不少这样的病患。"

"等一下，我记得您刚才说这只得的是'急性'的。"魏泽抓住了字眼上的差异追问道，"两者有什么区别吗？"

"慢性的，顾名思义，就是在较长的时间里，慢慢得病的；急性就是在较短时间内患病的。不过嘛，"院长有些犹豫，他思索片刻，补充说，"魏警官，我从没见过哪只猫死于这么快的急性肾衰竭。"

魏泽的好奇心被勾起了："那什么样的情况会引起急性肾衰竭呢？"

"我想想。"院长用手托住下巴，"大概是严重的外伤。"

"它有外伤吗？"

"没有。所以它们的情况其实是一样的，我是说三花和'警长'！"院长恍然大悟，"它们其实都是中毒了。"

"什么样的毒药会造成肾衰竭？"

"重金属类。不光是猫，人体也很难排出去，会加速肾脏失效。或者植物碱，你知道，这是推理小说里常用的。对了，还有迅速摄入大量盐。因为猫没有汗腺，只能靠肾脏排出体内的盐分。嗯，还有……"宠物医院院长突然想起了几百年没用过的教科书，恨不得把所有情况都罗列出来。

"重金属和植物碱。"魏泽若有所思地点点头。

"还有盐。"院长提醒道。

"还有盐。"魏泽嘴上重复着，却没有把这个答案放在心上，"急性肾衰竭的死亡速度快吗？"

"那要看个人情况——我是说看猫的情况。不同猫之间区别应该是很大的。"院长想了想，"一个月吧，如果完全不治疗的话。"

"如果是人呢？"

"我没治过人——"

"大概时间就好。几个月，还是几年，或者更久？"

"至少几年吧，这个病治愈率挺高的。就算转成了尿毒症，也可以通过透析延长生命。"

王院长的话音轻飘飘地荡在空气中，此时街市上渐渐没有了人烟，最后一拨夜宵也该吃完了，城市变得清静起来。

"多谢王院长，已经足够了。"魏泽由衷表示感谢，"那些尸体，也麻烦您帮忙保存好，也许以后会用得到。"

每天都会接触可爱生灵的宠物医院院长，恐怕第一次见到这样恐怖的场景，心里充满了怨恨："好的，我会的。魏警官，你一定要抓住那个凶手，为它们报仇！"

这一次魏泽重重地点了点头。

他会找到凶手的，不仅仅是为了这两只可怜的小猫。

他必须找到凶手，在凶手真正动手之前。

13

可一个人都见不着，缉凶难度未免太大了。

仅魏泽就为上百人进行了户籍登记，一幢楼怎么说也该有十户吧？但魏泽走完整个 A 幢，就没有一家应门的。

偏巧赶上电梯坏了，怎么摁都没有反应，害得魏泽只能靠腿上下二十五层楼。

受过训练的户籍警察对于这样程度的辛苦没有什么怨言，这是他的本职工作，只是此时遇到的挫折比想象的大。

也许 A 幢碰巧没有人入住吧？魏泽气喘吁吁地想，可是这样白白浪费体力也不是办法，有没有哪间屋子确定有人呢？

魏泽眼前一亮，回忆起在物业仓库里看到的鬼画符。

"您好，"他清了清嗓子，轻轻敲了敲 C 幢 1502 的门。物业那里的专供品标有这家，那就说明肯定住了人，"我是新来的民警，和您打个招呼。"

还是没人响应。

不会没有人在家吧？魏泽再次确认时间，此时正好是就寝前的短暂清醒时间。

肯定是敲门声不够响。于是他手上加力重捶，嗓音也高出三度："您好！我是……"

门开了。

不是主人敞开了大门，而是魏泽敲门的力量大了点。

没锁？魏泽心生疑窦，发生了什么事情？

"我是警察！"他提高嗓音，用左胳膊顶开门，右手紧握打开的手电筒，与声音同步闯进房内。

屋内依然悄无声息，也没有任何照明，仿佛没有任何人来过。在手电筒的光源下，魏泽勉强看清室内的情形。他不敢掉以轻心，立刻收住身体，后背紧贴住墙壁，身子一点点向前滑动，胳膊伸长去寻找电灯开关，眼睛警惕地扫过四周。手指摸索到了开关，他毫不犹豫拨动了。

灯没有开。

他又反复拨动几次，没有任何变化。

这里没电吗？难道是整个小区都停电了？说起来，似乎晚上爱莲小区里也没怎么亮过灯，就连路灯也如此。这里根本没有人？不可能啊！

耳边突然传来一阵异响，魏泽的手比脑更快，将光照向声音来处。

还是什么都没有。

是自己太紧张了吗？

借助手电筒的光线，魏泽谨慎地在几个房间中穿行，仍然没有找到任何人。房间摆设非常简陋，缺乏必要的生活设施，诸如床、桌椅等，只有洗手间里马桶、浴缸等设备一应俱全。整间屋子有股挥之不去的湿气，除此以外，和无人使用的空房间没什么两样。

唯一能显露出些许生活痕迹的，是客厅里的几个袋子。魏泽拿起来凑近观察，和他在物业见到的材质一致。大部分袋子都已经空了，还有两袋半满。他拿起其中一个袋子靠近鼻子，有股奇异的鱼腥味，让他一阵反胃，便顺手把袋子丢弃到了角落里。

毫无发现，魏泽退出了屋门，回到同样漆黑的走廊里。失望和困惑在他的脑中交织，搅得一团乱。

没走几步，有股异样的感觉令魏泽汗毛直竖，他感到背后有人在盯着他。他猛然回首，正好看到C1502室的门缝中露出一只奇怪的眼睛：眼瞳小、眼白大，像常说的三白眼，却又比常见的眼眶大得多。只是那么一瞬，光线也昏暗，等魏泽再想看仔细时，又一次归于无形。刚刚的"惊魂"一瞥带给他的冲击太强烈，无法单纯用眼花来解释。

况且这一阵他遇到的奇怪事也太多了。

魏泽毫不犹豫转身，迅速撞开大门，重回房间，依靠手电筒射出的光束，再次将这间屋子检查了一遍。

还是什么都没有。

难道真是自己太累了，看错了？虽然不情愿，但恐怕也只有这一种解释了。

魏泽不甘心地揉了下眼睛，重新扫视全屋，结果没有任何变化。

深深叹了口气，他情绪低落地走出了房间，沿着楼梯下楼。之前没什么感觉，可一旦失去意志力加成，腿部就开始酸痛起来，每次移动都像灌了铅一般迟缓。

艰难地走了一会儿，户籍警猛然停住。

他竟然忽略了如此重要的线索：因为气味恶心而被他丢弃在角落里的食物袋不见了。

顾不得多想，他咬紧牙关，重新加力于腿脚之上，加速跑起来，重回阴暗潮湿的房间。虽然剧烈喘息着，但他依然紧握手电筒，不放过任何角落，魏泽终于看到了令人震惊的一幕，虽然只是一刹那，但足以证明之前看到的种种绝非眼花。

硕大的头部上外突的三白眼球，不成比例的瘦小身体，都遮盖在一块被单之下。那袋消失的怪味食物就在他身旁。也许是被突然发现，他口中发出了含糊不清的咕噜声。

魏泽稍一发愣，那个家伙又一次无影无踪，再想寻找却彻底失去了踪迹。

魏泽发疯一般又冲到隔壁。果不其然，这间也没有锁门。他推门而入，发现不但摆设一模一样，里面缺乏生活气息且潮湿难闻的感觉也全然相同。整层楼如此，整幢楼亦如此。有的房间里，他侥幸遇到过惊慌却一闪而过的居民。每一个都如同一个模子刻出来的，大头大眼小身，而且嘴里发出奇怪的咕噜声。

和魏泽最初见过的吴鸣士如出一辙，当时魏泽就觉得对方的背影像章鱼，现在他有点明白了：说不定是由于头和身材的比例不太好，才使对方看起来仿佛一只放大版的"陆行章鱼"。

由于过度饥饿而外突的眼睛和变形的身材、缺乏生活设施的房间、身上只有薄薄的被单、害怕见人、听不懂的语言、奇怪的食物……所有反常的情况都汇入了魏泽的脑海之中，让他自然而然地联想起各国拒绝接纳难民的新闻。

难道是……

对于爱莲小区居民的来历，魏泽曾有过很多胡乱猜测，比如外地来的富豪，或是隐居的重要人物。现在在他脑海中翻来覆去出现的，只剩下"难民"两个字。

这里其实是难民安置点。

所以才从来没看见过他们进出，因为难民不能在所在国工作。把他们聚集在此地也是为了集中管理，毕竟他们语言不通，出门也干不了什么。报警数量为零，是因为他们就算报警，大概也不会计入现行系统，而是就地处理。这个地方没在电子地图上被标示出来，也是因为不需要外人到这里来。

最关键的，是黄主任之前告诉他的："目标群体与你不同。"当然，因为他们是外国人嘛。爱莲小区……爱莲小区，这个"爱莲"指的就是"外国人"的那个"Alien"吧？

这么一想，魏泽突然有种茅塞顿开的感觉。

14

不过，现在还是要先解决猫的问题，因为这有可能关系到一场未来的谋杀案。第一步是要找到那个养猫人。

一定有人会说汉语，魏泽在户籍登记时就听他们说过中国话，还很标准。可是翻找他们的资料太麻烦了，而且在陆茂的眼皮子底下，不解释原因很难进行，况且就算找到也未必能说通，毕竟魏泽有着进门几十户却无法沟通一人的失败经验呢。

还是要找物业。物业是住户和外界的桥梁，他们肯定会双语。

魏泽又一次来到那个偏僻的小角落。只见物业门口停了辆面包车。上任这么久以来，魏泽还是第一次看见外来的车辆。他加快步伐上前，能看出驾驶员位置上是个中国人。

"您好，我是这里的辖区民警魏泽。"他敲敲窗户说道，"请问您是给这里运送物资的吗？"

"你就是新来的片警？"车窗缓缓降下，司机打量了魏泽一番，"我是市局机要处的马奇，我只负责采购，不负责运输。"

身穿便服的司机竟然是自己的同行，让魏泽吃了一惊，不过他还有更奇怪的："采购什么？谁出钱？"他还以为这里所有的东西都是统一提供的。

"当然是局里出钱。至于买什么，那就要看他们缺什么了，物业的人会告诉我。反正都是些常用的东西，附近就可以买到。"马奇漫不经心地回答说，"清单稍后会给你们。"

"买不到的呢？"

"那就只能等上面。"马奇用手指指了指天上。

魏泽心知肚明地点点头，等上级安排嘛，明白了。"所以这里的住户……"魏泽左右看了看，压低声音，神神秘秘地问道："是难民对不对？"

"难民？什么难民？"马奇一下子愣住了，"你来了多久了？"

"刚来不到半个月。"魏泽谦虚地回答，"还是新手。"

"陆老师刚来三天就发现，这都十几天了还……"马奇嘀咕道，但猛然间他恍然大悟一般，"啊，对，也算是难民，已经给你看机密文件了吗？"没等魏泽回答，有个披着被单的家伙从另外一侧拉开车门，坐进了后排。司机回头嘟囔了几句，然后扭过来对着新来的片警说："我们要出门了。"

他升起玻璃，发动了汽车。就在车窗合拢的瞬间，司机的抱怨传进了魏泽的耳朵里："谁还要猫啊？这都多少只了……"

魏泽连忙想拦住他们，询问猫的详情，但是面包车"嗖"的一下蹿了出去，只留下一行尾气。

算了，去物业里面问问吧。

虽然和司机聊天没有找到猫的线索，至少证明自己的推断没错，甚至被误以为看到机密文件了。

"有人吗？我是警察，找人帮忙。"再次进入物业办公室，或者说仓库，魏泽就在门口吼道。

之前这些外国人甫一照面就慌乱逃跑，恐怕是因为不习惯见到警察。所以这次魏泽先表明目的，免得又吓跑了人。

然而，并没有人回答。

魏泽走进深处扯嗓子又喊了几声，还是没有回应。看来只好等马奇他们回来了。他溜达回门口，本想在门外等，无意中扫到墙上贴着的排班表，于是驻足阅读。

每天值班一人，今天轮到李莫。这个名字还正常，再看下去，其他的就太敷衍了，看着真好笑。房火强、吕霸……这都是什么啊？转念一想，大概物业也都是外国人，他们的名字就是随便起的——登记时那些莫名其妙的名字也是如此吧。

难怪陆茂总是提醒他要多观察人，是在隐晦地告诉他这个消息吧？如果他当时仔细看了来人，就会发现登记者其实是外国人。看来陆茂也不是完全没关心自己，只是魏泽没有及时领会罢了。

突然，有声音传来。

魏泽转过身，只见墙上映出一道巨大的黑影，正在向门口靠近。他仰起头，看得出来者足有几米高，身体也不止一具，一道道细长的肢体将它们松散地联结在一起，有的瘦弱，有的粗壮。脚步声也越来越近。

魏泽的眼睛死死地盯住唯一的通道。

咚——哐当——咚——

黑影越来越小，却越来越近。

魏泽不禁后退一步，心脏仿佛跳到嗓子眼，把口水的通道堵得严严实实，导致他想大叫时喉咙已经麻痹了，怎么也发不出声。

对方看到魏泽也大吃一惊，手上的东西掉落一地，四肢迅速收拢进罩袍之中。

恐怖气氛瞬间消弭。巨大的黑影是灯光造成的假象，而几具身体也不过是一个人拎着口袋和钢瓶。来者原来是披着被单形式衣服的小个子。

"刚才叫你你不会出声啊!"魏泽的恐惧变成了愤怒,"我叫了这么多声你没听见啊!"语气中还有一丝委屈。

对方似乎被魏泽的气势吓到,半晌没有回应。

"算了。"刚刚被吓坏了的警察不想继续失态,而且看到对方的态度,气先消了一半,"你是物业的吗?你是……呃……李莫?"见他没反应,魏泽准备念出那些拗口的名字。

幸好对方帮他免除了这样的麻烦。"李莫。"这家伙的声音听上去就像是外国人在讲汉语,含糊,而且声调不对。不过能找到这样的人就不错了。

"可以麻烦您帮个忙吗?"魏泽弯腰帮他拾起袋装食物和钢瓶,"我需要在您的同胞里找个人,可是我的话他们听不懂,能不能请您和我一起,替我翻译翻译?"

那个叫李莫的家伙抬起头,他的全身都被罩袍遮住,只有眼睛露在外面——正是这双眼睛令魏泽感到恶寒。如同他的同胞般,眼眶巨大,也是三白眼,可是这双眼睛不知为什么,让魏泽觉得莫名的邪恶。

魏泽移开了视线:"怎么样?麻烦您分发食物时帮忙问问,我帮您拿东西。"

李莫大概还在思考吧,迟迟没有给答复,魏泽等得有些不耐烦了。这时远处传来了汽车的声音,应该是马奇他们回来了。

这个家伙这么磨叽,还是找自己人帮忙吧。魏泽刚这么想,就听李莫回答说:"好的。"说完,他一溜烟走出了大门。

"唉,这些东西……"魏泽叹了口气,低头看了看手上拿着的口袋和钢瓶。果然物业都是些行动完全随机的人员。他把手上的东西放在地上,转身追了出去。

15

有物业的人帮忙翻译，结果依然不怎么样。按照魏泽的经验，小区里养宠物的怎么也占百分之五，乱撞也会撞到一家。可事实上，他们累得都快走不动道了，竟然一只宠物也没碰见。

第二天和第三天也没有什么收获。李莫早早就在警务工作站附近等着魏泽，随后和他一起进入小区找上一整天。即使没有魏泽，也丝毫不会影响李莫的行动，毕竟魏泽只是个跟班而已。如果李莫不想参与，只要说些工作忙碌之类的托词，就可以把这项劳而无功的事情打发掉，可是他毫无怨言。

李莫的做法，消除了相貌给魏泽带来的反感，也令魏泽心中产生了之前以貌取人的罪恶感。

只是调查一直没有进展。

第三天晚上，心灰意冷的魏泽在小区里巡逻，偶然看到一个熟悉的身影。他连忙跑过去，果然是李莫。他正拖着麻袋、扛着钢瓶，吃力地离开空无一人的办公室。当时魏泽就心头一紧，原来自己的调查迫使李莫不得不加班。难怪每天他们的调查结束后，李莫还要留在爱莲小区里，而不是和他一起离开。

这一幕触动了魏泽。

自己的工作虽然劳累，可毕竟这就是工作；李莫则是义务帮忙。李莫的工作能否按时完成，自己从来没有关心过。

寻找猫之死及其背后的真相，如果没有李莫的帮助，只靠他一个人能完成吗？

魏泽略加思考，下定了决心。他连忙加快步伐追了上去，抢过李莫拖行的麻袋。李莫显然没有注意到身后的来客，似乎吓了一跳，惊得肩上扛的钢瓶摇摇欲坠。幸好魏泽受过训练，手疾眼快地托住钢瓶。还好这个东西不沉，感觉也就两三公斤，稍微用些力气就可以稳住。不过是氧气罢了，干吗非搞这种过度包装？魏泽记得有种枕头大小的就可以储存。

李莫回头，看到魏泽："你要干……"

不等李莫说完，魏泽就抢先说道："我是来帮忙的。你要去哪儿？"魏泽替李莫扶住钢瓶，又将麻袋扛在肩膀上，"我来拿这些。"

"我可以。"物业男用迟缓的声音回答。

心中有愧的魏泽诚恳地说："是我害得你加班，让我做点什么补偿你吧。"

魏泽一直没搞清李莫到底是本来就说话慢，还是脑子转得慢。反正过了一会儿，李莫才缓缓张口："那边。"李莫抬起空闲下来的胳膊指了指前面。

魏泽顺着指向看了过去，只见一片空地，离小区边缘的围栏不远，但是离最近的居民楼还有一段距离。这里没有住户啊？魏泽刚想指出这一点，转念一想人家让你帮忙，没让你多嘴，于是把话咽进了肚子里。

两个人毕竟强过一个人，没费多少力气便走到空地，李莫停了下来，将钢瓶放下，魏泽也跟着把麻袋并排摆在旁边。

"这里。"李莫回头对魏泽说，示意他可以离开。

不过魏泽现在还不想离开。他杵在原地，一动不动。

李莫没有收拾地上的物品，直勾勾地看着他，似乎不明白为什么自称来帮忙的警察一直站着不走。

那是因为魏泽还有话要对忙碌了三天的物业工作人员说，只是想说的话太多，他一时拢不出头绪。

"我找你帮忙的时候，没有想到会耽误你的工作。你每天早上都过来，我还以为你很闲……"话刚出口魏泽就后悔了——这不是在解释，而是在撇清责任——他假装咳嗽几声，慌乱地中止这个话题，"非常感谢你的帮助，但是现在我……"喉咙里涌出了一股苦涩的味道，"我觉得，差不多了。"

说者情绪激烈，唯一的听众却面无表情。

见李莫完全没有反应，魏泽进一步解释道："我一个人就可以了。"他心酸地补充了一句，"从明天起，你不需要在办公室外面等我了。"

这句话终于让李莫有所反应："不需要……了吗？"

魏泽点了点头："是的。毕竟你还有你的工作，而且……"而且什么呢？他自己也没想出来。不过他也不用在这上面太犯愁，因为他的搭档打断了他。

"我愿意帮忙。"

不行，他不能再拖累别人了。这本来就是他一个人的工作。

"非常感谢你。但是接下来我会自己来。"他斩钉截铁地说。

16

随后魏泽筹划了很多种方案，没想到一个也没用上。他刚到办公室，就看到陆茂正襟危坐，没来得及打招呼，就听对方问道："听李莫说，你在找猫？"

那家伙！魏泽反应过来之后，第一个念头就是骂昨天还令他感动的搭档，嘴怎么这么不严实！他就是怕被陆茂知道，怎么还能……恼羞成怒的片警在脑海里翻了几遍，发现自己压根没和李莫说过不要告诉陆茂这事。

"是的，我只是……嗯……"魏泽知道瞒不过去，必须直面这个问题，"我发现了猫的尸体，是被毒杀的。"魏泽停了下来，他以为那位习惯多一事不如少一事的老警官会说出"这不构成案件"之类的话来搪塞。

然而陆茂一个字都没说。

他表情严肃——魏泽已经司空见惯了——但这一次，他还流露出鼓励的神情，令魏泽不自觉地想说下去。

于是魏泽把知道的事情都说了出来：在雾霾天气里看到了埋尸人、掘开地面发现猫的尸体、经过兽医检查发现猫的死因……

除了他的推理。他不打算和陆茂分享这个发现。

他要寻找的不是杀死猫的凶手，至少不仅仅如此。他正在追踪的是未来的杀人凶手。

凶手迟早会采用毒杀的方式对付人类。第一只猫的效果不佳，过程太漫长，凶手恐怕没有足够的耐心等待。于是他测试了新的毒药，在第二只猫身上见效很快，但太过明显，毕竟就连兽医都能发现线索。他一定不满意这样的结果，还要寻找更合适的毒药，这就是为什么他还需要新的猫。救人性命的灵药往往是这样测试出来的：先动物试验，再人体试验。反之，夺人性命的毒药也依照同样的方式。

一旦他找到合适的毒药，在猫身上试验成功，就会应用于人体。

当魏泽听马奇说要买第三只猫时，他就清楚，凶手还在寻找合适的毒药。受害者还有一线生机。凶手现在不会对人动手，因此，魏泽还有时间可以继续调查。

虽然没有见到凶手，但是在魏泽心里，他已经勾勒出了凶手和受害者的画像。凶手与受害者同住，与受害者是亲属或者婚姻关系。出于财务方面的动机，凶手不能选择与受害者名正言顺地分离。凶手谨小慎微，不单在杀人方式上选择毒杀这样不容易被发现的手法，而且在处理试验体时也不是随便抛弃了事，而是趁人不注意掩埋起来。受害者应该平时就表现出过身体不适的状况，所以当受害者因病死亡时，不会引起亲戚朋友的怀疑。至于凶手敢使用宠物做试验，可能是因为受害者本身不喜欢宠物，至少不会主动去照顾，因此，宠物出现异常也不会引起受害者的怀疑。

"但是我在小区里还没找到养猫的人。"

只要找到与上述条件一致的养猫人，魏泽就能够确定凶手了。虽然仅仅凭借这样薄弱的证据，也许无法直接逮捕凶手，但是足够保住受害者的性命。阻止犯罪，比事后抓住犯人，站在受害者的角度上说，要好得多。

魏泽等待着陆茂开口发问，比如问他的调查动机。他已经准备好了答案：自己喜欢动物，无法容忍虐杀小动物的人类。这个回答不够好，但是情急之下，也没有更多选择。他想留下一张王牌在手中，留待机会合适的时候再打出。

陆茂没有发问，而是直接选择了行动。年老的警察迟缓地站起身，说道："跟我来。"

他的这一反应，出乎魏泽的意料："去哪儿？"

"苟富贵家。"陆茂回答道，"猫是他埋的。"

陆茂一下子就找到了凶手，令魏泽深感震惊。

"陆老师，您是如何锁定他的？我们现在要去抓他吗？"

"整个小区只有他养猫。"陆茂焦急地向外走，身体却不支持他的剧烈运动，"不是去抓他，而是要去保护他。"

魏泽紧跟其后，脚步有些慌乱："什么？只有他养猫？这怎么可能？"

"他问过我。"陆茂肯定地说，"苟富贵刚来时想找一种习性和他接近的动物，是我建议养猫的。"

"啊，是您！可是您知道他的真实目的其实是……呃……"魏泽绞尽脑汁地选择合适的词语。

"谋财害命？"陆茂提醒道，"不，不会的。他们不需要钱，所有的开销都有人替他们承担。"

"要是为了别的原因呢，比如报仇，或者……"

"他们不会用毒鼠强。"陆茂耐心地解释说，"你应该听马奇说了，爱莲小区的所有东西不是外面运来的，就是经他的手采购的，猫也是如此。没有毒鼠强。我看过清单，只有调料、冷冻产品、保鲜膜。所以你的发现至关重要。"

"您是说……"

"是的，"陆茂在前面带路，"毒药没有渠道进来。"

现在情况非常紧急，魏泽察觉到陆茂的行走速度不够快，有些着急："陆老师，我一个人去就行。"

"他不会给你开门的。"

"要不让李莫和我一起？"

"不行。我也会安排人去物业检查。"陆茂似乎想起了什么，转头对魏泽说，"辛苦你和之前去的宠物医院联络一下，我会让人过去取猫的尸体，重新化验，确认毒药的类型。"

"没问题。"

"你必须看好苟富贵，不要让他碰任何东西。我们不知道剩下的毒药在哪儿。"

"那您呢？"

"我要回局里一趟。"

说话间，他们到了苟富贵的家。陆茂咕噜了一番，用的大概是难民的家乡话叫门。

"您可以推开的，这里的门都不锁。"魏泽提醒道，说着他伸手去推门。

"他家有。"陆茂回答说。

与此同时，门后响起了凌乱的碰撞声和开锁声，恰好此时，没反应过来的魏泽推开了门。

门开得太快了。

似乎门内外的双方都没有意识到这一点。就在那个瞬间，苟富贵的脸庞映入魏泽的视野中。

养猫人的脸令人难忘。他的眼睛更大——甚至超过了李莫的，占到了脸的一大半——黑眼珠小得几乎成了一个点，剩下都是白色；眼眶外突得像两个气球。相形之下，其他的部位成了点缀，不仔细看根本无法发现。

仿佛见了鬼，这一眼吓得魏泽一激灵。

幸好随后养猫人悄无声息地退缩到暗处，好像随时隐蔽是他安身立命的准则。

就这样一明一暗，养猫人和陆茂两个人开始咕噜咕噜对话。魏泽听不懂，只好在一旁傻站着。时间长得难以忍受，他想提醒陆茂自己的存在，但作为下级他唯有忍耐。许久之后他们的交谈结束了，满脸严肃的陆茂转身交代魏泽，让他在这里守候，等待同事到达。

目送陆茂离开后，魏泽回头想找苟富贵，赫然发现，他又一次消失得无影无踪。

"苟富贵？"魏泽在空荡荡的房间里来回搜寻，可是遍寻几番也没有找到。

房间里没有人生活过的痕迹，和他的难民同胞一样，没有床，没有家具，随处用手指一抹满是灰尘。也许现在是夏天暂时用不到的缘故，暖气管道断了一截，连通外界的部分也被堵住了。

厨房的情况也好不到哪儿去，刀具、炊具一应俱无。不过能看出来这个人吃饭的口味肯定很重，因为整个厨房，就只有空的盐袋，别的调味料一概没有。仅有的一点点生物存在过的证据，是猫食盆和猫砂盒，看上去干净得多。旁边还有一包未开封的猫粮，看看生产日期，距离现在颇有些时日。

整个房间里唯一干净的设施，竟然是在厕所里。浴缸看上去经常使用，没有遗留灰尘。但奇怪的是，浴缸的漏水处被堵住了。魏泽低下头仔细看，是一个球体，上面布满细密而尖锐的针状物，这玩意儿没有完全堵住出水口，水还可以流过；浴缸塞刚好可以盖住，如果人躺在里面的话，不会被针刺到身体。马桶则不然，上下水的孔道都被结结实实地堵死——难道苟富贵从来不上厕所？

再往窗外看，窗户锁得严严实实，窗外的护栏非常密，别说人类，就是只鸟也飞不进来。即便如此房主似乎还不放心，在护栏横竖的栏杆间，挂满了插针的球体。

和他同胞的简陋布局相比，这里简直是座堡垒。

身处其中的人绝对逃不出去。可现在被保护者消失了。

门是唯一的出口，魏泽就守在那儿，而房间没有可以隐藏的空间。他去哪儿了？魏泽焦头烂额之际，突然发现苟富贵就在某个黑暗角落蹲着。

一时间魏泽怒上心头，老子累死累活地找你，你却总是瞎跑，就像之前一样。

他满腹怨气无法发泄，只好挨到同事到来。鉴识科的两人进门后，听他简单介绍情况，就开始工作，四处寻找可疑的线索。

"盐里没有毒。"同事之一说道，"配给食品没有毒。"

"这袋猫粮也是这里的？"同事之二问道。

魏泽点点头："我来时就在这儿了。"

同事之二打开了猫粮袋，取出了一捧化验。

正是那个举动，令魏泽恍然大悟。

真相太简单了，都是他想得太复杂才把事情搞得一团糟。

如果是狗，也许是死于出门溜达时误食毒物，但猫不出门，苟富贵的家又是座堡垒，也根本出不去。

只剩下马奇。从外界买东西的只有他一个人，所以毒药只可能是他弄来的。如此显而易见的事实，竟然被魏泽忽略了。

毒药就下在猫粮里，简单易行。动机更简单：为了钱。一点点钱。住户不出门，所有的采购任务都是由他来执行，他可以趁机中饱私囊。但是住户的需求太少了，根本捞不到几个钱，于是他就想方设法开源。调料的价格都差不多，就算有溢价，也不过几块钱，可是宠物这种东西，说贵就贵，说便宜就便宜，没法衡量。所以他才把眼睛盯在苟富贵要的猫身上。当然，整个小区就这么一家养宠物，而更换宠物的速度太慢了，一只猫怎么也能活上十年吧。他等不及，只好自己制造死亡。第一次是慢性毒药，他的罪行没被发现；第二次索性换成了烈性的，这样来钱的速度就更快了。

鲜活的生命换来沾满血腥的金钱，犯罪嫌疑人竟然能够心安理得地收入囊中。不过他的好日子到头了，等待他的必将是法律的惩罚！

"猫粮也没有毒。"同事之二说道，"下面该检查……"

"等一下，你怎么能确定猫粮没有毒？"魏泽的推理构筑起来还没过一分钟就砰然倒塌。

"仪器上显示的。"同事之二理直气壮地说，"这玩意儿先进得很，准确率百分之百，只要……"

后面的话，魏泽一个字也没听见。

17

出现在警务工作站的新人警察浑浑噩噩，仿佛丢了魂。这也难怪，很久以来他都没有好好休息。先是被自己的想象吓到，接着又被自己的热情唤起，随后被失落击溃。区区半个月，魏泽经历过的酸甜苦辣，都可以开调料店了。

"陆老师，这么晚了，您还没回家啊……"

陆茂看到魏泽，立刻从椅子上站了起来，向他敬礼。

魏泽愣住了，完全不知到底是怎么回事。

"魏泽，我正在等你。"着装整齐的陆茂严肃地说，"多亏了你，我们发现了一个重大的安全隐患。"

"什么？什么安全隐患？"

"之前我们认为外购的东西很少，采用就近原则即可，没有进行监管，导致此次事件发生，这是我们的失职——不，是我的失职，因为现行的方式是我设计的。会议决定，立刻改变现有方式，启用外购监管措施，由后勤部门托管。"

魏泽听不懂陆茂在说什么，这些事似乎和他、和爱莲小区的工作站都没有任何关系。

"这一切都多亏了你的发现。"行将退休的老警官挺直身子，正色道，"非常感谢，魏泽。"

这句话魏泽能听懂，并且在他的心中掀起了极大的波澜。得到冷若冰霜的上级夸奖，是魏泽不曾奢望的。尽管毫不知情，可他还是咳嗽了两声，压抑住内心的兴奋之情，假装平静地道了声："这是我应该做的——这是什么？"

一只小橘猫从陆茂身后钻了出来，胆怯地叫了一声，把之前的严肃气氛冲淡了。

"它啊，是苟富贵要的新猫。前几天马奇刚买回来的，发现仓库失窃后大家忙着盘点，所以一直没来得及送它过去。"陆茂一本正经的表情慢慢淡去，取而代之的是难得的慈爱模样。他弯下腰把小猫抱起来，坐下来，让猫趴在自己的腿上。

魏泽坐到他旁边，用手指挠了挠黄白相间的小猫的下巴。

就这样，谈话暂停了一会儿，但很快，被好奇心折磨的魏泽就忍不住继续追问道："呃，您刚才说，我有什么发现？"

"猫。一切都是从猫开始的。"陆茂抚摸着小猫的背部，柔声说道，"就是你发现猫被毒杀的事件。"

"啊？这个事件您已经解开了？"魏泽大吃一惊，困扰自己多日的案件竟然已经处理完了，作为发现者的自己却还被蒙在鼓里。

"不是我解开的，是各部门通力合作，一起解开的，也包括你。"

"我？"魏泽用手指指向自己，张大的嘴巴简直可以把整只手腕都吞下去。

"没错。对了，黄主任让我通知你，你的试用期通过了。"说出这番话时，陆茂脸上也露出欣慰之色。

"这件事一会儿再说，"魏泽焦急地追问道，"猫是被谁害死的？"

"这要从你的发现开始说起。首先，王院长的判断是正确的：猫死于两种差别巨大的毒药：一种缓慢而了无痕迹，一种迅速而证据确凿。之所以有这样的区别，是因为下毒是由两个人进行的。"

"什么？被不同的人害死，怎么可能！这个事件里根本没有多少人参与啊。"魏泽在心里盘算，这个事件里露过面的角色还剩下哪些，可是无论怎么算都凑不出足够的嫌疑人。最后他放弃了，无可奈何地问道："是哪两个家伙合谋作案的？"

"不是合谋。第一次的凶手就是苟富贵。"

"您不是告诉过我，他没有机会带毒药进来吗？"

"是的，他用的毒药就是盐，这引起了猫的肾衰竭。"

厨房里确实到处是空的盐袋，可是这不可能啊？盐怎么可能……不对，王院长的确告诉过他，大量而急速地摄取盐可能导致猫生病，进而要了性命，只是他一直忽视了这个可能性。

"他为什么要这样做？"魏泽无法理解为什么会有人要把猫喂成盐罐子，这是虐待狂的行为吗？

"他把盐混到配给的食物里喂猫，看猫会不会受到伤害。"

"这又是为了什么？"

"苟富贵生活的地方，盐是一种非常有效的毒药——这个部分咱们放到最后说。他怀疑有人要杀他，所以用猫试毒。第一只用来测试猫对盐的反应。如果有效，就再养一只，替他尝配给的食物。"

这就是那种缓慢而了无痕迹的毒药，仅仅是常见的食盐？等一下。"您是怎么知道苟富贵怕别人杀他的？"

"在他家时，他告诉我的。第二只猫的死，让我担心真有人要对他下手，所以我才很着急，立刻联系上级安排检测人员前来。但是很快检测结果证明他的食物是安全的，毒药不是从那里来的。"

难怪我猜不到，这样的内情我怎么可能知道呢！魏泽在心中忍不住吐槽。

复杂的门挡和缀着刺的窗栏，拆毁所有与外界连接的通道……这些似乎都显示着，苟富贵是个惧怕外来威胁的人。魏泽回想起当时的场景，觉得自己本该能意识到的。

"那第二次的毒药是从哪里来的？"所有的外界通道都被堵住了，毒药难道是从天上掉下来的？

"被下在猫粮里。"

"这不可能！"魏泽亲耳听见，同事用了百分之百准确的仪器检验过，猫粮是无毒的！

"不在旧的那袋里，毒混在物业存放的那袋新猫粮里。"陆茂说道，"第一只猫吃的是苟富贵自己的食物，并不是猫粮，因此，第一袋猫粮没动过。而第二只猫吃光了第二袋猫粮。"

难怪苟富贵家里的那袋未开封的猫粮是很久之前生产的。"可是……"魏泽觉得有问题，但说不清在哪儿，"对了，他为什么要埋猫？如果真的有人要杀他，他为什么不报警？"

"埋猫则是因为他不希望那个现在看并不存在的杀手知道，他其实是在用猫试毒。至于为什么不报警——"陆茂摆摆手，"放在最后一起告诉你。先说杀死第二只猫的……"

"那个大叔！"魏泽一下子明白了过来，"宠物店店主，这附近唯一的一家。马奇只会在附近采购，他一定是在那家买的猫。"

"完全正确。他已经交代了，动机是经营不善。他第一次开价很高，可是马奇并没有还价。于是他把马奇认作冤大头，当马奇第二次买猫时便动了歪主意，表面上赠送猫粮，其实暗地里添加了毒鼠强，想加快马奇买猫的速度。"

这回大叔有的是人可以聊天了，看守所里可没有单人牢房。魏泽回忆起不久前和那位宠物店店主的会面，心中不免感慨。

"这就是安全隐患？"魏泽中断了追忆，回到正在讨论的话题上，"没有对购买的东西进行任何检测，从一开始就默认它们是安全的。"

陆茂点点头："正是。因此局里决定，为了杜绝类似事件，即使采购数量很少，也要由局里的后勤部门负责，把好安全关。多亏了你的坚持，得以在更大的危机出现前解决问题。"

"说到坚持，"魏泽皱起了眉头，"其实中间还发生了一件奇怪的事情。"魏泽把自己前后挖了两次坑的事情告诉了陆茂。

"明明我找对了地方，为什么第一次没找到呢？"

陆茂笑了。

"你已经通过了试用期，现在我可以告诉你，为什么盐对苟富贵是毒药，包括他们的奇怪语言和外形、莫名其妙的作息时间与举动，还有雾霾的来历，以及这个小区的最大秘密——"

18

"外……星……人？"魏泽冲着陆茂吼道，声音大得几乎传到了其他星球，"别开玩笑了，这怎么可能！哪里会有什么外星人？"

两个人站在爱莲小区的空地上，正对着两座楼宇 D 号和 E 号之间的漫长走廊。

魏泽急不可耐，双手一直上下比画："您拉我到这个地方干什么啊？"

陆茂仰视天空，一字没说。

"陆老师，您倒是说——"

就在这时，周围突然腾起无比浓厚的白雾。魏泽转向雾霾的来源，抱怨还未出口，只见刚刚还空无一物的地方，赫然多出了一幢楼。

魏泽还在瞠目结舌之际，雾霾深处走出个黑影。

伴随着陆茂咕噜咕噜的奇怪语言，那黑影越来越近，终于冲破视觉障碍，变成了一只巨大的八爪鱼。

这一幕给魏泽带来的震惊远远大于恐惧。他睁大双眼，死死地盯着靠近的外星生物。他赫然发现这个章鱼人的身形，和之前他看到的那些住户十分相像——不，根本就是一模一样。

陆茂的咕噜声终于结束，新的话语切换成了中文。这句话与其说，是说给外星人听，不如说，是说给魏泽听的。

"欢迎来到地球。"

chapter 2
孤 岛

01

出现在魏泽眼前的，是一个外星章鱼人认真地在入境登记表上摁指纹的情景。确切地说，应该是爪印。魏泽接过文件，看到表格上印满了八个印记，又低头数了数等候的新章鱼人的四肢，不是，应该是"他"，或者"她"（总之不能用"它"，不然就涉及种族歧视）的，呃，八肢。

这就是登记表只有八个指纹格的真相，不是印刷错误，而是专供爱莲小区，毕竟对方真的只能摁八个爪印。和人类不同，他们的爪上没有分成独立的手指，因此，无法做很多看上去简单的操作，比如开门锁，这也是为什么爱莲小区的住户几乎不锁门。即使是特制的门锁，也需要经过练习，他们才能用爪子打开。另一方面，跟人类的指纹一样，外星人的爪印也是人人不同，能够作为未来犯罪案件的证据。

可惜这个功能暂时用不上，不仅是警务工作站，就连整个地球都没有识别外星章鱼人指纹，或者说爪印的设备。按照陆老师的说法，如需相关证据，必须提交上级部门，层层提交后，由最高权力机构出面与外星相关部门联系，才能进行检测和识别。幸好外星人的犯罪事件还从未发生，魏泽的工作仅限于搜集信息，以防万一。

好了，登记完成。又一个外星章鱼人——地球名"范统"，但愿他不会知道自己名字的意义——正式入住。依照登记表上的数字，爱莲小区里已经容纳了来自同一颗星球的将近七百名外星人。

说起小区名字，魏泽意识到当时自己还是太保守了，他完全忽略了"爱莲"的谐音"alien"，除外国人以外，其实还有另一个更常用的释义：外星人。

谁又能想到这一层！

现如今魏泽知道了。不仅如此，这所小小的警务工作站里，科技水平超过其他地方几百年，用的都是真正意义上的外星科技。凡是和外星人相关的机器，比如万能翻译机（就是魏泽以为没用的大黑箱子），还有偏光镜（一种视觉辅助装置，让外星人看到熟悉的场景，让他们不至于因为初来乍到而感到太过慌张），以及生命维持装置（来地球的外星人是适应类似环境的，不过还是以防万一，好比去西藏要提前备好氧气袋）都是由极其庞大的外星机构提供的，那是一个跨越星际的庞大组织，叫作"星际联盟"，可以把它视为外星人的联合国。

地球愿意接纳这些外星人，除了出于同理心，魏泽听说，还因为星际联盟给予了地球很多先进的技术。平时乘坐的地铁据说就是基于此，魏泽恍然大悟，难怪现在不管到北京哪里差不多都是一个小时的工夫。

02

可惜外星人带来的好处还没有延伸到基层民警。

"转正也不会给你涨工资的。"黄主任保持着微笑,"而且由于安全原因,采购主体变更,换句话说,就是占用了局里的经费,可能还会降。"

这是魏泽转正后,第一次见到黄主任,组织部领导邀请他来办公室交流心得。

"不不,我不关心这个。"魏泽咽了口唾沫。他心里一直惴惴不安,还以为这次前来是领导要责难他的工作态度呢。在得知爱莲小区的真相前,他曾投出简历,准备要应征刑侦部门的岗位,现在撤回又太迟了。

魏泽表现出的惶恐和犹豫不定,被黄主任误以为是遭遇到了"外星文化冲击"。这是个新名词,文化冲击是指一个人从其固有的文化环境中移居到一个新的文化环境中所产生的文化上的不适应,再在前面加上"外星"限定,正是魏泽现在的真实写照。

"不对,"魏泽抗议说,"我一直在地球上,那些外星人才是移居者。"

"但在爱莲小区里,你必须适应他们。"

所以严格地说,魏泽处在两种截然不同的文化环境中:工作时面对的全是难以沟通的外星生物;下班之后则回到熟悉的环境中。

不神经错乱才怪!

这就是为什么要暂时隔离外星人,不管对地球人还是外星人来说,都是巨大的冲击。带来的结果嘛——魏泽就是活生生的例子。

"黄主任,这些外星……"魏泽及时把"章鱼人"三个字咽进了肚子里，"外星人，到底是什么来历？"

黄主任保持着他标志性的微笑，从办公桌的深处掏出了一个黑匣子，推到魏泽面前。

"这是机密文件，现在你可以读了。"

这个黑匣子足有十几厘米厚，想来里面装的也是大块头。盒子外面用封条密封，上面盖着几个鲜红的骑缝章。封条上有几个大字："仅限魏泽查阅"。

"这是……"他感到愕然，抬头看了眼黄主任。

"对，这是专门给你的。根据阅读者的保密级别，每个人读到的内容都有所不同。"说着，黄主任起身，"资料不能外带，你在这里慢慢看。我先出去了。"

魏泽迫不及待打开盒盖，果不其然，里面是非常厚重的资料，封面上书"爱莲小区安置计划"。底下还有一行小字，更彰显了资料的重要性——"仅供相关人员阅读"。

他终于也算是相关人员了。魏泽一阵心酸。来不及多想，他从盒子里掏出文件，兴奋之余低估了文件重量，险些扭伤手腕。

魏泽翻开第一页，看到内容，他略有些失望。首页是"目录"。之所以非要强调这两字，是因为除这两个汉字以外，其他部分都被用黑色墨水精心地一行一行涂掉了。

嗯，那继续看后面吧。

第一部分：概述。

以下被涂黑。

接着向后翻，还是涂黑的。

魏泽的高兴劲儿转瞬间变成了暴躁。他飞快地翻着书页，每页的情况大同小异：有的整页被涂黑，有的略微显出几个字，却是无关紧要的东西，诸如章节序号或助词之类。

"这是怎么回事？"魏泽气急败坏地嚷嚷道。

被叫回办公室的黄主任一脸尴尬："应该是因为你的保密等级还不够。"

"您看看，这上面根本就没有什么可以读的嘛！"魏泽把文件拿在空中，唰唰唰地快速翻页。

黄主任立刻背过身，示意魏泽把文件合上。等他照做后才回过头来，露出苦笑："这是专门给你的，我不清楚里面的内容。"犹豫了片刻，补充道，"你从工作中了解具体情况也许更容易。"

03

魏泽的情报来源只有警务工作站里唯一的同事，看起来像树懒的陆茂警督。黄主任说，陆茂经验丰富，而且从爱莲小区建立之初就在这儿工作，掌握了不少相关情况。

于是魏泽决定回去向警督求教，偏偏有经验的老警察前往上级部门述职去了，十有八九是魏泽上次发现猫尸所引起的连锁反应。

连锁反应不止一个。

"你也被调走了？"魏泽一下子从座位上蹿了起来，紧握着手机，表情震惊。

"是啊。"电话那头的马奇风轻云淡，"采购业务已经转到后勤部，我可以彻底脱身了。"马奇之前在爱莲小区里负责杂项采购，本职工作则是机关保密部门的。能从与本职工作无关的事务中抽身，他心情大好。

只是对于魏泽而言实在是个坏消息："我还有很多问题想向你请教呢。"

"这个忙我可帮不了。"不带丝毫犹豫，马奇立刻行使了否决权，"根据保密条例，"这是马奇的老本行，"咱俩的保密等级不一样，我没法告诉你答案。"

魏泽快快地挂断了电话，通话时间甚至还没有找到马奇的电话号码花费的时间长。

他好不容易想学习，却找不到老师，真是件伤心事。

如果是在以前的辖区，他可以向很多人求教：纳凉的大娘、锻炼的大爷、路边的小贩……如果有需要，直接上门沟通也未尝不可。可现在他能做的选择几乎没有。

困难在于语言不通。

除了自己和陆茂两个地球人，占据数量优势的居民都是名称奇怪的外星章鱼人，所以黄主任要自己适应他们也不算是过分的要求。

在整个安置点，也就是爱莲小区，唯一的一台万能翻译机体形庞大，绝无随身携带的可能。但凡踏出了警务工作站半步，他和整个小区的沟通就会彻底中断。

如果有个既懂外星语，又懂中国话的家伙就好了。当然，要排除陆茂：一方面是因为陆茂级别比他高得多，另一方面陆茂不喜欢外出，自然就减少了和外界接触的机会。

可是符合要求的人实在少之又少，近乎……

魏泽突然想起了一个人。

确切地说，是一个外星人。

物业办公室就是一座大仓库，里面堆满了外星章鱼人的各类生活必需品。魏泽在门口扫了一眼排班表，运气不错，今天正好是李莫上班。

"李莫！李莫！"他冲着山一般的补给品高声叫道，不出意料，毫无回应。

不知是李莫反应慢，还是所有外星人的反应速度都欠佳。反正两个人第一次碰面时，魏泽是没能叫出人来，这一次看来也够呛。他叹了口气，刚要往回走，突然从麻袋堆后面冒出了个脑袋。

"吓死我了！"魏泽抱怨说。上一次李莫也是这么出场的，差点把魏泽吓出心脏病，"你能不能别这么一惊一乍的……"

然而，这个人不是李莫。

随着在入境登记过程中见到的外星人增加，魏泽已经可以区分他们的外表，通过脑袋的轮廓、眼眶的大小和位置、眼球的饱满程度、高矮胖瘦，等等。只要仔细观察，就会发现外星人之间有着细微的差别。

"李莫在哪儿？"话音未落，魏泽就后悔了。要是语言相通，他何苦费这个劲呢。算了。

魏泽莫名生气，愤愤地转头出去，空留下一脸迷茫的外星章鱼人。

04

这样的巡逻到底有什么意义？

沿着固定路线扫过十四幢楼之后，魏泽心中如是思考。不过，每次巡逻他都没落下，毕竟这个行为起过一次作用，就是看到苟富贵埋尸的那次。话说回来，当年自己在派出所辖区里的巡逻，也没有遇到过犯罪不是？这是一种震慑，是犯罪预防，令犯罪分子不寒而栗。可是爱莲小区里，哪里有什么犯罪分子？

别说犯罪了，整个小区空荡荡的，连活人都见不到一个。这里的防护措施也足够严密，可以阻挡住外界的一切。唯一和外界相连的大道远离主路，压根没有人经过；围绕着小区的护栏足够高足够密，绝对能将绝大部分哺乳动物，尤其是人类，拦在外面。外星人又躲在家里，足不出户。

魏泽觉得自己根本不是辖区民警，更像是每天监视牢笼的狱警。

新鲜感一过，刚刚转正的魏泽又积累起不满情绪。事实上，这几天他陷入了两难之境。

魏泽原本就在筹划自己职业生涯的未来，思索在这里干下去是不是个正确的选择，加上刑侦部门发出的内部招贤启事令他左右摇摆。当时他以为自己身处最基层，升职无望，犹豫再三还是摁下了发送键，将自荐信发送到了刑侦部门的电子邮箱。可是看到邮件成功发送后，他又感到懊恼，想想觉得留在这里也不算最糟，万一被陆茂或黄主任知晓此事，对自己也是个麻烦。然而犹豫不决的魏泽想再点撤销召回邮件已经来不及了。

结果魏泽终日忐忑不安，直到被黄主任叫到组织部办公室。他还以为自己两头下注的举动被戳穿，然而他只是被叫去阅读保密文件罢了。

为了缓解心中的焦虑，他决定着眼于当下的工作，负罪心理使得他投入全部精力努力学习外星语言，偏偏又毫无进展，鼓起的所有勇气卡在开端。

马上要巡逻完爱莲小区里的十四幢楼宇，失望的魏泽心想，单调的工作又要结束了。就在这时，他突然看到远处有人正从围栏之间钻进来。

护栏的间距肯定容不下一个人的身体，就算练过软骨功也不行，更别提还连连越过几层，眼看就要突破最后一道防线了。

"停下！"魏泽冲了上去，"不准继续前进！"

来人身子已经过了半截，余下的身体马上也要穿过护栏，却在此时被抓个正着。他进也不是，退也不是，原地站立。

距离足够近时，魏泽看到了他的脸。

对方满脸惊恐。

"搞什么！"魏泽就算有八颗心脏也不够这么折腾，他真恨不得在对方身上擂一拳，可是又怕这一拳打出什么问题，所以伸出的拳头张开变成了手掌，拉住对方的一条胳膊。

——或者是腿。魏泽还分不出他们的八肢哪些算上肢，哪些算下肢。

"我正找你呢……哎，你怎么出去了？"

李莫似乎有些不知所措，没有回答魏泽的问题。如此紧密的护栏，对于李莫根本不是麻烦，身体就像没有骨头一般从两根金属棍中间轻松穿过。

魏泽越发觉得他们像章鱼，可以自由伸缩，钻来钻去。

"我不知道，该怎么解释。我的普通话还不好。"李莫在小区里站定。

反正这事也轮不到魏泽管，更何况之前马奇不是也和物业的外星人出去过嘛，这大概是正常操作吧。

"算了，没关系。我找你是想了解一下你们这些外星……"看到了刚才过栏那一幕，进一步加深了魏泽的印象，这些来自外星的家伙都是浑身软骨的大章鱼。

"拜塞尔星。"

"什么？"魏泽对李莫提到的名称感到既熟悉又迷惑。

"我的母星，"李莫坚定地说，"叫作拜塞尔星。它比你们的星球，更冷，更重，我们可以接受现在，这样的状态。"

"你是想说你们能适应地球的环境？"

"能适应，仅仅是适应。这里不是家。"外星章鱼人眼睛里似乎闪现出了动情的神色，"拜塞尔星更富饶，可以吃到更丰盛、更新鲜的食物。这里只有简易品，罐装货。"

你还真不客气。魏泽心里说，总觉得章鱼人的语气中还有一丝淡淡的嫌弃。跨星系的运输时间想想都觉得可怕，能把罐头从以光年为单位的距离外运过来就不错了，你还想吃新鲜的？可是转念一想，客居在外，家乡遥不可及，任何思绪都是思乡之情的延伸。他们想要的，不过是过回原来的生活罢了。

这样一想，魏泽对李莫，还有整个小区里的拜塞尔星人产生了同情。"还有什么不习惯的地方吗？"他静下心来，想知道更多信息。如果自己能帮上他们一点，哪怕稍微缓解一丝乡愁都好。魏泽回忆起在小区里探索时的情形，不禁感到心酸。这些外星人的房间里几乎什么都没有，不难想象他们的生活有多么无趣。

"这里危险。"李莫似乎是要向魏泽指出危险源一般，环视四周，"每一处……致命。"

魏泽跟随他的视线，看到了几棵被剃秃的绿植树木，上面只有短短几根枝杈。

"它们会要了你的命？"警察不解地问。

"太尖锐，"李莫的一肢绕着圈指向其中一棵树，圆心是树杈的尖，"刺穿，我们会死。"

树杈对拜塞尔星人有危险。魏泽暗暗在心里记下这条。"还有呢？"

"想不到。"

"如果想到什么，随时告诉我。"魏泽想了片刻，追问道，"你们有什么娱乐方式没有？"

"娱……乐？"

"就是让你们开心的事情，比如……"话音未落，魏泽看到李莫的所有肢体都护住了身体正中央——大概是心脏的位置吧——他一定是误解了"开心"这个词的意思。算了。

"拜塞尔星有什么特别的，与地球，也就是和这里相比，不同的地方？"如果能找到不同，魏泽就知道可以向哪里努力了。

"它很美。"

魏泽点点头，什么也没说。这算不上特别，听他继续说下去吧。

"这里很大。我从飞船上看到，陆地很大。我们那里很小，到处是水，陆地很少，很分散，就像星星，一个个点。"

外星人的语气和他的描述一样单调，可是在魏泽的脑中绘制出了一幅美妙的画卷。他闭上眼睛，想象着一片蔚蓝的海面上，星罗棋布般点缀着岛屿。微风徐来，波浪卷起，把一条条鱼送上海岸。拜塞尔星的居民兴高采烈地抓住鱼，将食物高高举起。

"后来呢？"

"没有什么后来。"李莫把魏泽带回了现实世界，"总是有人不满，他们想要破坏。战争，毁了生活，我们的平静。"

地球也有同样的悲剧。太阳下，不，宇宙中无新事。各方都打着正义的旗号将战火逐步升级，直至摧毁平民生存之本，才有一个超越现有体制的组织姗姗来迟，将内战中失去一切的难民带离家园，收容到一个个逼仄的安置点里。他们虽然有幸逃离战争，但同时也永远离开了熟悉的生活环境。

地球上也有同样的不幸。唯一值得庆幸的就是，拜塞尔星的悲剧还没发生在这里。

"我明白。"魏泽睁开了眼睛。

李莫直视魏泽良久，才用他特有的迟缓语调说道："你不会明白。"

"我能为你们做什么？"魏泽轻声说道。他想为这些难民做点什么，至少让远离家乡的他们不只生活在痛苦的回忆中。

李莫的回应一直都很慢，但这次的反应慢得出奇。等待的时间过于漫长，以至于魏泽以为对方没有听到自己的话。

良久，外星人总算给出了答案，但这个答案令人心酸不已。"什么也没有，"停顿片刻，他重复道，"什么也没有。"

沉默之中，魏泽脑海中不知为何突然跳出了一句诗："没有人是一座孤岛。"

可是后面的词句他完全想不起来了。

05

"补给越来越少。"纽回头看着痛苦呻吟的同胞，无奈地比画着。

避难所里，不分老弱都挤在门口，渴求着难得的舒适。今天运气不错，外面泼了水，温度下降了，也没有光。以往他们要用身体挡住永无休止的光芒，当然，只有身强力壮的人才行。他们尝试过各种办法，仿佛这个星球没有白天黑夜之分，任何时候都会有光射入避难所，令人心神不宁；而且这里也比拜塞尔星更热，令人难以忍受；食物短缺似乎只是众多难题中最微不足道的一个。

乌亮出了自己的八肢，表示自己没有隐瞒："我已经尽力了。"

乌再次失败了，没能搞到补给品。避难所里已经所剩无几。

黑市的船票耗光了纽的全部家产，剩下的身家不足以让他储备下足够的物资，避难所里的其他人情况也差不多。他们来到这颗星球时，已经是山穷水尽。偷渡船的主人吹得天花乱坠，把这里称为天堂：没有战乱，没有危险，没有追捕。被这样的宣传吸引，纽投下巨资。原本在自己的家乡拜塞尔星，纽还算平均生活水平以上的市民，而现在他一无所有。

就在几分钟前，纽还以为自己永远不会像乌一样——纽保有高尚的道德水准，并引以为傲，但在饥饿和困顿的打击下，道德和情操荡然无存。

乌则从来没有幻想，他完全依据本能，自从来到外星，盗窃或是抢劫对他来说就像家常便饭。也多亏了他，自己和同胞才得以苟延残喘至今。

纽听说过星际联盟安置拜塞尔星人的地方，那里根本就是另一座监狱罢了。下船的第一件事就是进入外星人的审讯室，再被送进一幢幢的密闭空间，与世隔绝，从此杳无音信；周围没有水源，所以同胞无法逃脱；外星人看守日夜巡逻监控。

黑市里的人曾经把这里描绘成天堂，是战乱中的拜塞尔星人梦寐以求的仙境。可是真正身处此地，纽才明白真相，一切都是编造的。他们只是被骗来充当外星人的猎物。纽见过外星人虐待纽的同类，不是来自虚幻的加工视频，而是亲眼所见。就算在梦中，那副刑具上绘制的异星图案依然反复出现……

所有的补给消耗殆尽；身处异星，避难所之外是危机四伏的环境；异星狩猎者大肆宣扬它们的胜利，残缺的同族尸体被四处悬挂……

是时候抛弃无形的道德枷锁了。

"我该怎么做？"他要做的，只是对外星虐待狂实施一些微不足道的反击。

乌展开绘卷，用他的八肢将要点一一指出："这里就是物资储备点，所有的食物和清洗剂都保存在这里。"他的第四肢在绘卷上移动，指引着新手，"你需要穿过障碍物——很容易，对咱们没有任何困难，这不是防御我们的。"第五肢指向下一个点，"直接穿过这条路，记住：避开这些东西，它们上面缀有锋利的机关，这才是专门对付我们的。"乌把绘卷递给纽，让他牢牢记住，"你要多加小心，一旦被刺中，谁也救不了你。除非你能让自己硬起来……"

纽想到一个重大问题，抬头问道："外星看守呢？我记得这里有一个看守，我见过的。"

"你不必担心看守，"乌笑了，仿佛说的是绿毛龟，或者其他美食，"你更需要担心的是我们的同类。"

"同类？"纽不安地重复道。

"拜塞尔星的叛徒，"乌愤怒道，"他们加入外星人的行列，是压榨自己人的帮凶。小心他们，在储备点里，躲开他们。今天不需要，但小心为上。"

"好的。"纽埋首于绘卷中，他必须将上面的一切记入脑中，才能抓住微弱的机会，挽救困境中的同胞。

乌看到表情严肃的纽收起绘卷，挥舞八肢衷心祝福道："祝你好运。"

纽扬起了八肢，比出一定会全力以赴的动作："我会成功的。"

"多带些清洗剂回来。"乌扫过避难所里疲惫的拜塞尔星同胞，"我们现在最需要这个。"

06

雨停了，魏泽走出工作站，打算把闲暇时间花在物业办公室里。路过楼宇时，看到穿梭飞船还在原位，有一阵子没出航了。从远处看去，这艘飞船俨然是爱莲小区的一幢楼，不知是特意如此设计的，还是外星人的审美也同样可怕，反正足够唬住外人，魏泽刚来这里的半个月，就被它生生唬住了。

到了物业办公室，魏泽却一时不知道该做什么。

也许他能找到什么帮得上忙的东西，他只是觉得这些外星人的日子太悲惨了。成天到晚只能蜗居在狭小的房间里，既没有网络也没有电视——毕竟爱莲小区没有安装相关的信号发射器——大眼瞪小眼可算不上娱乐。

魏泽尝试去了解那些麻袋和钢瓶里到底装了什么——俗语说，想掌握一个人，要先掌握他的胃。这个定律对外星人也有效吧？

可惜在仓库里翻遍麻袋，他能看懂的也只有上面的地址标签，其他的对他而言都是鬼画符。至于钢瓶，看着倒像地球产品，他正要过去研究，不想有人比他还快。

只见一个黑影抄起钢瓶，八条腿深一脚浅一脚踩在堆积如山的补给品上，动作飞快，几下便从魏泽身旁越过，朝大门冲去。

平日里，魏泽此刻应该在办公室整理资料。幸好今天临时改变了行程，魏泽略带兴奋地暗想着。

于是户籍警也不甘示弱，撒腿向门口追去。

"站……""住"字还没喊出口，他就被满地的麻袋绊了一个跟头。魏泽赶紧四肢并用，攀爬过不规则的麻袋山，等再站起来抬头搜索，黑影早已不见踪影。

"他跑哪儿去了？"他回头对着物业工作人员大吼。

物业的外星人指了方向。这下魏泽更糊涂了，因为八条腿的指向全都不一样。

急忙冲出门去，魏泽一眼就看到了领先的外星抢劫犯的背影。他刚刚在室内障碍赛中落后了几十米，回到直道上就占了些许优势，毕竟对方还抱着东西呢。

距离越来越近，抢劫犯似乎也慌了手脚，他急于甩开身后的追兵，慌乱之中选择了一条错误的路线，一头扎进辅道里。

魏泽窃喜。这是条死胡同，等待着他的是三面高墙。完美的瓮中捉鳖。

几秒之后，紧追不舍的警察也冲入了泥泞小路，罪犯必将束手就擒。

"别动，我是警察，你被捕了！"

警察累得直咳嗽，好不容易说完这番台词，却没有任何人响应。

因为罪犯消失了。

魏泽呆立在路口，一动不动，脸上写满了震惊。

消失的不仅是罪犯本身，还有罪犯的足迹。

这是条没有用的断头路，所以没有费心铺设塑胶跑道，它还保持着最初的土路状态。而今天刚刚下过雨，土地被浸湿变得泥泞。可是泥泞之中，竟然没有一丝人来过的印记，地面上没有留下任何足迹。周围三面三米的高墙，也是普普通通的砖墙，没有什么抓手，想爬想躲都不容易。

难道是自己看错了？魏泽睁大双眼。

不应该啊！明明钢瓶还丢在小路上。

那个抢劫犯却不翼而飞了。

魏泽的正前方，五米远处有一棵大树，他抬头向上看去，这棵树似乎被遗忘了，不像小区那几棵经过修剪，树叶十分茂盛——也就是说，树杈多得数不清。外星章鱼人不可能躲到那里，否则早就被戳成筛子了。就算犯罪嫌疑人不怕死蹿上了树，也解释不了这个关键问题：树下没有脚印。

活见鬼了。

仿佛是为了证实魏泽的想法无误，一阵小风袭来，白烟骤起，就像恐怖片里常有的妖雾，流动的空气划过树叶，响起古怪的声音，如同恐怖片里的音效。

只是微风拂过，魏泽却感到浑身冷飕飕，似乎要验证他身处非人间。

07

陆茂看着沮丧的魏泽，缓缓放下手上的黑皮笔记本。

"是的。"警督慢条斯理地回答，"他们的确怕尖锐的物体。"

魏泽松了口气，至少没在这里犯错。

"他们的皮肤很薄，很容易被刺穿。地球的气压比拜塞尔星更小，就是说他们体内的压强更大。一旦被刺破，体内的血液会迸射出来，喷很久、很远。不及时止血的话，肯定有生命危险。"讲完了物理学，陆茂奇怪地看了魏泽一眼，"这些资料不就写在《安置计划》里吗？你没看？"

不提还好，一提这套文件，魏泽就一肚子气："我看了，跟……算了，我就是为了验证一下。"与其赌这口闲气，还不如趁着陆茂在，多问点有用的呢，"喷多久？多远？"

"持续四五分钟吧，能射几米远。"

魏泽回忆了一下当时的情形，庆幸这次的家伙没冒险，不然小路上都是外星人的血。想当年在派出所时解决外国人的纠纷都可能引起国际争端，这要是外星人死了还不得导致星际冲突啊。魏泽倒吸了口凉气："真遇到怎么办？"赶紧学习急救方案吧。

"使劲压住受伤部位，堵住出血，迅速包扎。"

"用绷带？"

"效果最好的是保鲜膜。"

"保鲜膜？"没听错吧？等等，之前陆茂说过，爱莲小区外购仅有的几样物资里，就有保鲜膜。当时他还以为是保存剩饭用的，没想到还有这等妙用。

好吧，又记下一条。

"他们也跳不了多高、多远，对吧？"魏泽继续发问。那些家伙是章鱼，又不是飞鱼。

"比人类强一点，不多。"

魏泽不放心地追问："跳不了三米高、五米远，对不对？"

陆茂点点头："远远达不到。"

魏泽把脑中的事项列表又划下去几行，又问："外星人也是有重量的，而且他们不会轻功，像踏雪无痕什么的，所以踩在泥里是会有脚印的，对吧？"

陆茂盯着魏泽，眼神中带着不解，但他还是回答了问题："是的，他们也会留下脚印。"

"但是他们会缩骨功，把身体压扁，或者挤成某些形状。"

"拜塞尔星人不像人类那样，有坚硬的骨头，他们为了适应拜塞尔星的环境，的确可以自由穿梭于各种障碍物。"

所以，爱莲小区外面的护栏并不是为了防御外星章鱼人的。不过魏泽也确定，那条辅路边上的墙绝没有什么窟窿眼可供犯罪嫌疑人钻进钻出。

"但终归不是隐身，或者七十二变什么的，对吧？"他们不可能把肤色变透明，或者扭曲身体变成别的物体。

"是的。"陆茂怀疑的表情越来越重了。

正好脑内清单上的所有问题都问完了，魏泽随便找了个借口就跑回到自己位子上苦思冥想。

外星章鱼人跃不过高墙，也不可能隐身于犄角旮旯或者与环境颜色融为一体，更不可能自杀式地冲向长矛般的树杈。而且就算他真的用什么魏泽现在还没想出来的招数做到了，也还是解释不了脚印消失之谜。

现在还不到汇报的时候。他手上唯一的证据，只有写着配送给第十四幢即N幢某户的钢瓶，现在也已经被送回了仓库，已然淹没在钢瓶大海之中。魏泽不确定物业的那个家伙会不会袒护同类，也不确定这样的未遂案件能否勾起陆茂的兴趣。

而且，他想自己厘清真相。

上一次的失败完全是因为不知晓社区的秘密，才会被掌握更多情况的陆茂占了先机。这一次情况就完全不同了。

再抬头，魏泽发现陆茂正直视着自己，面部表情虽然平静，可是眼睛里带着洞察秋毫的敏锐。魏泽赶紧转过头，不敢对视，生怕自己心里想的都被他看穿。

08

重返犯罪现场多调查几次，总能发现新的情况，这是犯罪调查的金科玉律。魏泽相信，再精明的罪犯也会留下蛛丝马迹。只是绕着这个狭小区域转了三圈之后，他的信心就不那么强烈了。

什么都没有。

魏泽的调查又回到了原点。

这条路走不通。他想着，必须从别处着手。比如从最简单的地方开始想，谁需要这些东西？

答案肯定是外星人。原因一，这些东西只对外星人有用；原因二，他看到了犯罪嫌疑人有八条腿。

那么由此引出第二个问题：为什么他要去抢？物资分配实行配给制，至今仓库里的物资依然爆满，不太会配给不足。并且物资分配不可能只交给物业人员安排，而人类一无所知。况且这种分配制度已经实施一年了，如果有人的配给不足，陆茂肯定会第一个知道。所以，他干吗要抢？

结合这个家伙直接拐进死胡同的问题一起考虑，是不是小区以外的人作案呢？问题2.1，他能否顺利进出小区？答案是肯定的。层层护栏防不住外星章鱼人。那么问题2.2来了，既然所有的难民都安置在爱莲小区，小区以外的外星人是从哪里来的？

这个问题魏泽暂时回答不出来，顺着这个思路继续下去，他又想到问题2.3，如果小区之外存在外星人，那么他们依靠什么为生？答案是和小区同样的食物和钢瓶。他们的物资——问题2.4——从哪里来？

这下就顺理成章了：肯定不是靠配给，所以只能靠偷或抢。

也就是说，这或许是第一起案件，但绝对不会是最后一起。

为了弄到物资，他们必须再来。

那么他们什么时候再来？

说曹操曹操就到，一道黑影出现在魏泽的余光中。魏泽顺势转身，大喝一声，一招将对方制住。

对方八肢抱住头，一副等着挨打的模样。

"怎么又是你！"魏泽每次预感到危机来临时，遇到的都是同一个人，"你怎么到这儿来了？"魏泽的神经松弛下来，放开李莫，让他自由活动，"对了，"魏泽突然想起来，自己只知道他在物业上班，却不知道他的住处，"你住哪儿啊？我好几次找你都没找到。万一有急事的话……"

"我不知道。"李莫思考了片刻，补充说，"我说不清。不懂那些。"他边说边回头看楼宇的墙面。

"你该不会只懂中文，一点其他语言都不懂吧？"魏泽惊讶地问。

李莫的答案还是一样："我不知道。中文是什么？其他语言是什么？"

"算了。"魏泽无可奈何地摆摆手，"我还是去物业找你吧。说起来，你的中文——我是说人类的语言——在哪儿学的？"警察一时好奇心起，追问。

"家乡……"

"啊，你们那儿还有教外语的？"魏泽更加好奇，"难道你们早就知道要来地球？"

"不，是家乡……来地球的飞船上。"

"哦，原来如此。"魏泽点点头，"星际联盟的飞船吗？"

"是的。"

"除了星际联盟的飞船，"蓦然间，魏泽脑中跳出一个奇异的念头，"还有没有其他的飞船也到地球？"

李莫沉默良久勉强摇头，看起来对此毫不知情。

不过魏泽也能想到。

在地球上，除了通过联合国难民署，还有为数众多的难民是依靠偷渡等手段的，比如仅仅凭借着一条舢板横渡地中海。那么把比例尺扩大到星系级别……

那些抢劫犯的来历不言自明。

09

记录在案的外星难民仅仅是一部分，还有数量庞大的黑户散落在外面。他们为什么不愿意来到安置点，加入爱莲小区呢？

魏泽再次开始冥思苦想。

这里有安稳的住处，吃喝不愁。

但是毫无生气。

从来到爱莲小区的第一天起，魏泽就觉得这里更像监狱或者坟墓。他见过的寥寥外星人，包括只在门口有一面之缘的若干调查对象，还有李莫，以及神龙见首不见尾的苟富贵，多多少少都带着冷漠的气息。他们似乎彻头彻尾地断绝了和外界的往来，一心只想隐藏在黑暗中。

孤岛。

这个词反复出现在魏泽的脑海中。

也许是因为拜塞尔星是由一座座岛屿构成的吧。

想了很久，魏泽把自己要做的事情分为两个方面：做点什么，让爱莲小区热闹起来，以及把这样的热闹传递给小区外面的人。

这就需要一位使者。

魏泽心中有一位合适的人选，就是那位不知何时会再次出现的抢劫犯，他将是架起爱莲小区与散落在外的黑户间的桥梁。只要能让他了解到爱莲小区并不可怕，那么就可以由他来说服其他人。魏泽也有机会从这个局外人口中得知小区所缺乏的东西。

魏泽花费了几天工夫准备好野外生存的工具，计划从今天起就在小区里安营扎寨，等着对方主动送上门来。

然后他就挨了当头一棒。

"这个案子不需要继续调查下去。"陆茂的一句话就彻底击碎了魏泽的所有努力。

魏泽堆出一脸傻笑："什么案子？我最近一直闲得发慌，陆老师。"

"拜塞尔星人偷抢配给物资的事情，不需要查。"陆茂依然平静地说，"你也不用偷偷摸摸监视物业办公室了。"

自己的一步步难不成都在陆茂的预料之中？

"哪有这样的事情啊，什么时候发生的？我完全不知情。"魏泽只好装傻装到底。

"这是我们默许的。"

"啊？"魏泽见伪装失效，急不可耐地问道，"为什么啊？我们为什么要纵容犯罪，难道就因为他们是外星人？"他的语调越说越高。

"你想得太复杂了。"陆茂摇摇头，"一来是为了防止偷渡客和人类社会过早接触，如果他们能从我们这里获得补给，那么就会减少与人类碰面的可能。二来是希望避免无谓的伤害，爱莲小区里有些地方对拜塞尔星人很危险，所以尽量避免让他们剧烈活动。"陆茂三言两语就把事情解释清楚了。

原来你们早就知道黑户的事情，竟然就没个人告诉我！魏泽感到自己被忽视了。"您说的原因我理解，可是配给的物资不是按照人数提供的吗？物资上不是写着户名了吗，凭什么他们可以偷，而小区里那些没有犯罪的住户要挨饿？"

"不会的。星际联盟提供的物资很充足，就是为了应对这种情况。"

魏泽绞尽脑汁也想不出什么大道理，于是他又绕了回来："那为什么不把偷渡客也接到小区里呢？"

"我以前尝试过，不过他们有强烈的抵触情绪，一时化解不了，所以还在等待合适的机会。"

"您已经试过了啊？"魏泽才明白自以为先人一招，其实都是陆茂玩剩下的，自己不过是在重走前人的老路，"那原因呢？他们排斥爱莲小区的理由是什么啊？"

陆茂的字典里似乎没有羞耻感这个词，对于失败的过往他也如实答道："目前还没有找到。"

"我想试一下。"魏泽抓住这千载难逢的好机会，勇敢地说了出来。

料事如神的陆茂似乎没有想到这样的回复，他沉默了好一阵。魏泽满怀期待地看着他，等着最终的答复。

"你的计划是什么？"陆茂又一次用问题代替了回答。

计划？什么计划？魏泽愣住了。他根本没想这么多，只是想先找到他，然后……

"如果只是'见到他，说服他'，那这个方案不行。"

要拒绝你就直说，不用拐弯抹角！魏泽心里沮丧地想。

10

既然这条路走不通，那就另辟蹊径。

魏泽趁着闲暇时光去了趟物业办公室，抓起几个麻袋和钢瓶，扛在了肩膀上。

陆茂不许他监视物业办公室，那他就不监视；老警察不让他继续调查这起案件，那就他不调查。他要做的，只是把"多余的"物资换个地方存放而已。

把它们露天存放，让偷渡客更容易找到。

所以，他监视的是爱莲小区另外一处，以及，他是在预防犯罪。

这些物资可以让偷渡客感受到地球人的善意，然后找到机会双方见面，自己邀请偷渡客去警务工作站会谈，最后在万能翻译机的帮助下说服他。

完美的计划。

一天后，第一批物资消失不见，他没看见偷渡客。大概对方下手的时机正巧是他在警务工作站里忙碌之时。没关系，反正这些东西多的是，陆茂说过的。于是他又扛来了新的，摆放在原处。

没过多久，他就看到远处有个身影鬼鬼祟祟地向新一批物资靠近，目标有些远，看不清楚具体情况。没关系，多等一会儿就行。魏泽嘴角禁不住上翘：这下可找到你了。

正高兴着，意想不到的事情发生了：位于第四幢和第五幢楼之间的穿梭飞船腾起了巨大烟雾。它怎么偏偏赶在这时候发射啊！魏泽目瞪口呆，眼瞧着雾霾遮天蔽日而来，刹那间将整片区域染成了纯白色，能见度更是从几百米骤降到只有几米远。

"该死！"魏泽咒骂着，他完全失去了目标，就像第一次遇到苟富贵时一样。不及多想，他一下子跳出隐蔽区，冲向物资堆放点。

外星章鱼人也差不多同时赶到，他似乎注意到了魏泽，转身就逃。

魏泽连冲三步助跑，随后纵身一跃，将外星人压在身下，嘴里高喊着："别紧张，我只是想和你谈谈！"

身下的外星人没有反抗。魏泽反而紧张万分，他躬起身子，想快又不敢太用力地将拜塞尔星来客翻了个面，同时心脏几乎跳到了嗓子眼。千万别有事，千万别有事。他心里念叨着。

然而魏泽的心情又一次大起大落："怎么又是你！"瞬间从紧张变成了不满，忍不住重重地推了李莫一把。他独自起身，没有伸手拉躺在地上的外星人。

"你到底在干什么？你为什么要过来动这些物资，你难道不知道……"

魏泽停下了话语。他看到雾霾之中，还有另外一个黑影在靠近。

就在这电光石火之际，魏泽突然明白了一切。

"原来是你！"魏泽惊讶地说道，"我还以为……那天我看到你在下班之后搬运配给物资，还以为你加班给楼里的住户分发。其实你是在往外运。"他的声音嘶哑，"当时我就该注意到，放下物资的地方根本没有住户，那可是围栏旁边！"

他的呼吸太急促了，不得不停下来。

而他指责的对象依然倒在地上，压根没想爬起来。

"你这个吃里爬外的……的……的内奸！"魏泽气得讲话都不利索了，"正要过来的家伙是黑户、偷渡客，或者随便什么名头，他是你的同胞，是来接应你的，要一起把这些东西搬走，对不对？是你帮忙把小区里的物资倒腾到外面去的——那天你值班，我看到你从围栏外回来，其实你在借这个机会把物资向外送！如果你不值班就让他们自己进来偷，难怪他们知道仓库在哪儿——"

那个黑影越来越近。

他听见吐泡泡的声音越来越大，这说明外星人在这样的环境中同样看不清，这对魏泽来说是个好消息。

"别出声。"魏泽伸出手指警告李莫，"我只想和他谈谈。别惹麻烦。"

他能看到黑影的轮廓，那个外星人几乎就在他触手可及的地方。

太棒了。

我只是想和你谈谈，告诉我为什么你讨厌……

突然他身后传来了另外一阵急促的吐泡泡声。

魏泽眼前的黑影停下了脚步，不再继续前进。又是一阵吐泡泡声，这次声音未落，黑影就转身逃跑。

"不要！"魏泽绝望地大叫，拔腿追了出去。

魏泽追随着模糊的背影，在白色笼罩下的世界中急速奔跑。没追出多远，他看到黑影停下了。

"你可算不跑了……"魏泽一把抓起黑影的一肢，突然他感到手上黏糊糊的，再仔细一看，心里大叫不妙。

原来这个外星章鱼人慌乱之中一头撞上了路边种植的大树。魏泽连忙跑上前，看到一根枝杈刺入了外星人的身体。本来这些树都被剪去了枝条，只不过有的新长出了短短的一截。偏偏就是这么一枝孤零零的枝杈好巧不巧地刺中了异星客。虽然伤口大部分被树杈堵住，但淡蓝色的血液依然从外侧的伤口边缘高速喷出，直直打在树干上，又飞溅回外星人自己身上。

没工夫慌张，魏泽面对这样的情形，迅速冷静下来。他毫不犹豫地拿出随身携带的保鲜膜，裹在伤者身上。

然而这玩意儿也许对开放性的伤口更有效，对于胸前插着一根树杈的完全没用。而抽出树杈相当于拔出香槟的瓶塞，顷刻间就会血流如注。真正在喷血的部分又没有多少接触面，保鲜膜无法遮盖，喷出的血液立刻射穿了薄薄的塑料层。

怎么办？怎么办？魏泽飞奔回去，揪住刚刚从地上站起来的李莫，疯狂地问道："他被刺穿了，怎么才能救他？"

李莫似乎也意识到情况危急。他的反应本来很慢，现在反而快了几拍："哪里刺穿？如何刺穿？"

魏泽在自己的身上比画。

"太迟了，救不活他。"李莫别过脸，闭上了巨大的眼睛。

魏泽的手失去了力气，双臂也垂了下来。

脑子一片混乱。

一定有办法。

不可能。他的生命只剩下四五分钟。

都是我的错，我不该追击。他也不该跑，我只是想谈谈。

我们默许的。陆茂早就警告过他。为了避免无谓的受伤。

可是他没在意。

还有该死的雾，要不然再瞎的家伙也能躲开那棵该死的树。

穿梭飞船发射才出现的大雾……停在第四幢、第五幢楼之间的穿梭飞船看起来就像小区的一幢楼……穿梭飞船一直在，可依然是十四幢楼……

分配给 N 幢的钢瓶……

拜塞尔星更冷……

无数碎片在脑海中组成一个答案。

魏泽回头，自己扛来的物资还堆放在露天空地上。他抄起钢瓶，用尽全力冲向意外发生的场所。

一定还来得及。

外星人的身体明显变浅了，树上蓝色越来越重。

来吧，赌一把。

他抬起钢瓶对准外星人，拔下安全栓，里面的气体喷涌而出。与气体接触的瞬间，外星人的身体扭动了一下，但很快就停了下来，不再有动静。

与此同时，魏泽感到手和胳膊上有灼烧般的疼痛，几秒后，呼吸也变得困难，但是他没有放松，依然高举钢瓶对准目标不间断喷射。

即使在一片白色之中，依然能看到钢瓶喷射出更加浓郁的白雾，笼罩住受伤的外星人全身。

不多时，以高速喷出的气体消耗殆尽，钢瓶的重量也轻了不少。

魏泽丢下用光的钢瓶，弯下腰剧烈咳嗽，一直咳到胸膜生疼。等白雾稍微挥发，他就立刻冲到受伤的外星人跟前。

外星章鱼人的身体摸上去硬邦邦的。只是轻轻触碰，魏泽的手指就立刻有了灼烧感，指尖也变成了黑色。拜塞尔星来客的身体颜色变浅了，比魏泽常见的至少下降了一个色度；眼睛似乎还在微微闪动，显示着微弱的生命气息；八条肢体偶有轻微抽搐；胸前的创口似乎在扭动过程中扩大了，显得越发危险。

但血止住了。

11

魏泽双手抱头，身体蜷成一团，窝在禁闭室的角落。外星人被送往医院，自己则毫无意外地进了局里的禁闭室。

不知过了多久，听见门响，魏泽茫然抬头，看到陆茂进门，他眼中露出渴望与恐惧交织的神色。

"他脱离危险了。"陆茂吐露出的几个字，传递给魏泽期待已久的细微希望。

魏泽长出了一口气，刚才还紧绷的身体松弛了下来，要不是身体倚在墙边，他可能马上就瘫倒在地上。

"我告诉过你，不要继续调查。"陆茂语带责难。

曾经为了这一刻，魏泽准备了无数说辞，可临到用时，魏泽却一个字也说不出来。他避开陆茂的视线，盯着地面，懊悔地点了点头。

"行了，起来吧，出去转转。"陆茂向魏泽伸出手。

魏泽看着陆茂，困惑不已。

"有人想见见你。"陆茂弯下腰，要去拉魏泽的胳膊，只是动作做到一半就停了，他捂住后腰，嘴角抽动了几下。

魏泽双手撑地，猛地站了起来，扶住陆茂，关切地问："陆老师，您没事吧？"

陆茂摆摆手："没事。"说着，他直起身子，退回到门边，"你不是想和偷渡客聊聊吗？你的机会来了。"

"啊，是他？"魏泽一惊。看这个架势，他还以为是黄主任要见他，然后让他卷铺盖滚蛋呢。

"出来吧。"陆茂说罢，转身出门。

"禁闭……解除了？"魏泽保持离陆茂半步的间距跟在身后，略带怯意，实则暗喜。

"当然没有。"陆茂严厉地回答，"谈完回来继续关。"

魏泽顿时没话，半罗锅着腰，老老实实跟着陆茂慢慢走，不敢再多搭话。

走到总部停车场无人处，陆茂停住了。魏泽也立刻收住脚。陆茂回头看了魏泽一眼，眼神里虽有责备，但也隐含着欣赏。

"不过嘛，"陆茂拉长尾音，"你还挺有想法。这样的止血方法我们以前还没有人尝试过，就连一直参与安置项目的医生都没有想到。当然了，他们是担心太危险，稍有闪失，情况就会更严重。"陆茂嘴角闪过稍纵即逝的笑容，"至少这次很有效。"

魏泽的上司都说过他的缺点，就是给点阳光就灿烂。

这不，听到一句表扬，他立刻蹬鼻子上脸，喜悦之情溢于言表："谢谢陆老师，其实我也没想到能管用，这不是死马当……"视线对上陆茂锐利的眼神，魏泽的后半句话被生生咽回到肚子里。

"没有下次了。"他赶紧补充，边说边垂下头，不敢继续看老警察的眼睛。

"行了，上车吧。"

12

病床上躺着的受害者被透明胶带绑成了木乃伊，后来魏泽才知道，因为绷带上面有窟窿眼，无法挡住血液喷发，不适合拜塞尔星人使用，无孔的胶带缠绕伤口更有效。

他忍住想笑的念头，毕竟他就是罪魁祸首。

"非常抱歉，我没想到会这样。"

连他自己都不知道这个道歉是为了他想笑的念头，还是为之前的莽撞行为。

幸好拜塞尔星人不理解笑的含义。

"谢谢你救了我。"多亏了病房里的万能翻译机，比和汉语水平二把刀的李莫对话舒服多了，没有延迟，也没有奇怪的口音。

只是万能翻译机把呻吟声也如实翻译了过来，这让魏泽心里感到有些难受。

魏泽觉得病房里有点冷。他知道是为了制造出接近拜塞尔星的环境。

病房只需要患者感到舒适就够了，不需要探视者也舒服。寒冷就算是附带的惩罚吧。"你的伤都是我害的。"他态度诚恳，"如果没有我在后面追，也不会有这样的事。"

"我不该来。"外星章鱼人说道。

万能翻译机的优点和缺点都是同一个：能如实地翻译每一字。可是你永远别想知道对方到底是诚实还是讥讽。

"我很抱歉……"魏泽低下头，不敢和章鱼人对视。

"我不该来这里偷东西。这是错误的行为。"

魏泽听完一愣，脑子里动起的第一个念头竟然是，不应该随便给别人起外号。

"对了，我叫魏泽，是本片区的户籍警……"翻译机能把这个词如实转达给对方吗？要不要再多解释下户籍警和刑警的区别，不过这么一说就太复杂了。

正犹豫间，对方回答了："我叫辛纽，这个名字只是为了和你沟通用，我的原名你听不懂。在来地球之前，我的职业是……"

章鱼人——不，他有名字，应该喊他辛纽——肯定说了什么，但是没有翻译，传到魏泽耳朵里的，还是一阵吐泡泡的声音。

"抱歉，你说什么？"

依旧是一阵吐泡泡声。

他的职业就连万能翻译机也听不懂。就当是个地球上没有的职业吧，反正现在也不是犯罪调查。

"辛纽，这个名字很……好听。"魏泽咬牙说道。

"是吗？"

拜塞尔星章鱼人辛纽，实在太拗口了。魏泽忍不住内心吐槽道。

"我是从'推荐姓氏'和'推荐名称'这两个列表里选出来的。看来我的眼光还不错。"

想想登记表上的其他名字，没错，比你的同类眼光强多了。

"这表示你打算搬到爱莲小区吗？那是个很棒的地方，我就在那儿上班，你的同胞也在。对了，就是你……"

受伤的地方。

那个地方和"棒"一丁点儿也不沾边。

偏远。

不好看。

死气沉沉。

还有那里的草坪简直像得了脱毛症的绿毛龟。

"不想。"辛纽否决道，"我很感激你救了我，但是对你们……"

辛纽欲言又止。

"我们怎么了?"

辛纽似乎在苦苦寻觅合适的词语,既要保护好救命恩人的颜面,又要把事实说清楚,实在太艰难了。他只能选其中一边。

"你们所谓的安置点就像恶性传染病隔离医院,所有人都倒在地上等死,偶尔有人过去摸摸他们的心脏,只是为了确认他死了没有。"

"根本不是,他们活得好好的,他们从来不缺吃喝,食物多到还能养活外面的人,比如你。"

"外面?哈,外面全都是全副武装的警卫,生怕他们跑出去告诉别人真相。"

"这里不过是警务工作站罢了,而且是为了保护你们,不让地球人,也就是我的同胞进来!"

"那是因为你们害怕你们的同胞会杀死我们,这样就失去了乐趣!"

"谁也不会杀死你们。而且无趣的是你的同胞才对,每只外星章鱼人都一副拒人于千里之外的模样,问什么也不说,我甚至不知道他们喜欢什么。"

"他们有什么要和看守说的?说自己是无辜的?"

"无辜?我认识的拜塞尔星人不是毒杀犯就是窃贼,要不就是有被害妄想症!"魏泽委屈得不禁口不择言起来。

"你知道什么?如果我们不偷,早就饿死了!我们甚至连个睡觉的地方都找不到,到处是光。因为你们一直在追捕我们!你不也是一样在追捕我!"

"我只是想和你谈谈,我一点也不想追捕你,我甚至都不是刑警——我从小就想当,却被打发到这儿,无所事事。你说这里像医院,我觉得更像坟墓。经历了这些事,我以后再也不可能当刑警了，我的职业生涯已经被埋葬了！"

两个人剑拔弩张，冷面相对，各自的心中都燃起了满腔怒火。

这不是魏泽想要的沟通方式。

也许是房间里太冷，身体的冰凉，带动魏泽的脑子也迅速冷静下来。

这样下去，双方只会加剧对抗，场面更加不可收拾。可是他还能说什么呢？事情怎么会变成这个样子，到底哪里出了问题？

"我刚才说的是真的。"魏泽放下了怒火，声音柔和，"我的职业生涯可以说是结束了。"他叹了口气，至少让自己说完心中所想吧，尽管只有一个听众，而且还是个外星人。

"我一直很努力，希望能够加入更优秀的团队，所以我不停地抓住每一个机会展示自己。我本来能干更多的事情，但是我把时间和精力都花在了如何展示自己上。"他想起了陆茂，那位老警察无私地给予他帮助，陆茂无愧于"老师"这个称呼。可作为学生的魏泽只是嘴上这么叫着，心里却视之为竞争对手，不愿分享信息，归根结底是不愿意分享荣誉。陆茂告诉自己的话，他一个字都没听进去，从一开始就当成耳边风。

"假如我真的听了别人的话，至少我不会犯下今天的错误，不会害你受伤。"他稍微停顿片刻，调整下呼吸节奏，"我隐藏线索，肆意妄为，只为登上成功的巅峰。可是到头来一头栽到了泥潭里，彻彻底底完了。"如果一开始就是合作而非独断，那么现在的结局是否会好一点呢？"其实我准备的那些物资，并不是为了引你上钩，我只是想表示一下善意。我们本来可以换一种方式见面的，更友善的方式。可是我忍不住想把你变成我的一项功绩，于是……"他带着真正的歉意看着外星人残破的身躯。不，他的名字叫辛纽。

万能翻译机工作了很久，才把这番话变成了拜塞尔星语，又过很久，才将外星语言转换成了汉语。

"我还是很感谢你的救助，你本来可以放任不管，可是你救了我，还为此受伤。"说话中，辛纽还低头看向魏泽变色的手指，知道对方还惦记着他，令魏泽一阵感动，"但是我依然无法容忍你的同类实施的暴行。这并非什么虚假的谎言，而是我亲眼所见。我看到了我的同类，大部分是婴儿，被折磨、肢解，最后悬挂在刑具上展示，甚至你的同胞还会举起他们的残肢，以此炫耀。我无法容忍这样的暴行。我的家乡爆发了可怕的战争，我们被迫背井离乡。我们只想找到一个安稳的栖息之所，不想成为外星人的玩物。"长时间的停顿，"我个人很感激你，但我无法相信你的同类。所以我不会冒这个险，把我的朋友送进这座临终关怀医院、监狱，或者你说的坟墓。不管它叫什么，都不会。"

两个人都沉默了下来，耳边只有冷气机工作的声音。魏泽能够想象辛纽的拒绝，却没有料到是这样的原因。他难以设想酷刑如何发生，依照他的所见所闻，在爱莲小区拜塞尔星人的生活虽不能说惬意，但足以称得上安稳。有那么一瞬间，魏泽的脑海中涌出几百种针对谣言的愤怒驳斥，最终说出口的，却是平静地询问。

"你说的酷刑，是在哪里见到的？"这一次他选择了聆听，而不是带着浅薄和偏见贸然反驳。他已经犯下了太多的错误，不能容忍自己再多犯一个。

"那是我刚来不久的时候，我记得应该是在……"

辛纽不光告诉了他位置，甚至画出了刑具上展示牌的图案。只是魏泽着实看不出端倪，与其说是图案，倒不如说更像四个方块字，只是几经变形后，已经看不出真实模样了。不过魏泽牢牢记下了路线，离开医院之后，他会过去调查的。

"还有，我不喜欢你们收容所的样子。"辛纽也许是想开个玩笑，但是刻板的翻译机完全没有领会他的语调，"从太空船往下看，你们建立的收容所就像一只绿毛龟，还秃了，不剩几根毛。"

可是魏泽一下子就领会到了。他先是一愣，然后放声大笑，笑得前仰后合，连眼泪都流了出来。

13

陆茂看魏泽走出房门，平静地问道："他会搬来吗？"

"不会。"

陆茂耸耸肩："那就下次吧。"

"我可能知道他为什么抵触了，他说他看到过人类虐杀他的同胞。"

陆茂皱了皱眉："这我还是第一次听说。"

"陆老师，我能不能先不回禁闭室？"魏泽急切地说下去，生怕陆茂会立刻否决他，"他告诉了我位置。我想请您一起调查。"

"我去请示一下。我认为应该没有问题。"

魏泽说出了方位。

陆茂得到上级肯定的答复之后，魏泽获得戴罪立功的机会。他们一起坐回到车上。

上车之后，魏泽把此前一直隐瞒的情况：从偶遇犯罪，到犯罪嫌疑人瞬间消失，再到曲解命令和自作主张，以及李莫的行动和引发意外，还有病房里的谈话悉数上报。

陆茂边听边点头，没有发表自己的观点，直到听说李莫监守自盗，才打断他，给相关部门打了电话，随后示意魏泽继续说。听魏泽说完，陆茂依然没有什么表示，就好像听了一件与自己不相干的事情。

"陆老师，您不打算惩治我吗？"魏泽等了半天，见陆茂没有动静，忍不住问了一嗓子。

陆茂摇摇头："纪律部门会处理的，我相信他们会妥善处置的。"

"那我还能继续在这儿干下去吗？"

"这将由组织部做出安排。"

魏泽没能得到他期盼的答复，闷闷不乐，心想：既然如此，那就请您帮我解开一个谜团吧，趁着我还没有被开除，这些还算我的工作。

"陆老师，我想不出辛纽是如何逃脱的。"

"你已经知道答案了。"陆茂盯着魏泽的双眼。

我根本想不到，要不然干吗问你？

不，不要用对抗的态度。

"我已经知道了？"魏泽不确定地问，"可我还是一头雾水啊。"

陆茂摇摇头："不，你只是在当时缺少必要条件而无法解开。现在足够了。"

这是什么意思？有什么我当时不知道，现在已经知道的事情吗？

魏泽闭上眼睛，冥思苦想。

我知道了，爱莲小区实际上只有十三幢楼，之前误认为是十四幢，是因为我把外形相近的穿梭飞船当成了第五幢楼，也就是 E 幢。这就是为什么我在寻找猫的尸体时，一开始错过了真正的埋藏位置，一天后又找对位置了：飞船来而又去，导致"第六幢"的位置发生了变化，对我而言，参照物变了，最终的位置也就变了。

楼宇是按照英文字母编号的，所以十三幢是 A 到 M。而我看到的钢瓶上写着 N，并不是表示配给第十四幢的某人，而是表示里面装的是氮，准确地说，是液氮。

液氮低温保存在钢瓶中，一般保持在零下一百摄氏度；释放出来后，瞬间温度也在零下三十摄氏度左右。这就是为什么钢瓶释放出的气体能止住辛纽的血，因为血液被冻住了。

被冻住的不仅是辛纽的血液，还有辛纽的皮肤。在无防护的情况下释放冷冻的液氮，会对人类造成伤害，自己的脸、胳膊和手指上残留着的伤痕就是明证——当时我感受到的灼烧感，其实是冰冷带来的物理刺激，使局部软组织充血、肿胀，造成烫的感觉。幸好钢瓶中液氮并不多，毕竟这是专供拜塞尔星人使用的清洗剂。

而近距离、短时间的大量喷射，将辛纽的皮肤冻结，变成了硬板。

辛纽的皮肤很薄、很软，一刺就破；被冻结之后变硬，就不那么容易被刺穿了。所以他也就不怕树杈了！

自己在死胡同那个犯罪现场感到冷，也看到过白雾，加上现场遗留的钢瓶，都说明辛纽其实也释放过液氮。所以当时辛纽已经具备了爬树的条件，再加上他能比人类跳得更高、更远，可以在更短的时间内爬进茂盛的枝叶里面。而我之前听了李莫的话，有了先入为主的错误印象，以为辛纽不会去爬树，因此，没有把注意力集中在树上。

为什么会没有脚印？这个解释起来就更简单了，因为地面也被零下三十摄氏度左右的氮气冻结了。低温氮气很快就扩散到四面八方，我刚刚到达时，也亲身感受到了它的存在，我的肺部立刻做出了反应：咳嗽。只是当时我错误地归因于追逐带来的劳累。氮气本身没有颜色和味道，如同空气中所含的百分之七十八一样，所以自己没有联想到液氮。

"我明白了！"魏泽一下子就想通了，兴奋地叫出声。

可是陆茂早就知道了，恐怕自己还没叙述完就已经推断出了结果。为什么他总是能快我一步猜出答案？他到底是什么人？

沮丧、嫉妒、疑惑……漫上魏泽心头，不过几乎是立刻，负面的想法就被挤到了思维的角落。

取而代之的是：黄主任说得没错，陆老师真的值得我多向他学习。

"我们到了。"陆茂唤醒了沉浸在自己思绪中的魏泽。

14

"没找错吧，陆老师？"魏泽疑惑地看着眼前的场景。就算让他猜一万次，也绝对想不出来辛纽口中的刑场竟然在农贸市场里。

"没错。"陆茂信心满满地下了车，径直走入市场中。

"哎，陆老师，您等等我。"魏泽赶紧跳下车，追了出去。他一脸蒙地跟着陆茂在市场里搜寻。

这里怎么可能有什么刑具啊？魏泽左看看右瞧瞧，怎么看这也不过是个最普通的社区农贸市场啊。路边上有开店卖馒头的，有摆摊卖蔬菜的，还有在三轮车上卖现炸小吃的。林林总总，没有一丝一毫与虐待、屠杀相关，更别提什么外星人了。否则别的不说，光是凭着"外星人"三个字就早成网红视频了，浏览量分分钟过百万。

网络上根本没有这样的消息，当然不是有什么黑衣人消除了拍摄者的记忆，毕竟自己就在这个机构上班，对这一点了解得清清楚楚。

困惑的魏泽望向陆茂，对方目的明确地在市场中前行。他好像早就知道目标在哪儿了。

最终，陆茂在一家小吃摊前面停下了脚步。

"您饿了？要不咱们先吃点东西？"魏泽闻了闻，暗暗怀疑陆茂对食物的判断远远不如对案件的。这家调味料的味道太重了，八成是因为使用的食材过期太久，不新鲜。他放眼望了一下周围，看见有家快餐店还算干净，于是凑到陆茂耳边轻声说："陆老师，咱们去那家吃吧，这家不太卫生。"

陆茂没有回头，直视眼前的小吃摊："这就是辛纽说的刑场。"

魏泽兴奋不已，定睛一看，这不过是市场边缘的一家小摊儿。这怎么可能！

"您在开玩笑吧？"魏泽后退了几步，惊恐地看着所谓的"屠宰场"，清楚自己被愚弄了，"这就是个卖铁板鱿鱼的！"

老板不高兴地白了魏泽一眼，似乎表示如此明显的事情还用你说，招牌上都写着呢。

"没错，就是这里。你看。"

陆茂侧身让开空间，有顾客过来点了一串烤鱿鱼。老板轻车熟路地拿起一条鱿鱼放在铁板上，用铁铲挤压，翻过来又做一遍，再用铁铲将鱿鱼的身躯划开，最后递给顾客。顾客举着竹扦刺穿着的鱿鱼离开。

折磨……肢解……挂在刑具上展示，以及四个难以辨认的方块字。

这就是辛纽亲眼看见的人类虐杀拜塞尔星婴儿的真相。

魏泽咬牙闭上眼，用手重重地拍了下脑门。

15

这次是黄主任把魏泽接出的禁闭室。陆茂留在爱莲小区值班，不然警务工作站里一个警察都没有，还怎么为人民服务？

"黄主任，我……"魏泽面对黄主任有种胆战心惊的感觉，虽然对方满脸微笑。

黄主任冲他招招手:"收拾一下,先跟我去个地方。"

"好的。"魏泽心知肚明,惭愧地应承了一声,低着头默然跟着。

今天算是到头了。

他们马上要去的肯定是会议室,安排工作交接,还有一些文件要签,比如保密协议,尤其是关于外星人的。

然后就得交出证件,这样想着,他伸向口袋,紧紧抓牢自己的警官证。永别了。还有警服,他还一次都没开过的配枪、手铐……

"好了,我们到了。"黄主任推开了门,"进来吧。"

果不其然是会议室。魏泽进了门,黄主任还留在门边。他回头望着黄主任,有点不知所措。黄主任无论什么时候都笑得出来,就算下一刻把他赶出去。

"你们先聊。"说着黄主任走到屋外,关上了门。

这是怎么回事?魏泽感到莫名其妙,现在的情况不在他的预料之中。

"魏泽,你好。"

顺着声音看去,映入眼帘的是一个巨大的黑盒子,过了半晌他才意识到,这是万能翻译机。赶紧四处搜寻,终于在会议室的角落,魏泽再一次近距离见到了辛纽,不过这次外星人身上没有绑着可笑的塑料胶带。

"辛纽?你出院了?"魏泽惊喜道。

"是的,我康复了。"

魏泽需要习惯一下人和声音不从一处来的情况。

"恭喜。"发自内心的喜悦,衷心的祝愿。

"我决定回到避难所。"辛纽说道。

"关于刑场的事情,那是个误会。"魏泽连忙解释道,"那只是个小吃摊。"

魏泽花了几秒解释铁板鱿鱼，接着不得不又花几分钟讲述饮食文化，等说完常见的可食用软体动物后，魏泽感到口干舌燥。

"我已经听你的同胞解释过了。"辛纽回答，"但这只是你们单方面的解释。"

魏泽刚要争辩，突然意识到自己差点又要犯同样的错误了，于是静下心来，等着辛纽继续说下去。

"这座毫无生命力的爱莲小区，不是我或我的朋友们希望的居所。我们宁可待在别处。"

魏泽点点头。他是对的。这也是魏泽一直想解决的问题。

只是不知道自己是否还有这样的机会。

"谢谢你救了我，我现在要离开了。虽然你的同胞保证不会跟踪我，但我还是会尽可能绕路，以防万一。"

"你回到避难所以后，食物和清洗剂的问题怎么解决？"

"再想办法。"

"等一下。"魏泽双手下压，示意辛纽再等一等。然后他走出会议室大门，一眼就看到了门口的黄主任。

"黄主任，能不能帮个忙，让我再回爱莲小区一次？"魏泽恳求道。

"为什么？"

"我想搬一些拜塞尔星人用得到的物资出来，放到显眼的地方，让那些黑户可以不遭遇危险就能获取，这样可以……"

"不不，我是问，为什么你只要再回一次。"黄主任微笑着问道，重音落在了"一次"上。

"因为我……等等，您的意思是……"魏泽捂住心脏，摁着它别跳出来，"您是说，我没被开除？太感谢您了，黄主任！"说着他一把抱住这位组织部的工作人员，双臂越勒越紧。

"这不是我一个人的决定，是组织上的安排。"

"感谢组织给我这次机会！"天空中仿佛闪现出无数天使，围着魏泽欢快起舞。

"行了，屋里还有人等着你呢。"黄主任艰难地从熊抱中伸出手，拍了拍魏泽的肩膀。

"啊，对！"

侥幸留下的警察又回到了会议室。

辛纽盯着他看了一阵，问道："发生了什么，魏泽？"

"没事。"幸福感尚未退去，他还满脸傻笑。不过现在不是庆祝的时候，他还有正事要做，先收起笑容。

"我会把食物和清洗剂，还有其他你们需要的物资放到……"魏泽想着，什么地方合适呢？最好是没人会去，而且辛纽还认识的地方。啊，有了。"咱们第一次见面的地方，还记得你消失不见的地方吗？"

"知道。"

那是条断了头的辅路，没有人会去那儿，就算是物业的拜塞尔星人也不会。辛纽知道那个地方。

"只有我们俩知道那个地方在哪儿。我保证不会监视你或者你的朋友。你们可以自由取用。我会定期补充物资，如果数量不够，你就……嗯，"语言不通是个难题，怎么才能让自己知道辛纽的需求呢？"对了，你就在地上画一幅画，你在病床上画的那幅。"

外星人版的"铁板鱿鱼"。

"好的。可是你为什么要这样做？"

这时，魏泽脑海中浮现出那首诗，那首一直萦绕在他脑海中、关于孤岛的诗："没有人是一座孤岛 / 可以自全……任何人的死亡都是我的损失 / 因为我是人类的一员……"

嗯，外星人也算。

chapter 3
克里特人都是大话精

01

陆茂狐疑地望着魏泽，不住地上下打量。

因为新人浑身上下都塞满了各种玩具：皮球、棋牌、积木……

"你这是……"陆茂不明所以地轻声问道。

"咱们这不是机密嘛，不能直接邮寄到这里，所以我就把东西都寄到宿舍，然后搬过来了。"他气喘吁吁地回答。宿舍离工作地点还有一段距离，这一路也有不少人投以陆茂看自己的眼神，把他当成了当代卖货郎。

"搬了整个玩具店？"陆茂忍不住问道。

"当然不是，"魏泽兴高采烈地说，"我只是想找到拜塞尔星人的兴趣点，丰富一下他们的娱乐生活。"前一阵他误打误撞遇到了一个拜塞尔星人——偷渡客辛纽，虽然害得偷渡客受伤，但也获得了和他们沟通的机会。通过两次对话，魏泽发现拜塞尔星人在这里过得清苦并非习性，他们也有爱好和娱乐。于是他决定，一定要想方设法让这些外星居民过得更开心。

"所以你就……"就连一向冷若冰霜的老警察，脸上的肌肉也禁不住跳了几下。

"没错。"魏泽重重点头，"每样我都买了。"

正说着，"哗啦"一声，他手上抱着的盒子承受不住重负，箱子底砰然崩开，里面装的玩具也随之散落满地，一下子就把警务工作站本就不多的空地都铺满了。

陆茂也扶腰蹲下，帮忙收拾残局。他咬着牙，不知是因为陈年腰疼，还是因为魏泽的异想天开。老警察拾起其中之一，前后翻看一番，谨慎地说道："他们不会喜欢这些东西的。"

户籍警毫不惜力，认真地将散落的玩具一一捡起。"他们会喜欢的。"魏泽满怀信心地回答，"我买了全年龄段的各种玩具。"他忍不住又补充了一句。

02

汽车穿过土路，越过高山，绕过树丛，一路驰骋。

发动机轰鸣的噪声，没能盖住魏泽兴奋的呼叫声："真好玩，快看，好玩极了！"

他操纵着摇杆和电钮，做工精致的遥控汽车在爱莲小区的空地上来回穿梭。

话音未落，汽车停住了。

"哎哎？"魏泽来回拨动遥控器，可汽车还是一动不动，"大概是电池没电了。"他失落地自言自语道，"也难怪，都跑了一整天了。"

算了，今天就到这儿吧。

他捡起遥控车，手臂低垂，拎着它回到警务工作站。

"我想明白了，一定是因为他们的肢体不适合操纵杆。"魏泽对正用疑惑眼神盯着自己的陆茂说道。

"为什么要……采取这种方式？"少言的陆茂一时找不到词语来形容魏泽一整天的"表演"。

"陆老师，我知道，有点像要猴戏，我是那只猴儿。"魏泽挠挠头，"但是我进不去，他们不出来，不这样，哪能吸引到他们的注意力？"说着，琢磨起明天要玩什么玩具。

第二天。

飞镖精准命中靶心。

魏泽又投出了第二枚。

"真准！"他为自己欢呼道。

一边欢呼，他一边用红笔在第二发飞镖的命中处画上靶子。

"只要瞄准靶子投出去就行，很容易。"大喊着，他随手又扔出了一枚。

哐当。

一听这样的声响，魏泽心头一惊，赶紧仔细搜寻飞镖的下落。他把靶盘挂在了树杈上，结果这次连树都没射中，竟然跑偏射中相隔不远的路灯杆。这声脆响正是飞镖的金属头击中了路灯杆。他凑近一看，竟然在灯杆上留下一个浅坑。

魏泽倒吸一口凉气，庆幸没有刺到拜塞尔星人薄薄的皮肤上。不敢再继续宣传，他赶紧灰溜溜地收起全套飞镖，夹在胳膊下面跑回办公室。

"我清楚，是这个太危险了。"魏泽一推开大门，不等陆茂反应过来就立刻说道。然后他躲进工位里，扭动转椅，用椅背挡住警督的视线，偷偷点开手机程序，处理起飞镖的退货事宜。

第三天。

魏泽摸了张牌,用手指反复摩挲,表情由忧变喜。"胡啦!"他高兴地大叫,把抓来的牌翻过来,重重地拍在桌子上,随后一把推倒手中的麻将牌,"清一色,一条龙,杠上开花!"

没有其他参与者的唉声叹气,也没有推倒手牌重新码牌的"哗啦"声。

抬头只能看见天空。

爱莲小区的空地上,孤零零地立着一张桌子和一把椅子,桌子上码满了麻将牌,椅子上当然是魏泽。他已经码牌推牌足足一天之久,装模作样摆出胜利的样子也反复上百次,然而上钩的外星人一个没有。

魏泽脸上的笑容慢慢凝固,上翘的嘴角不断下滑,直至下垂。

伴随着夜幕降临,由于爱莲小区的住户不喜光亮,因此灯火通通不明,魏泽在昏暗的月光下收拾起麻将牌。

回到警务工作站,魏泽抢在欲言又止的陆茂之前说道:"这不是失败,而是我又发现了一种拜塞尔星人不喜欢的玩具,这是一个进步。下一项他们准喜欢。"

文的不行,那就来武的。

快速带球,一个背身甩开防守,连跨两步后起跳,伸长手臂,正要将球送入球网,突然魏泽身后伸出数条肢体,眼看就要碰到篮球。千钧一发之际,神勇的小警察在空中将球易手,短时间内把篮球从右手换到左手。只见左手一弹,篮球高高飞起,高高越过无数肢体,在篮框上绕了几圈,稳稳掉落篮筐之中。

完美得分!

与此同时,腾空足足数秒之久的魏泽也踏上地面,双腿牢牢站住,面不更色,气不长舒。

连对手也不禁为他的绝妙一击鼓起掌来。他张开双臂,微笑着享受掌声和欢呼声。

就在这时，天降大雨，豆大的雨点打在怀中抱着的篮球上，更打在魏泽的脸上。大雨浇灭了他的篮球梦。看看天，再看看空无一人的小区空地，魏泽摇摇头，长叹一声，在雨中缓慢地拖着疲惫的身躯回到了警务工作站。

这次他没有兴趣再和陆茂说话了，也实在没有脸面说什么。他一头栽进椅子上瘫倒。

"其实我想说……"陆茂终于有机会开口了，他对失魂落魄的"落汤鸡"说道，"我倒是想到有一件会被喜欢……"

"啊，哪一件？"魏泽立刻跃起身，所有的失败和畏难情绪都被抛之脑后，仿佛从来没存在于他的脑海里一般。

背负了一笔不菲支出，努力改变爱莲小区一潭死水的局面，惹下大麻烦，但最终留任的户籍警魏泽终于依靠着数量庞大的玩具，成功抓住了居民的兴趣点。

好吧，准确地说，只有这一件物品受到了本地居民的喜爱。

更确切地说只是居民之一。

再严格一点的话，也算不上居民，虽然住在这儿，却没有填写过登记表。

如果非要指名道姓的话，那好吧，是苟富贵……

养的猫。

雨停了，情绪低沉的魏泽和陆茂一起把那件物品送到了苟富贵家。与之相对的是欣喜若狂的橘猫，迫不及待地围着它打转，嗅了几下，就一头扎进纸箱深处再也看不见。

是的，装玩具的那个箱子成了猫的玩具，这让魏泽感到更难受了。

首先，只有猫喜欢装玩具的箱子意味着，他买下的其他玩具，不管是遥控车、篮球，还是麻将牌，通通没人喜欢。魏泽独自在小区里要宝般展示这些玩具的时候，居民们连正眼都没瞧过，更准确地说，是连面都没露。

其次，这些玩具占据了本来就不大的办公区，他不得不和玩具包装挤在一起，硌得腰眼和屁股生疼。

最后，则是魏泽不喜欢吃方便面，更不喜欢天天吃。不过到下月发工资之前，他没有更好的选择。

03

最近常去物业办公室搬物资，每次魏泽都会刻意看下排班表，专挑李莫不当班的日子。

相关部门的调查证实了魏泽的报告，李莫的确有监守自盗的行为。但帮助拜塞尔星偷渡客运送食物算不上什么大罪行，更何况偷渡客的行为本身得到了默许，李莫只是让他们的行动更方便而已。鉴于双语人员稀缺，最终的处理结果是李莫留任。

可是经历了这番折腾之后，魏泽对李莫做不到心无芥蒂。不可否认，李莫为他提供了大量帮助，平心而论自己正在干的和李莫做过的别无二致，可是"叛徒"两个字像烙印一般刻在李莫的额头。只要想到李莫，魏泽心中就产生了无法抑制、无法言说的反感情绪。

也因此，他少了一个重要的帮手，彻底被困在警务工作站里。他只能被动等待外界的信息传进门内，无法再像以前一样主动出击。这个损失难以弥补，尤其是在他希望获得小区居民的认同和协助之时，那些烂在工作站里的玩具就是明证。

好在今天穿梭飞船返航，他可以暂时逃离痛苦回忆和宣传玩具无用功带来的双重折磨。又有一批新人到达爱莲小区，魏泽该忙他的正经工作了。正好借助这个机会，向新来的拜塞尔星人打听打听，试试看能不能找到外星人心仪的娱乐方式。

他一定要找到能让外星人爱上这里的方法。

这是他欠辛纽的。

这一次，他要仔细询问……等一下，这一回进门的怎么是直立行走的……牛？而且为什么一进来就是三个？为什么没拿登记表？

"吃的在哪儿？"其中之一到处嗅嗅，不停寻找着。

"要躺下。"其中之二动作迟缓，有气无力。

"玩玩玩玩！"其中之三从一进门就上蹿下跳。

他们是拜塞尔星上的另外一种智慧生物吗？魏泽看着三个新人的举动，深表怀疑。

"你没看邮件吗？"魏泽不知所措的样子引起了陆茂的注意，"他们来自克里特星，是新一批移居到小区的住户。"

自从出了禁闭室，魏泽把时间都花在了倒腾物资和寻找居民的娱乐方式上，的确没怎么关注本职工作。一听说漏看了重要信息，他赶紧打开电脑查阅邮件。

"现在看来不及了，"陆茂制止了他，"我先简单把情况介绍一下。"

与至今搞不清战况的拜塞尔星相比，克里特星的情况简单得多——

矿产丰富的克里特星本身还没有进化出本土的智慧生物，就被外星人占领。由于该星多山，地形崎岖，不适合车辆等陆上交通工具，因此，开采者引入了基因改造生物作为畜力。经过改造的生物具有诸多优点：适应各种环境、负重能力强、有一定智慧应对突发问题，以及最重要的是，毫无攻击性，完全顺从，即使面对死亡也永不反抗。

当星球被挖空以后，这些生物就失去了使用价值，被开采者抛弃等死。当他们被星际联盟发现时，已经艰难地在克里特星生活了很长一段时间。但是随着克里特星环境持续恶化，不远的将来就将难以维持任何生物的生存，因此，幸存的克里特星人正在被逐步疏散安置。

魏泽看到的这三个克里特星人，是作为先遣队来到爱莲小区的。之前这里只收容了拜塞尔星人一个外星种族，因此，第一批仅送了他们三个来进行测试，看这里是否适合多物种共存。

"鉴于他们的理解能力较差，资料是预登录的，你可以从系统中检索到。他们的名字是……"

陆茂给魏泽报了几个他完全反应不过来的语段。这张登记表上的名字是由星际联盟帮忙选定的，克里特星人本身对此并无印象，叫到也毫无反应。

不过他们对自己喜欢的东西反应强烈。魏泽好像听说过，有些生物没有名词概念，他们以为别人的呼唤其实就是让他们去吃饭或者玩耍。因此，依照他们的喜好，三个新来的外星人被魏泽重新命名为：米饭、沙发、游戏。

自从这三个克里特星人来到爱莲小区，相比起沉默的大多数，数量上占绝对劣势的克里特星人更像是这座小区的主人。他们把大量时间都消耗在无休止的玩乐上，甚至还会跑进警务工作站中，拿魏泽买来的各种玩具玩耍。

玩具最终还是派上了用场，令魏泽感叹，真是东方不亮西方亮。

他没想到的是，这些玩具很快就发挥了更加意想不到的作用。

"游戏"在玩耍中把篮球弄坏，看到他可怜巴巴的脸，魏泽想指责却开不了口。发现这样做有效后，"游戏"得寸进尺，摆出更加楚楚可怜的表情，想要新的篮球。

魏泽仰天长叹，恐怕今后连吃方便面都成了奢侈。

"哪儿能打篮球啊？"下班后买篮球时，运动品商店店主随口问道。

魏泽想都没想就回答道："小区空地啊。"

"真不错，"店主露出羡慕的表情，"我们这儿可不行，"说着努努嘴，"都被占领了。"

只是随意地扫了一眼，魏泽竟然发现了一番新天地：一大群大爷大妈在小区的空地上排成整齐的队伍，随着旋律扭动身躯。

"找你的钱。"等店主回过身，发现买主已经消失，只有门还在剧烈摆动。他左右看看，一脸茫然，"还有篮球。"

魏泽已然什么都顾不上了，他的脑中只剩下自责和寻找电器店了。

广场舞啊，自己怎么早没想到！

剩下的半个多月，魏泽只能靠喝西北风为生了，但他仍然觉得超值。除了必须他本人拖着箱子来上班。

就算是北六十环，卖家也可以免费送货。可是爱莲小区因为保密原因不能让外人发现，所以只好先送到魏泽的宿舍，再由他一个人拖过来。

当他气喘吁吁地进门时，已经见怪不怪的陆茂甚至都没有放下笔记本："这次你又买了什么？"

难得也有他不知道的事情，魏泽心里扬扬自得。

半跪着拆开包装，户籍警的得意劲儿都带到语调上了："音响啊。环绕立体声，低音效果绝佳……"

要不是被及时打断，魏泽能把广告词背上一遍——都是听电器店老板讲的。

当他第一眼看到这台广场舞音响时，就觉得这玩意儿和以前见到的不同。在他的印象里，音响应该是两个长方体，正面可以透过网眼看到其后的喇叭，反面是各种电器接口。而实际上他早已落后于时代，新式的便携音响早就不是这样的了，更像个大型拉杆箱，无须电线，仅依靠内置的电池就足以整夜工作。

"还能传更远吗？"魏泽不太相信老板的说法。爱莲小区长而窄，他担心最靠外的几幢接收不到声音，居民之间又没法联络，说不定到最后都得不到消息。

"您就这么点儿预算，还指望着传多远啊。"电器店老板一看魏泽是个外行，于是建议道，"要不再加副支架，把音响架高一点，这样声音会传播得更远。"

这个主意不错，魏泽采纳了。为了确保能支起这么重的设备——接近十公斤——魏泽专门挑了一个看上去够高够粗壮结实的木质圆柱形支架。

"就来这个实心的。"

老板愣住了，眼睛里闪过警惕的神色："这是实木的。"

"有什么区别？"魏泽随口应道。

老板没说话，只是狐疑地盯着他。

警察有点不开心。"你是不是怕我钱不够？"他刚才看过价签，加起来刚好是他的全部家当。

"不是不是。"老板连连否认，"没问题。给您送到哪儿？"

这下可就万事俱备，只欠东风。

魏泽一手交钱，一手拉上设备就转身离开。他迫不及待想试验他的新"玩具"。

就在他出门的时候，隐约听到耳边传来电器店老板的自言自语："……连实心和实木都分不清，卖他的价钱便宜了……"

"你怎么又想起买音响了？"

陆茂的声音打断了他的回忆。

"哦，是这样的，陆老师，我发现附近小区都在跳广场舞，"魏泽兴奋地解释，"就连大爷大妈们都能被吸引出来，对拜塞尔星人肯定也有效！"

陆茂满脸写着不相信，毕竟魏泽说有效的次数多得不胜枚举，不过他没有完全否定："我以前的确没有这么试过。"

"这次一定能成功！"魏泽把音响配件全部摆了出来，铺满整个工作站的地面。

警督的五官扭曲成另外几个字："上一次你也是这么说的"。但过人的涵养令陆茂咬紧牙关没有如是说出。他紧紧眉头，谨慎地祝愿道："祝你成功。"

"多谢陆老师。"魏泽摆弄了一阵，突然放下说明书，脑袋转向陆茂，兴奋的表情渐渐消失，脸上拢起一股忧心忡忡的情绪，声音也瑟瑟发抖，"那个什么，您能帮我个小忙吗？"

"需要多少？"还没等魏泽说完，陆茂就掏出了钱包。

04

夜幕降临。这该是拜塞尔星人一天中最喜欢的时间段了吧？和辛纽沟通后，魏泽得知，原来拜塞尔星人讨厌光，所以才成天躲在暗处。于是他特意把最重要的活动安排在深夜，等到宣告新的一天来临的钟声响起，他才把音响拖到小区中央的空地上。此刻魏泽感到浑身有使不完的力气，搬起这么多设备对他简直轻而易举。为了让声音传播得更远，音响被架在支架上。环绕立体声准备好要震撼外星人了！

这不是地球人的音乐第一次传递到外星人的耳朵里——三十多年前，旅行者1号装载了含有九十分钟音乐的光盘飞出太阳系。星际联盟的官员们已经聆听过。顺便说一句，他们听的是复制品，就在联合国的某间会议室，和众多人类高官一起。而旅行者1号还没有遇到访客，这艘人类的飞行器时至今日依然孤独地在虚空中遨游。

显而易见，魏泽不知道这样的消息，他正幻想自己给外星人带来前所未有的感受，伴随着"这是魏泽的一小步，却是人类的一大步"的憧憬，他摁下了开关，音响亮起了蓝色的微光，音乐声回荡在整个爱莲小区里。

直到和缓的民乐演奏完，也没有任何外星人投入一丝精力到魏泽的社会实验中。

下面该是流行金曲了。曾经有位港台明星，每次他的演唱会都能引来无数通缉犯自投罗网。魏泽满怀希望等待奇迹发生——希望这位"警察之友"的歌声也能像帮助他的同侪那样，助他召唤出外星人。

歌声的确引来了几位外星人——准确地说是三位，可是这并不能让魏泽感到一丝快慰。

"米饭"正兴奋地乱跑，寻找隐藏在角落的食物；"沙发"则把音响当成了新的靠枕，努力把身躯倚靠在粗大但轻质的支架上；"游戏"则尝试一跃而上，成为攀登到音响顶部的第一人。

魏泽不得不把精力都花在驱赶这三位捣乱的外星人身上。随着驱赶行动的成功，最后一首流行金曲也结束了，可是空地上连拜塞尔星人的影子都没见着。

希望越大，失望也就越强烈。孤零零的魏泽站在爱莲小区中间，只有皎洁的月光陪伴着他，以及环绕在他耳边、震耳欲聋的歌声。

再下面响起的音乐，就只剩下"杂项"了。将来如果魏泽打算换工作，音乐行业肯定不在考虑之列，依他的音乐素养只能把音乐分成这三大门类。这个项目下的曲子没有几首，换句话说，魏泽的独奏音乐会马上就结束了，户籍警很快就会迎来他的又一次失败。

毫无规律的音乐类型随机切换，时而是优雅的交响曲，时而是快节奏的舞曲，时而是伤心欲绝的情歌，时而是洗涤心灵的圣歌，让唯一听众的心境在悲喜交加中来回交替，备受折磨。

　　当"Do you hear the people sing"高昂的音调响起时，魏泽已经心如止水。不，他没有听到居民的歌声。"Singing a song of angry men?"不，这首歌也不是来自一个愤怒的群众。在错过睡眠，以及失败的打击之下，之前累积的疲倦将魏泽击倒在地。

　　魏泽仰面躺倒在地上，不在乎排山倒海般袭来的乐声，他疲惫不堪地合拢眼皮。自己到底搞错了什么？是否已经播放了所有的音乐类型？还是乐声不够大？他彻底对音乐这个点子失去了信心。下面要不买点孩子们吹的肥皂泡试试，既然拜塞尔星人这么喜欢吐泡泡？要不然……

　　吐泡泡？

　　尽管音乐声巨大，但魏泽还是听到了细微的吐泡泡声。拜塞尔星人的说话声传不了这么远，是幻听吗？警察静下心来过滤音乐，细小的吐泡泡声越来越清晰，声源也越来越多。

　　难道……

　　魏泽睁开眼，四下里竟然站满了拜塞尔星人。这是做梦吧？他腾地坐起来，反复揉眼睛，直到他百分之百确定，眼前都是活生生的外星人。

　　"我成功了。"魏泽突然有种不真实感，如同灵魂出窍，正从远方的第三者角度看待一切。他仿佛身处天空中，自上而下看到了不计其数的拜塞尔星人，粗略估计有一两百人，里三层外三层围在音响边。

　　虽然他们没有像想象中那样翩翩起舞，但能有这么多人出现已经超乎想象。能让他们离开狭小的斗室，站在空旷的场地上，足以抵偿魏泽数日乃至数月来辛勤的努力。几百名拜塞尔星人在音乐声的引导下聚在一起，互相交谈。即使不清楚他们的情绪，魏泽也能感受到，这绝非冷漠。

他们不是没有感情的，恰恰相反，他们也拥有复杂的情感。伴随着音乐声，他们释放出了天性。

音乐不只是全人类共通的语言，在宇宙范围内也是如此。音乐是最伟大的沟通方式，就连身为音痴的魏泽也发现了这一点。

刚才的失意被抛到九霄云外，心中一个劲儿地涌起成功带来的快感，他握紧拳头，跟随着音乐的节奏，敲击着地面，嘴里也起劲地大声胡乱哼唱，就算唱得乱七八糟也无所谓。他太高兴了，之前付出的努力、投入的金钱终于得到了回报，就算让他再吃上三个月方便面都值得。

"我就知道，这个办法有效。"正是靠着这句话他才一直坚持下来，即使经历过无数次失败，依然能够满血回归。哪怕是行动未半，花光预算，哪怕是千辛万苦，效果全无，哪怕是投入甚广，希望渺茫。

歌声已经进入尾声，歌唱家们齐声高歌："It is the future that we bring when tomorrow comes.（我们将带来崭新的未来，当明天来临时。）"

是的，我们带来了崭新的未来。这就是崭新的未来：让那些拜塞尔星人不必整日面对离乡的苦楚，让那些拜塞尔星人获得生活的乐趣。

魏泽带着胜利的喜悦再次躺倒在地，丝毫不担心持续增加的人群可能把他踩成肉饼，哪怕真是如此，他也不在乎。此时此刻，他已经登上情绪的高峰。

"Tomorrow comes!"

明天来临！

早上一上班，魏泽就急不可耐地把这个结果告诉了陆茂。老警察震惊不已，他承认自己一开始对这个近似疯狂的主意没有多少信心，看到收效如此明显，他高度赞扬了魏泽的灵机一动和坚持不懈。第二天晚上，他和魏泽一起来到广场中央，等待音乐声响起。

魏泽跳过了之前的乐曲，直接把昨天召唤外星人成功的那首歌设置成了单曲循环，嘹亮的歌声刺穿苍穹。他忘记了自己为什么会收录这首歌，而且也叫不出歌曲的名字，不过他庆幸自己这么做过。

歌声重复到第五十次，时间长得足够最高层的居民也可以走下楼梯时，广场已无立锥之地。如果让魏泽这个音痴做评价，他会觉得这首歌从头至尾都很激昂，无论是歌声还是背景音乐，全部令人心潮澎湃。但重复次数太多，再好听的歌曲也听腻了，他有点走神。恍惚之中，他怀疑外星人也许并非喜欢这支歌曲，只是他们从屋子里出来到楼下，就需要这么久罢了。若是单纯以集合时间来算，这次外星人的聚集速度与昨天的似乎也差不了多少。

该不会是自己误会他们的喜好了吧？不断地单曲循环，那些外星人会不会已经听腻了？要不要增加些新曲目？音乐会的组织者心中越来越紧张。"他们喜欢这首歌吗？"看到身边的老警察在和外星人说话，魏泽凑过去想了解一下听众的感想。

陆茂正和紧贴着的几个外星人交头接耳，意识到魏泽在对自己说话，便把头靠近："你说什么？"

"他们喜不喜欢这首歌？"魏泽加大音量吼道。

"喜欢！"陆茂环视周围的人群，赞同道，"他们喜欢。他们刚才就是这么说的。"

太好了。魏泽松了口气。

他们也会喜欢上这里的。

"我会向上级汇报的。"陆茂流露出欣慰的神情，"这个发现太令人震惊了。我们从来不知道他们喜欢音乐，就连文件里也没有提到过。"说着，陆茂掏出了随身携带的笔记本和笔，借着月光，在如雷般的音乐声中，草草写下几笔，"我需要记下来，补充到新的报告里，给其他人做参考。"

一想到自己的发现要被写进报告，成为别人的指导方针，魏泽心头一紧，就好像当众解答难题时，胸中虽有模糊的答案，但怎么也不放心。有那么一瞬间，魏泽怀疑：他们当真喜欢音乐吗？

就连五线谱都识不全的魏泽，在音乐旋律的感召下，身体也会不自觉地扭动。然而周围的外星人，以及放眼望去视线所及的更多人，他们却没有跟随音乐声做出任何肢体动作，哪怕只是挥挥触手。和昨天一样，他们只是安静地围观，没有投入丝毫感情。

但与之前遇到的拜塞尔星人过分的紧张和冷漠相比，如今同一群人表现得很轻松。他们的确在享受音乐，并且在与周围人分享。

他们大概只是不擅长表演吧。魏泽耸耸肩，得出结论：永远不要请拜塞尔星人担任摇滚音乐会的嘉宾。

05

经历了晚上的兴奋和喧嚣，魏泽白天一直处于萎靡不振的状态。幸好最近工作不忙，他本打算抓住机会打个盹恢复精神状态。

然而愿望是美好的，现实是残酷的。刚刚眯上双眼片刻，一阵熟悉的热闹打斗声就把他吵醒。睁开睡意惺忪的眼睛，魏泽看到了爱莲小区最新一批住户的身影。

"你们又来干什么？"魏泽绝望地惨叫道。

自从发现警务工作站里有各种新奇的玩意儿之后，三个克里特星人便成了这里的常客。魏泽百般解释，也无法说服他们不要把办公场所当作嬉戏打闹的空间。

"看起来很好吃。""米饭"围在魏泽的脚边，睁大眼睛盯着办公桌上未开封的方便面。魏泽赶紧一把搂住，自己还指望它救命呢！可是"米饭"的表情融化了他的心。

"算了，你吃吧。"说着魏泽打开包装，把面饼递给了"米饭"。"米饭"开心地大嚼特嚼起来。

顺着"沙发"的视线，魏泽发现他想要的是自己的座位。

"不，这个不行，这个不舒服……"边说边摆手，但是魏泽的举动无法动摇"沙发"的念头。克里特星人想要的，就从来没有失败过——至少在魏泽这里没有。

"好吧，给你，给你。"魏泽难以抗拒他恳求的眼神，怏怏地站了起来，把电脑椅，连同其上的麻将牌包装，都割让给了外星人。"沙发"可劲儿想把自己硕大的身躯蜷进不可能装下他的椅子里，几经尝试无果，最终选择了放弃，只是端坐在上面了事。

轮到"游戏"了。他把双手搭在魏泽的肩膀上。户籍警抬头仰视足足比自己高出两头的巨大生物，这种生物有着令人恐惧的身形和温柔的习性，形成了巨大的反差。假如"游戏"会吐舌头，那么他简直就像一只被驯服的大狗。"游戏"摇晃着魏泽的肩膀，警察的身躯前后摇摆，如同身处暴风雨肆虐下的小船之中，然而"游戏"的诉求却简单而无害："球，球，球，球……"基本上无害吧，如果不考虑剧烈摇拽带来的肉体伤害的话。

"好吧，给你球……"魏泽低头翻找了几下，才想起自己把篮球落在运动品商店里了！

"球，球，球……""游戏"可不管魏泽怎么想，他就是反复唠叨，并且前肢加大了力气。

魏泽被摇晃得晕头转向，不得已大声呵斥道："住手！一边去。"

幸好有万能翻译机在。得到指令的"游戏"立刻放下了前肢，慢慢转过身，面朝墙壁蹲在墙角。没过半秒，他就偷偷扭头看魏泽，既胆怯又委屈巴巴。

正好此时陆茂进入工作站，看到里面鸡飞狗跳的一幕。

"陆老师，您来得正好。"魏泽实在抵御不住"游戏"的眼神，"那么，我出去办点事。"买个篮球。

顺便再买几包方便面。

这群克里特星人，简直是五大三粗、胆小如鼠的典型，他们拥有智慧，能分辨出别人对他们的态度，所以他们能找出哪些是老实人，使劲欺负，真遇到歹徒，一个能打的都没有！魏泽愤愤地想。只要稍微声色俱厉，立刻就缩成一团，不敢动弹。可是一旦对他们态度好一点就得寸进尺，贪得无厌。

真是受够了他们！

出门时气鼓鼓，然而等把篮球拿回来递给"游戏"后，看到他兴高采烈的模样，魏泽心里还是美滋滋的。

06

业几经辗转才登上谍报执政官的航海艇。这艘航海艇的规模与谍报执政官的身份完全不匹配，又小又破。也许这就是执政官阁下还没有被袭击者缠上的原因。

经过三道安保程序，业才进入谍报执政官的办公室。执政官蜷缩在极小的空间里，看上去苍老且疲惫。他的肤色很浅，表面稀薄，身体状况甚至比业更糟糕。业进门很久，执政官却一直没有开口。

不过业知道他在想什么。

"执政官阁下，我明白自己的任务。"业回答道，"我可以在异星的艰苦环境中坚持下去。"

执政官伸出了一肢，触碰了业的心部，以示鼓励。"支援人员已经潜伏下来了。他会接应你，为你安排后勤，充当你的助手。你知道他是谁。"

"我明白。"业回答，同时用一肢和执政官的肢体接触，表示敬意。

"战况对我们不利，我不说你也知道。"执政官忧心忡忡，"这个时候反对派的力量不能再加强了。"

业赞同地挥了挥肢体。

"确保逃脱的人里面，不会有人受到反对派暴徒的蛊惑。他们如果愿意躲进海底，那没关系，让他们继续下潜就好了。但是浮出来的话，那就是麻烦，务必处理掉。"执政官激励业，"我看过你的报告，你在这里干得很棒。我们需要你在新的位置上干得更出色。"

业明白他的任务。他要做的和在拜塞尔星一样：探索他们的思潮，寻找不忠者。只是这次走得更远一点。

"行动必须小心，不能引起外星人的注意，尤其是星际联盟。我们现在还要依仗他们。"

"明白，阁下。"

"飞船已经准备好了，马上出发。"

"立刻执行，执政官阁下。"说完之后，业依然等待着。

"还有什么事情？"执政官不会了解下层执行者的心，就算了解，他也不会在意，"你的家族已经获得了荣耀和地位，你还有什么不放心的？"

业鼓起勇气把他的听闻说了出来："我听说了其的事。他害怕了，抛弃了自己的职责和荣誉，逃跑了。这是家族之耻。"

执政官在心中考虑是否要说出真相，但很快他就明白，说谎毫无意义。对业而言，所有人的思想都是透明的。

"是的，这是真的。"

"我该怎么做？"

"既然是你家族的人，那就交给你了，随便你怎么处置。"谍报执政官满不在乎地回复，然后收起了肢体，将自己再次蜷缩到狭小的空间中。

业清楚地知道，说出口的话不重要，重要的是怎么想。

此时的执政官心想：确保其不会落入反对派之手。不管你采用什么手段。

07

魏泽用钥匙打开警务工作站的门，转身把台阶上的音响拖进屋。又结束了一晚的音乐会，乍一听，不知情的人还以为魏泽是地下乐队的成员呢，其实他充其量只算得上是乐队的苦力，负责收拾各种电器设备。

如今连累陆茂也要受苦，他负责把支架搬回来。

"您没事吧？"魏泽放下音响，赶忙回过身来迎陆茂。魏泽知道陆茂身体不适，无法走太远，连弯腰都困难，更别提还扛着重物。

"没事，我一个人就行。"说着他扛着支架进门，立在地上。

"您可真够老当益壮的，"魏泽嘻嘘道，"一个人就扛进来了。"

"没事。"陆茂喘了口气，重复着，"没事，没事。"

"要不您坐下歇会儿？"魏泽扶起陆茂，想把他架到椅子上。

"我先回去了。"老警察精神有些不济，但似乎体力还可以，"剩下的就拜托你了。"

魏泽忙不迭地点头："没问题，就交给我吧。"说着，他搀扶陆茂出门。又经历了一个晚上的折腾，老警督的身体无法坚持，向魏泽告假，要先回家休息一下。

门刚开，三个精力永远消耗不完的克里特星人就闯了进去，大呼小叫着奔向各自钟爱之物。

"不许乱动，什么都不许碰！"魏泽大喝一声，暂时震慑住了他们，"这个更不能碰！"他指着音响说。

他们眼巴巴地看着魏泽，眼神里充满了期待。

"坐下。"看到三个人不情愿地窝在地上，魏泽才稍微放下心来，"陆老师，咱们走。"

"你不用送我，我没事的。"陆茂推辞说。

但是魏泽放心不下陆茂的身体，还是扶着他到了车边，看着汽车发动才动身返回工作站。回程没有陆茂，速度就要快得多。天刚蒙蒙亮，周围还很安静，偶有声音便像是惊天动地一般。所以一有动静，魏泽就马上意识到情况不对，竖起耳朵一听，那道声音正是来自工作站。

该不是那三位又闹上了吧？

仔细听却发现远非如此。这不是打闹的动静，是砸东西的声音。

魏泽暗叫不妙，脚下飞驰，嘴里高喊道："住手，快停下！"

他推开门一看，太迟了，音响已经被砸得面目全非，光看就知道无法使用；罪魁祸首就连支架也没放过，冲着支架顶上砸了好几下，边角留下了伤痕。

虽然很生气，但魏泽保持着冷静，他没有贸然下结论。随手反锁上大门，又去检查窗户，也是锁好的。接着他在屋子里反反复复搜索了几圈，就连抽屉、箱子、盒子也翻开查找了一遍。

屋子里没有人，只有假装听话坐在地上的那三位外星活宝。

他站在坏掉的音响旁边，犀利的眼神依次扫过三个克里特星人。对方却只是一味傻笑。没有用的，这次这招不灵了。

"是你们干的对不对？"魏泽呵斥道。

"不对！"仿佛是和声一般，三个声音一齐响起。

"那还能是谁！"

"是他！""是他！""是他！"三个人把问讯当成了平日的嬉戏，完全没有章法，随意乱指，甚至还有人指向魏泽。

一股无名火腾一下烧到了脑顶。既然谁都不承认，那就来吧。

"说不清楚，今天谁都别想出门！"魏泽满脸阴沉，扫视三个外星人，用手一指"米饭"，"从你开始，你先说你到底看见了什么。"说着，他将手指向办公桌。"米饭"也随之转移视线——一看到方便面，魏泽注意到"米饭"的表情整个都变得昂扬了。

"只要你说实话，这就是你的。"

08

"米饭"兴高采烈地站起来，忙不迭说道："母星上除了石头，只有母星人。最初的母星人没有思维，只有吃的欲望。母星上没有可口的食物，他们吃光了一切可以找到的东西：山涧上的草根、悬崖边的碎叶、山洞里的白发。

"直到造物主发现这颗星球内部蕴藏着无限的价值。造物主拥有与母星人完全不同的相貌和体型，既没有手也没有脚，只有一颗巨大的头颅。他来自另外一个世界，从混沌而来，像魔法一般控制着整个世界。他开采出不计其数的矿产，并用资源打造出了无与伦比的巨型火箭。火箭将母星人送到新的星球，那是一颗更难适应的星球：寒冷，空气稀薄，食物无法果腹。造物主命令幸存的母星人留在原地，自己带走了火箭和装备去寻找增援。风暴越来越大，吃的也越来越少，最后只剩下极少数母星人在异星维持着艰难的生计。

"眼看着最后的母星人就要困顿而死，造物主再次降临。他举起八座如同大山一样的高楼大厦，砸碎了禁锢者的牢笼。暴虐的统治者在攻击下逐渐支离破碎，飘散到天空中。突然这些碎片幻化成各种美食，从天而降。

"母星人从此获得了无穷无尽的食物，天气也逐渐好转起来，变得和煦而温暖。造物主为了让母星人能够自救，赋予了母星人智慧，从此他们自由自在地生活了下去。造物主成了创世之神，却潜入地底，消失在无尽的黑暗中。"

平时只知道"吃吃吃"的"米饭"，居然讲出了长长的一段话，万能翻译机甚至翻译出了史诗感。魏泽差点忘记音响被破坏的事情，他忍住惊讶，面容重归严肃，重新喝道：

"这是什么东西？克里特星的历史？我问你的可是谁砸了音响！我再强调一遍，我想知道的是，你们中间是谁砸了它。"魏泽指向已成废铁的播放设备，"是不是你干的，'米饭'？"他的声音里加入了威胁的意味。

"不是。""米饭"盯着办公桌上的方便面，咽下了口水。

"说什么也不会给你的——"魏泽露出狡黠的笑容，"除非你告诉我真正的犯人是谁。"说着，他抖了抖没开封的方便面盒，里面发出"哗哗"的声响，魏泽看到"米饭"的口水都快流下来了。

"怎么样？"魏泽趁热打铁，继续诱惑道，"到底是谁干的？"他边说边把方便面向前推。随着方便面的靠近，"米饭"的喉咙反复上下运动，口水一滴一滴落到地板上。

"谁干的？"

"米饭"终于按捺不住了，他高声叫道："造物主，造物主，造物主！"说完，"米饭"摆出讨好的笑容，期待美食从天而降。

这个答案一出，魏泽脸上的微笑顿时僵住，片刻便阴沉下了脸，单手抓起方便面，丢到身后。

"没有食物。"

"米饭"的嘴角耷拉下来，仿佛受了很大的委屈。

"这是惩罚，对你说谎话的惩罚。"魏泽指着办公室的角落，"你去那儿好好反省吧。什么时候想到正确答案再回来。"

等"米饭"趴到角落里，魏泽转向了"沙发"，和颜悦色地说道："想不想坐在上面？"说着，他拍了拍椅子的皮垫。

"沙发"立刻扑了上来。

"下去，下去。"魏泽将他驱赶到一旁，"只要告诉我谁破坏了音响，你就可以上来了。"他让出了椅子，只等一个答案。

"沙发"不住点头，就像工作中的油井吊臂。

09

"沙发"紧盯着空椅子，赶紧说道："工作。只要还有一口气在，就必须工作。如果偷懒就要挨鞭子，如果拉的石头少也要挨，如果动作慢更要挨。永远有拉不完的石头，从山上到山下，从山下到山上，漫天遍野。我不喜欢工作，但是我也没有逃避。我只是想休息，只要休息一会儿，哪怕是片刻也好。但是鞭子不会停下来。

"本以为永无宁日的劳作会一直下去，突然某一天这一切停止了。遮天蔽日的沙砾袭来，我闭上眼睛，躲到安全的地方。就在那一刻，我得到了梦寐以求的休息，周围没有人拿着鞭子抽打，只有我自己。我幸福地闭上眼睛，哪怕是世界末日也毫不在乎。

"等我醒来，沙暴已经停止，天地间只有一座高耸入云的宇宙飞船。这艘飞船闪耀着微光，吸引着我的视线。

"上去。有个人说道。他不是监工，和监工完全是两个样子，他是个好人，因为他手里没有鞭子。上去，去新地方，去新世界。

"我回头望了望母星。到处只有碎石，永远也拉不完的碎石。

我不用留下来，真是太棒了。我看向说话的人，他还在招呼着我，上去，上去。我登上了宇宙飞船，爬到顶端的座舱，卧在舒服的坐垫上，怀着幸福的信念，跟窗外的旧世界告别，前往新世界。

"宇宙飞船起飞了，旋即又降落。原来飞船只是从母星的某地平移到了另一处。那个曾经的好人，没有鞭子的好人，突然变出了八条长鞭。他在我的面前，把我唯一的希望，那艘曾经闪耀着光芒、如今却黯淡的宇宙飞船的座舱，一下一下削成了碎片。他同时挥舞起无数长鞭，催促我快点工作。

"我闭上双眼，无可逃避。我只能等待打在身上的一鞭。

"等我睁开双眼，发现自己再次处于一个陌生的环境中，这里有无尽的空间容我躺下。

"而且没有人拿着鞭子。"

换作"克里特星诉苦大会"，"沙发"的故事说不定会引起魏泽内心的同情。"米饭"和"沙发"的长篇讲述，重新让魏泽认识了克里特星人的智商，可现在正是处理案件中。

"我知道你们以前过得很辛苦，对于你们的遭遇我特别同情。可是，"话锋一转，魏泽的表情也随之改变，"我现在想知道的不是这个。"

"沙发"沮丧地垂下头。

"你不打算告诉我答案，"魏泽拍了拍椅子，充满诱惑地说道，"难道你也不想坐在这上面吗？"

"我想。""沙发"低声说道。

"那就快点告诉我，"魏泽柔声说道，"是谁毁掉了音响？只要说出那个名字，你就可以享受这个舒服的垫子了。我只要一个名字。"

"沙发"的声音更低了："我不知道他的名字。"

"真可惜，你失去了这个机会。"

话音未落，"沙发"突然爆发，之前的低声，似乎都在为此刻积攒能量。他的声音简直可以刺破天际："我知道他是谁！"

"谁？"魏泽急切地追问。

"监工！"

这不是魏泽想要的答案。

"去那边待着去。"魏泽忍不住发火，当着"沙发"的面，他一屁股坐了回去，浑身扭动，故意表现出很舒适的样子，"你休想再碰这把椅子，'沙发'！你浪费了最好的机会。"看着"沙发"垂头丧气趴在角落，魏泽对着他的背影指点道，"如果你想起来什么立刻告诉我。说不定我还会允许你再坐下的。"

"沙发"回头欲言又止，恋恋不舍地盯着魏泽，确切说是盯着魏泽屁股底下的宝座，发现无望，只好扭过头去，面壁思过。

"'游戏'，看见这个球了吗？"魏泽拿起篮球，一根指头将旋转的篮球顶起，"想不想玩？"

"游戏"剧烈地点头。

"要不要玩？"

"游戏"的头点得如同捣蒜。

"没问题，只要你说出是谁砸了音响，"魏泽把球收在怀里，"你就能随便玩了。"

10

"游戏"手舞足蹈，嘴里说着，身上配合动作，就像演一场独角戏。

"最高明的杀手被称为'沉默的刺客'，他似乎从来没有现身过，每个人都见过他，可从来没有人意识到他的存在。他的目

117

标一向都是最高级的，每一个都在严密保护之下，却一一成为他的功绩。他从不把这些事情视为困难，而是当作挑战，一种新的娱乐方式。

"最新的目标是个完完全全没有破绽的人，他始终把自己隐藏在高空中的宫殿里，就连目标最信任的人也无法靠近。目标不需要吃饭，也不需要睡眠，目标只是等待，等待着杀手的到来。

"杀手隐藏在远方的黑暗中，冷静地观察这一切，他花了足够的时间了解目标的作息，又花大量的时间了解目标的爱憎。终于有一天，他知道了目标的弱点：当月圆的那一刻，天空中的宫殿会降落到地面上。可是那一刻，会有无数护卫者围在目标身边，这些人与杀手完全不同，他没有机会伪装成他们的一员。

"然而，这是他最好的机会，也是他唯一的机会。

"杀手准备好所有，静下心来等待月圆之夜。那一刻终于来临。宫殿降了下来，护卫者用无数双手把目标围得水泄不通。就在那一刻，只'轰隆'一声，一片白雾将所有人笼罩。白雾之中，所有人都像瞎了一样，什么也看不见。而杀手一直在黑暗中，适应着这样的环境。他顺利地融进与他完全不同的人种之中。其他人惊慌失措，乱成一团；而杀手知道目标所在，他笔直地冲向目标。

"目标也知道这一点，试图回到宫殿中，那是目标的保命符、救生艇和保护罩。目标距离宫殿只差一步，而杀手在目标十步外。如果目标回去，杀手不会再有下一次机会。

"杀手绝望了。他的目标眼看着就要消失在眼皮底下，他却无能为力。就在这时，混乱中的护卫者却成了他的帮手。当目标为了回到宫殿而穿越人丛时，护卫者错把目标当成了杀手。

"只差半步之遥，距离宫殿大门最近的两个护卫者——他们是连体人，共享一个头颅，却拥有两具身躯——试图拦截目标，而更多护卫者以为连体人是入侵者，举起武器胡乱射击。中弹的护卫者无助地挥舞肢体，将降落在地面的宫殿砸得粉碎。

"当白雾散去，护卫者发现自己失败之时，杀手早已拎着目标的头颅远去。"

良久，"游戏"不再说话，也不再饰演故事里的角色，魏泽才意识到他已经讲完了。

"所以你想告诉我这里来过一个杀手，而他闯进工作站就是为了毁掉一台音响？"这个故事令他更加摸不着头脑。

"不是，""游戏"盯着篮球说道，"球，球，球。"

"说清楚才给。"魏泽把球藏到身后，"到底是谁砸了音响？"

"护卫者。""游戏"说完，继续不依不饶地叫着，"球！球！"

"什么球都没有！"魏泽生气地面对"游戏"，"到底是谁干的？是谁破坏了音响？"他指向眼前的"游戏"，眼睛却扫视"米饭"和"沙发"，"是'游戏'干的吗？"

"不是。"三个人异口同声否定道。

指向另外的人："那是'米饭'吗？"

"不是。"

指向最后一个嫌疑人："那只剩下'沙发'了。"

"不是。"

魏泽为数不多的耐心彻底用光。

"这也不是那也不是，那到底是谁？屋子里只有你们，嫌疑犯也只能是你们三个。一定是你们三个之一干的，要不然就是你们三个合伙干的！"

"不是我！""也不是我！""更不是我！"

"那是谁？"

"造物主！""监工！""护卫者！"

这些声音吵得魏泽脑袋直疼。"别吵了！"睡眠本来就不足，全部身家换回的音响成了废品，再加上三个外星人讲的稀奇古怪的故事，令魏泽思维混乱，大脑像一团糨糊，没法思考。

"都出去！"魏泽冲到门口，打开门锁，一把推开大门。合页翻转声他都觉得无比刺耳。他回望着工作站里的三个犯罪嫌疑人，怒火冲天。

"出去！立刻！"

看着克里特星人远去的背影，魏泽关上门，退回到屋内，看着地上一片狼藉，心情沮丧。

这些东西已经失去功能了。

而他才刚刚获得一丝进展。

当然可以要求采购新的音响，可是由于之前他意外发现的埋尸事件，如今爱莲小区的采购归后勤部负责，不再是以前那样拿到清单就可以立刻购买这么简单了。他现在倾家荡产，没法自掏腰包，只能提出申请要求上级部门采购。等通过层层审批，不知要到猴年马月。到那时，这些外星居民是否还会喜欢这首歌，甚至他们是否还会喜欢音乐，都是未知数。

看着眼前这些废铁，魏泽越发恼火，索性举起破损的零件，踢开门，将它们一块块用尽全力向远方掷了出去。

音响没有了，还要支架做什么？一块儿扔了吧。

魏泽抱住支架，不想这东西比想象的重得多，竟然一下子还搬不起来。

就连陆茂都能搬得动，我却不行。我到底是怎么了？

魏泽不甘心，重新发力，费尽全身力气总算把支架搬离了地面。他快走几步，把它弄到门外，然后用力推倒，还怒气冲冲地补上一脚，可心中的怒火依然没能消解一丝一毫。

圆柱体磕磕碰碰地滚下阶梯，滚上路面，沿着路面继续滚动，直至消失在黑暗中。

11

魏泽就这么干坐在工作站里，想睡却困意匮乏，想思考又全无头绪，他只能直挺挺地窝在椅子上，就算麻将牌盒硌屁股都懒得动弹。

直到开门声传到魏泽的耳朵里，他醒过神来，这才发现天早已大亮。于是他挪了挪僵硬的身体，把身子竖起来，摆出准备上班的模样。

"陆老师，早上好。"

进门一瞥，陆茂就注意到了异常现象，关切地问道："音响坏了？"

魏泽一惊，不自觉地脱口而出："您怎么知道的？"

"音响不见了，地上有破损零件，"陆茂躬起身子快速扫视，"是被砸坏的。"

"是的，被砸了。"魏泽疲惫地回答，"大概是他们三个觉得这样很好玩吧，一场普通的打闹而已。"可对魏泽而言却像晴天霹雳。他囊中羞涩，也不好意思再开口借钱，只能慢慢等旷日持久的申请手续通过。

"克里特星人干的？"

"肯定是，可是他们谁都不承认。"魏泽苦笑，"无论我怎么问，他们的回答都是不相干的事情，三个弥天大谎。太可笑了。"

"他们说了什么？"

陆茂的表情不是好奇，而是急切。

"与音响无关，"魏泽不明白为什么老警察对谎言如此感兴趣，"可能是他们的历史或者传说。"

"克里特星人一定会如实回答问题的。"陆茂摇摇头，"你肯定还没看邮件。"

被冷不丁一提，魏泽才意识到他早把这件事抛到脑后了。他急忙想解释自己工作繁忙，实在没有工夫看。

陆茂示意他不用解释："克里特星人是基因改造的产物，他们的设定就是必须如实回答别人的提问。"

"这不可能啊，他们说的……"

"他们说的都是真的——不过那只是他们眼中的真相。因为他们分不清现实和想象，而且没有时间观念。"

"啊，这是为什么？"

"说来话长。你先说说，他们告诉了你什么？"

魏泽调出手机录音——虽然不是专业的刑警，审讯的常识魏泽还是有的。

陆茂听完，突然问道："音响的残骸在哪儿——不，只要告诉我支架在哪儿就行。"

"呃，我都已经丢掉了……"魏泽磕磕巴巴地回答，"我觉得已经用不到了，所以……"

"带我去找。"说着，陆茂敞开门，示意魏泽带路。

"就在这儿。"没走多远，他们就发现了音响残骸和支架。

陆茂上前，蹲下身去摆弄支架。老警察的背影正好挡住了他的动作，魏泽探头想看看怎么回事。他向前几步，能看到全景的时候，陆茂偏偏又站了起来，再次遮住魏泽的视线。

"太迟了，犯人已经离开了。"

"哦。"魏泽伸长脖子，心想：他为什么要调查支架呢？反应过来之后，魏泽脱口而出，惊呼道："啊？您知道是谁砸的了？"

"我不知道是谁。"陆茂转过身，"我知道是什么人干的。"

这有什么区别？

“那是什么人干的？”

“拜塞尔星人。”

“不可能！”魏泽反驳道，“就算他能趁您和我出门时进来，他也没机会逃出去。从听见动静到我进门，中间我没看到任何人进出，不管什么人。之后我检查过警务工作站的每一处，没有任何发现。让‘米饭’‘沙发’‘游戏’出门时，我也站在门口，不可能有人出去我却没看见。之后我虽然坐在椅子上，但门响还是听得到的。门没响过，直到您早上进屋。犯罪嫌疑人只能是当时在屋子里的三个克里特星人之……”

“是你把他送出去的。”陆茂打断了魏泽的话，“他当时躲在支架里。”

“啊，支架里？”那个支架不是实心的吗？这时陆茂总算让开了，魏泽可以看到他身后，支架的一端露出正中巨大的空洞。这……

他回想起，有伤在身的陆茂搬回支架时轻松自如，而自己在不久之后把支架搬出去时费了九牛二虎之力，以及……

“连实心和实木都分不清”，那是电器店老板说过的话。当时他的确分不清，现在才明白，原来这两个是完全不同的概念。

“原来他就藏在这里。”魏泽仰天长叹，竟然是自己亲手把犯人送出了门，却把气都撒在了无辜的克里特星人身上。他们三个真的什么都没有做。

等一下，陆茂怎么发现的？明明只有魏泽能注意到——虽然并没有注意到——支架前后的重量差别。陆茂就只搬过一次而已。

魏泽说出了自己的疑问。

“通过克里特星人的描述。”

他们什么都没有说啊。

“你问他们是谁砸坏了音响，他们依次回复你的是造物主、监工和护卫者，抛开故事本身，这三种意象有着共同的特点：全都和'八'有关，'举起八座高楼''挥舞八条长鞭'……"

魏泽倒吸了一口凉气："拜塞尔星人的八肢！等一下，'游戏'说的护卫者没有八啊？"

"有的，一个头颅和两具身体，也就是两组四肢，依然是八条肢体。"

"他们没提到音响啊。"

"我也并不能完全参透克里特星人的想法，只能从我的角度猜测：在'米饭'看来，音响像牢笼，因为有人在里面发出声音，却没人出来；'沙发'觉得音响是宇宙飞船的座舱，当它开启时闪耀微光，关闭时没有；'游戏'则把音响在支架上摆放和取下，当作可以上至云端下至地面的宫殿。"

"啊？"魏泽头痛加剧，他越发难以理解这些克里特星人，"即便如此，我能想象'米饭'的故事是克里特星的历史，'沙发'的故事可能是个人的经历。可'游戏'的故事是什么，里面的杀手又是谁？"

"恐怕是他自己。"陆茂想了想后回答。

"他自己？"这是"游戏"的杀戮幻想？难怪他一直扮演着故事中的角色，"那他杀死的目标呢？"

陆茂立刻回答："这个很容易想到，是球。"

"球？"魏泽疑惑地重复。

"是的，'游戏'最终的目的是取得目标的头颅——这个意象和球一样。"

"米饭"想要美味的食物，"沙发"想要舒服的休息场所，"游戏"想要玩篮球。魏泽早该想到这一点，克里特星人的故事就是单纯内心欲望的展现。

本来一件简简单单的事件，经过目击者的描述却成了复杂的故事。

这一点倒是很像……现实。

12

魏泽点开邮件，开始阅读早就该看的克里特星人报告。陆茂已经和他说得很详细了，他只是想通过文字加深印象。和之前看到的尽是涂抹的文件不同，这份邮件里包含不少信息。也许是因为他的保密等级提升了，或者克里特星人的重要级别没那么高。

毕竟，就像陆茂之前介绍的，克里特星人是被人为制造出来的，是优秀的劳动力，却不作为智慧生命体被平等对待。他们能适应当地环境，不会抱怨、偷懒和反抗，只是劳作，直到……死亡。当星球失去价值时，再优秀的劳动力也没有意义。携带这些劳动力需要大量的飞船空间，为他们储备食物和水需要的空间更大，所以开采者将他们遗弃在克里特星上，任由他们自生自灭。直到星际联盟发现了这颗星球，才挽救了幸存者，并将他们送往航空站里进行测试。闲暇时，他们靠看肥皂剧消磨时间，这大概就是"游戏"的灵感源泉吧。

星际联盟的研究发现，克里特星人缺乏时间概念，他们既不知道过去，也不知道未来，因此，就不会有焦虑，不惧怕死亡。他们同时生活在现在、过去和未来。于是，也就没有了所谓的现实。他们将看到的、听到的、想到的，在脑中融为一体，成了一团外人不知所云、只有他们自己明白的大杂烩。

如果早一点读了报告，魏泽也许就不会为"米饭""沙发"和"游戏"的表现而暴怒。因为报告的结论之一就是，克里特星人的言论不能反映真实世界，因此"价值极低"，不足以作为参考。

魏泽深深地感到懊悔，于是准备带着礼物登门道歉。

在这之前，他注意到一件小事："克里特"这个名字很耳熟，这本是个地球上岛屿的名字。克里特岛，正是著名希腊神话"米诺斯之牛"的发源地。

"陆老师，为什么'游戏'他们的星球叫作克里特星？是因为他们长得像牛吗？"魏泽好奇地问，"拜塞尔星是来自当地人的称呼，那么克里特星的来历呢？"魏泽记得，"游戏"他们只是把这颗行星叫作"母星"而已。如果按照地球人的命名方式，也该叫类似"参宿四"或者"HD 188753 Ab"之类的称呼，用地球上的地名命名实属罕见。

"你看完了邮件，应该知道他们所说的话，"陆茂寻找着合适的词语，"全都不怎么可信了吧？"

"是的。"魏泽点点头，"可是这和'克里特'有什么关系？"

"不可信的话语，我们称之为'谎言'。"陆茂的语气似乎是觉得自己已经解释得很清楚了。

"是，所以呢？"

"所以，呃……"两个人同时流露出费解的表情，"你没听说过那个著名的悖论？"

"著名的……啥？"

陆茂放弃了猜谜游戏："克里特人都是大话精。"

"什么意思？"魏泽更加糊涂了。

"克里特有位哲学家叫伊壁孟德。他说，所有克里特人都说谎。如果他说的是实话，那么克里特人都撒谎，而伊壁孟德是克里特人，他必然也说谎，所以他说的'所有克里特人都说谎'就是假话，也就是说克里特人不说谎，那么他作为克里特人……"

"这只是他一个人说的，其他的克里特人承认了吗？"魏泽一头雾水，这根本是胡说八道，"一个人说的怎么能算数？没有其他人的证词或者其他证据支持，根本无法组成完整证据链啊。如此一来，别人怎么可能轻信他一个人的证词就判定整个族群都说谎呢？"

"算了。"陆茂的脸上简直是大写的绝望，"总之，这就是名字的来历。"

"哦，好吧。"魏泽似懂非懂地点点头，"那我先出去了。"他抱起搞不懂其名来历星人的最爱：食物、坐垫、皮球。

起身走到门口，他突然想起了什么，回头补充道："对了，陆老师，我想调查一下，到底是哪个拜塞尔星人砸了音响。"

"没问题，我会和你一起调查。"陆茂表情严肃，"另外，我会让物业问问小区居民，是否希望露天音乐活动继续下去。"

"谢谢陆老师。"魏泽回答道。

这才是他关心的：他们到底是真热爱，还是在演戏。

找到凶手正是为了了解这一点。

得知是拜塞尔星人毁掉音响后，魏泽心痛不已。他想不通为什么他们明明发自内心喜爱音乐，却又对播放音乐的设备下如此毒手。到底中间发生了什么导致情况异变，还是有什么未知的因素触怒了他们。

"你做得很好。"

"陆老师，您说什么？"陷入沉思而呆立在门口的魏泽突然被声音惊醒，"哦，您过奖了。"他本想再顺着这个话题高谈阔论一番，不过一想起上次自夸时得到的白眼，赶紧变换话题，"我先出去了。"

一出门，他的喜悦之情就一发而不可收，就连手上抱着的东西也变得轻快许多。

13

辛纽在死胡同的地面上画了"铁板鱿鱼"。

魏泽不知该对偷渡客们的信任感到高兴，还是该对依然未变的不信任感到悲伤。

前者是因为辛纽等人相信了他说过的话；后者则证明了，这一批拜塞尔星人的第一选择——宁可成为朝不保夕的黑户，也不愿加入官方机构爱莲小区成为吃喝不愁的注册居民。

再联想到音响事件，可以说魏泽需要做的事情还很多。

先处理眼前事吧。

魏泽偷偷在物业仓库露了个头——排班表上写着今天值班的应该是房火强——看到不是李莫，他放下心来，扛上一批物资准备出门。谁承想，冤家路窄，他没走多远就和李莫打了个照面。

"李莫，好久不见。"魏泽挤出的笑容比哭都难看，"来加班呢？"

"等你。"李莫回答。

"啊？你找我有什么事情？"魏泽一惊，他从来没想过，多日不见的李莫竟然主动找到他头上。

"发射声音，设备。"李莫的语速本来就慢，这次似乎涉及新词，更是慢得出奇，"不要再安装。"

"什么意思？"魏泽有点丈二和尚——摸不着头脑，"什么声音设备？呃，音响？你是说音响？"他突然明白了李莫的意思，顾不得手上的食物和钢瓶，一股脑儿全丢在地上。

魏泽伸出手想握这位拜塞尔星人的手爪，以示友好。可他一把将围在外星人身上的白布扯掉了，露出其光溜溜的章鱼身体。

128

场面顿时有些尴尬，他赶紧把被单又披回李莫的身上，讪讪地说："这是个意外，对不起。"

"没事。"李莫似乎对这样的羞耻没有感觉，缺乏抑扬顿挫的声音继续威胁道，"再安装，再破坏。"

"你知道是谁——是谁砸了音响？"魏泽的怒火瞬间涌上心头，他这次把手伸向了对方的脖领，只是进行了一半，动作就停住了。片刻的犹豫，令他的气势减弱许多。

"谁干的，是你吗，李莫？"

"我知道。是谁，"李莫不为所动，依然慢条斯理，"不重要。"

"你什么意思？什么不重要？"

"谁干的，不重要。重要的，原因。"

李莫的语速几乎让魏泽发了疯，他忍住自己去敲章鱼人脑袋的冲动。现在他已经百分之百确定毁坏音响的人就是李莫，但心中并没有惩罚李莫的想法，此刻他想知道的只有动机。

"有人恨声音。"

不等李莫说完，魏泽就委屈地大声驳斥："怎么可能！当时我就问过——我的同事替我问的——他们爱死音乐了！而且连续好几天都是……"

"有人爱，"李莫的动静比不上魏泽，可是气势压过他，"有人恨。"

是啊，魏泽顿时沉默了，他说的一点错都没有，怎么可能全员意见一致。

"可是，没有人告诉我他不喜欢。"

"你听见，"李莫反问，"所有人？"

刹那间，李莫的声音伴随着歌声在魏泽耳边响起，"Do you hear the people sing？（你听见人民的歌声吗？）"

没有。

直到那个生气的人，"Singing a song of angry men"，唱着一首破坏之歌出场，魏泽才听见。

他从未听到所有人的声音，就像之前他没有听到过辛纽的声音，现在他也没听到那些沉默的反对者的声音。魏泽的信息来源是那些热爱音乐的人，所以他们理所当然地回答喜欢；如果他们不喜欢，就不会在深更半夜出现在小区空地上。可是他以此为据，误以为听到了所有人的心声。

他早该意识到这一点。

克里特人是否全是说谎者？不知道，因为这只是伊壁孟德一个人的说法。你只问了他一个人，他不能代表所有克里特人。

哪怕他真的代表大多数克里特人。

音响发出的巨大噪声盖过了一切声音，而正是那些没被听到的声音最终演变成了音响被砸碎的破裂声。

"很抱歉。"魏泽低下头，他的内心感到痛苦和失落，一方面来自音乐行动的失败，另一方面来自对他人漠视的反思，"我不会继续了。"

"谢谢。"李莫说完便离开了。

魏泽扛起物资，步履蹒跚。

14

魏泽打定主意不再继续折腾深夜音乐会了。

陆茂有些吃惊。"效果很好啊。"警督提醒说，"物业那边的反馈也是，大家希望继续搞下去。"

魏泽不为所动。那只是对喜欢的人而言，对反对者来说音乐声堪比噪声。

"陆老师，是我以前考虑不周。"他咽了口唾沫，"我听别人说——"也许这个意见直接反馈到了陆茂那里，却淹没在赞同的大海里，成为难以发现的孤岛，"还是有人不喜欢。"他们的沉默，不代表他们没有自己的爱憎。

陆茂似乎也陷入思考，没有回答。

"音乐声能传递到爱莲小区的每一个角落，就算讨厌也无法逃避。"这就是音响被摧毁的原因吧。"我只想到了喜欢的人怎样做，却没想过不喜欢的人怎么办。他们也是爱莲小区的居民，拥有同样的权利。他们有权让声音消失。"魏泽的声音里饱含着苦涩，"所以，我认为不适宜增添新的音响设备，在公共场合播放。"

陆茂若有所思地点头："你说的有道理。"

"谢谢陆老师。麻烦您和物业打声招呼，不需要了解居民的反馈了。辛苦他们在正常的工作之余，还去进行这样的调查。"魏泽的头仿佛顶着万钧重担，压得脖子都直不起来，"一直辛苦陆老师您，音响被毁这件事也不需要继续调查了。"虽然毁掉音响这件事本身很偏激，但是错不全在犯人身上，他同时也是受害者。

"这个案子也停止调查？"

"他只是做了他应该做的事。"最大的错误还是在自己身上，无意识中将触角伸入受害者的边界，将噪声带入他的世界。

爱莲小区是一座——辛纽的评论非常精确——临终关怀医院。魏泽就像医生，定时把药喂给病人，也就是小区居民，想要的反馈无非这剂药有效或无效，根本不在乎他们其他的感受：苦不苦，有没有副作用，等等。

所以，这里缺乏的不只是娱乐，更是沟通。这才是辛纽想传达的，自己误解了他的含义，一直在旁门左道上飞驰，浪费了大量精力和时间，却没有做到真正重要的——

静下心来，倾听他们的声音。

"我同意你的意见，终止向上级部门申请设备，同时终止调查设备破坏案件。"

"谢谢陆老师。"

"我还有一个问题，"陆茂的话锋一转，"目前音乐是爱莲小区里唯一的娱乐，失去了音响设备后，对于喜欢的居民来说，他们如何继续获得这项娱乐？"

我不知道，也不关心。魏泽有些心灰意冷。这应该是居民自己考虑的事情。

居民自己？

"让他们自己来！"脑海中不断涌现出新点子，导致嘴巴跟不上大脑，"如果他们想要，那就自己说出来。"边说他边挥舞着双手，"后勤部需要的只是采购申请。居民想要音响，那就让他们自己告诉我们，我们传达到后勤部，统一采购。他们可以把音响放在自己家里，既能听到音乐，又不会传到外面影响别人。"

"好主意。"陆茂不住地点头，"我马上和物业统计清单。"

刚刚的阴霾一扫而光，魏泽的心里立时又变得舒畅起来。

15

"过程比你想象的复杂。"

过了几天，陆茂告诉焦急的魏泽。

"哦？问题在哪儿？"

"爱莲小区的电力系统需要重置。大家没有想到拜塞尔星人这么踊跃，小区的电力系统之前没有完全启用，结果这次发现电容量不够，需要扩容；音响的购买数量也远远超过后勤部的预算，为了支出这笔费用，上级部门计划推迟下个月的工资发放。"陆茂把申请表递给魏泽。

"啊？"魏泽心头一颤，他本来还指望这钱救命呢，这下可好，因为自己的建议导致自己的艰苦生活还得延续，真是自作自受啊。

"那我找您借的钱……"

"没关系，没关系。"陆茂直摆手，"我觉得你的另一条建议也非常有价值，于是向组织进行了汇报。组织上要求在电气改造施工中一并处理。"

魏泽希望增加一条居民与警务工作站之间的紧急通信线路。爱莲小区的居民都是外星人，他们中大多数人都没有掌握地球的语言。唯一能和他们顺利交流的途径就是依靠工作站的万能翻译机。一旦他们出现任何问题，比如在家中病倒，若无法及时与工作站取得联系，就会面临巨大的危险。而且，这也是一个可以直接与居民联系的方法，就算他们没有危险，也能随时联络我们，说出他们的心声。

"谢谢陆老师。"魏泽平静地说。

"你表现得很优秀，继续保持。"

魏泽正在看申请采购音响的名单，假装没有听到这句表扬。他决定要改掉自己的这个毛病，不能总是听到表扬就张狂，听到批评就气馁。于是假装淡定地随手翻了几页名单，然后直接翻看总数。他其实也很想知道，音乐的支持者到底有多少。

然而他震惊了。

几乎所有人都申请了，准确地说，只有一个人没申请。

不是李莫，就连他也申请了。原来他真的只是在帮忙传话而已。

魏泽又一次搞错了，他误会了李莫的举动，音响并非李莫砸的。

顾不上陆茂还在和他谈话，魏泽直接坐到电脑前，把登记表和名单一一对照。

只有一个人没提出采购申请。

所以，只有一个人对音乐声不满。

也就是说，只有一个人有砸毁音响的动机。

苟富贵。

这个名字出乎魏泽的意料。他先是惊讶，随后感到心痛，最后是释然。

即使是苟富贵，爱莲小区中最常和警察打交道的人，都没办法直接表达意见，只能在没有选择的情况下，采取最极端的做法，其他人的窘境可想而知。有了这条通信线路，也许可以解决小区里的沟通问题吧。

至于砸音响的事，魏泽早在心中原谅了对方。就算知道是谁，他也不打算追究。

不管是谁，他都有权利反对。哪怕反对者只有他一个。

克里特人都是大话精。

魏泽脑中浮现出这句话。

无论如何，也不可能所有人都是，总有人是不一样的。

不对，每个人都是独一无二的存在。

chapter 4
警察和外星人

01

某个风平浪静的工作日，魏泽终于忍不住向自己的上司提出了这样的问题：为什么不把这些外星人安置在地广人稀的地方，偏偏要放在人流密集的核心区域？

当时他刚刚被迫看完一堆奇诡的视频，不得不打开水龙头冲洗眼睛。这些所谓的灵异视频水准低劣，内容无非怪力乱神，中心思想无外乎就是世界上有很多无法用科学解释的事情。上传者号称要打破"科学迷信"，可是从头到尾都没解释这个名词是什么含义。出乎魏泽的意料，这类视频在网上竟然颇受欢迎，为上传者赢得了为数众多的追随者。

魏泽更没想到的是，日后这家伙会给他带来"别树一帜"的大麻烦。

毕竟这些视频实在让人看得好笑，不需要什么专业知识，很多镜头一眼就能看出布景经费不足、拍摄水平三流。这些视频唯一值得称道的就只有耸人听闻的解说词。

拍得如此之烂，偏偏还有不少人吃这一套，为这些视频贡献流量。至于视频博主，也就是上传者，他的真名起得颇有拜塞尔星人的风范，叫作"袁仁"，听上去像进化未完的猿人。顺便一提，这位粉丝众多的视频博主还坚信进化论是大错特错的、美国人从未登陆月球、地球是平的，以及，质疑他的人都是白痴。

要不是其中一集与北京郊区天空中出现的不明飞行物有关，魏泽一辈子也不会浪费时间，去看这样的视频。

"与本安置区域无关。"魏泽向密切关注此事的上级部门提交了澄清报告，"原因有三点：第一，被拍摄到的外星飞船是碟形的，但实际飞船的外形都是……"魏泽抬头看了一眼爱莲小区高耸的楼宇，继续写道，"长条状。第二，拍摄时间内无飞船发射或降落。第三，拍摄画面内视野良好，实际飞船发射或降落时，伴随有大量白雾，能见度会大幅下降。"

其实还有第四点，"怎么看那架不明飞行物都像是从一元店里买来的便宜货"，不过魏泽强忍着没有落笔。

完成报告之后，憋了一肚子气的魏泽转向陆茂。

只要有空闲时间就抓起笔记本不放的警督仿佛察觉到了射向自己的视线，抬起头回视对方。

"陆老师，您觉得上级部门是认真的吗？"

"是的。"

难道他们看不出这些都是假得不能再假的视频吗？满腹牢骚归牢骚，对于上级领导的决定，理解要执行，不理解也要执行，这是组织纪律。

"他们提出问题的同时，其实也是在提醒我们要多加注意。"陆茂似乎没有注意到魏泽无奈的表情，继续说道，"我们身处大城市中，更需要加倍留意周围的情况才是。"

于是魏泽提出了那个萦绕在他脑中长久的问题：如果把安置点设置在别的地方，肯定就不用担心这样的事情发生了吧。

"将外星人的安置点设置在偏远地区，也是最初的遴选方案之一，但实际操作中，并非最优的选择。"

陆茂放下黑皮本，认真向魏泽解释。运输问题就是之一。食物可以算作外来物资，直接用穿梭飞船送到安置点也未尝不可。但装满氮气的钢瓶是地球的本土产物，如何安排长距离运输是一大问题。如果设置在偏远地区，即使不考虑安置点本身的建设费用，光是沿途设置必要的加油站和维修站，供运输和维护人员休整的场所，甚至还有可能需要额外修一条公路，这些费用之高简直无法想象。

虽然设计之初，预计入住的只有拜塞尔星人——这些外星人几乎可以认为是"宅神"典范，但若外出，周围没有安全的生存空间，万一遭遇危险的野兽、身处不适应的环境、食用有害物品等，难免有死亡之虞。

哪怕不考虑成本问题，单单是位置的选择，合适的地方就不多。青藏高原看似是拜塞尔星人的理想居住地，寒冷，远离尘嚣。但那里气压低，本来就生活在比地球气压高的拜塞尔星的原住民将更难以承受。同样地广人稀的北方沙漠，则有冷热温差大、湿度不足等缺点。

需要考虑的还远远不止这些：负责支援的人员，这部分地球人的生活也要确保不受影响；从政治影响的角度上看，位置和外形不能有被误认为集中营或监狱的可能；还要考虑兼容性和可扩充性，未来可能容纳更多数量及更多种类的外星人。凡此种种，不一而足。

综合各种优缺点，最好的选择还是设置在这里——北京市北六十环开外的墨合区。

虽在大城市中，却在城市的边缘，因此，人流相对稀疏，同时又拥有便利的交通和人员支持。飞船带来的大雾还能被当成雾霾从而掩盖真相。

"但有被发现的风险。"魏泽想了想说。如今的视频拍摄设备无孔不入，说不定哪天就因为一时不察而暴露了。

"这就是我们必须注意的问题。"陆茂回答，"我想到了一些可能遇到的意外情况，也做了应对预案。只是，我的想法肯定跟不上时代了，应对的方式方法也有所不足，你有空帮忙更新修改。"

"好的，一定。"魏泽心想，原来陆老师早有准备啊。

经过这段时间的接触，魏泽已经意识到自己和这位同事兼上司间的巨大差距。他相信刚才那番说辞只是陆茂谦虚，等面临实际需要的时候，他直接检索目录就够了。

他趁着有空，立马找出应对预案翻看。

02

没想到使用预案的机会很快就到了。

与陆茂的对话没过两天，就有人冲魏泽撞了上来。

魏泽当时正好出门巡逻，一眼就瞧见不远处来了辆轻型车辆。

"停下，停下！"魏泽挥舞着双手，拦截在三轮车的行驶路线上。

不知是驾驶员反应不及，还是刹车不灵，或者两者兼有，总之那辆车的速度丝毫没有减慢，结果直直撞在了民警身上。随着一声哀号，两人都摔倒在地。

"不是让你停下了吗？"魏泽一只手扶着腰捂住痛处，另一只手拉起倒地的骑手。

"对不起，对不起……"那位老人嘴里道歉，眼睛却不住瞟向车后，眼里噙满泪水。

越过老人的肩头，魏泽看到散落满地的小玩意儿。那些摔坏了的面人，只剩下大概的模样了。

好久没有见过这样的东西了。再早一个月，魏泽说不定会全数买下。当时他吃不准拜塞尔星人喜欢什么，而且口袋里也还有余钱。时过境迁，魏泽已经摸清楚爱莲小区住户们的爱好只有音乐，身上也实在掏不出几个子儿，更别说还欠着陆茂一笔外债。

"这里没什么人，更没有人会买……"被撞倒的恼怒早就飘到天涯海角去了。

老人默默地点头，却完全没有挪动的意思。

为人民服务的片警无法抑制心中的不安，便将老人引入狭小的警务工作站，让他坐在椅子上休息，再给他倒了杯热茶。

但这些东西远不足以抵消老人的损失。

趁着老人休息的时候，魏泽打开了陆茂编写的应急方案，找到了相应的章节。陆茂建议联系城管部门，让他们将小贩带离，并请他们告知小贩，此地不需要推销。魏泽拿起电话，联络了方案上写的电话，城管部门表示陆老师早就和他们打过招呼，他们马上就会过来处理。

距离城管人员到来还有点时间，魏泽打听了一下老人的经历，以及他又是如何撞到这里来的。

老人的表情近乎麻木，对这样的境况似乎已经习以为常。他用毫无波澜的语调介绍自己的生活，仿佛述说的是毫不相干的某人。老人膝下有一女，她和丈夫都在市区工作，平时到家也很晚，除了休息，没多少时间陪外孙和自己。家境倒是还可以，只是这一老一少平日里只剩下沉迷电子设备，了无趣味。曾经和周围邻居聊过，了解到周遭人群的生活也大体如此。于是老人重新拾起早年的手艺，期盼着能卖出几个，贴补家用，哪怕只是给外孙买张票，让他去剧场看看真人的演绎，也好过成天到晚蜷在被窝里看电子屏幕。

可惜这些小面人根本没人喜欢，自己走街串巷去了不少地方，连一个面人都没卖出去。看到这条路上有车辆来来往往，便以为这边有居民区，骑了很久才赶过来，没想到依然不行。

老人说的车来车往，肯定是指最近运送电气设施的卡车。爱莲小区正在进行电路改造，准备扩大电路容量，添置音响设备。以前这条马路上空空如也，只有例行运送食物和其他补给的车辆，所以之前才没有引起别人的注意。

不多时，城管的工作人员赶来，准备把老人带走。出门看到城管帮助老人收拾地上散落的面人，魏泽感到一阵心酸。他捡起一个品质尚好的，想问问价钱买下来，算是给老人开张。

老人直说感谢他的招待，非要把这个面人送给他。推让了几次，最后魏泽只好收下。

望着老人推车远去的背影，魏泽有些不安。

他一直担心的情况出现了：就算是在导航地图上没有标记，还是有人找到爱莲小区。陆老师的确考虑周全，预案起到了作用。但那更多是因为老大爷通情达理，或者说毫无好奇心，对隐藏在城市边缘的居民区没有起任何疑心。在城管的协助下，老人没有多问，也没有反抗，就离开了。下一次就未必这么幸运了。

陆茂开会回来，魏泽向他汇报了事件的始末，并说出自己的担忧。陆茂对于他的处理表示赞赏，随后问道："那么你认为，更严重的后果是什么？"

"如果对方不听劝阻，执意要来爱莲小区怎么办？或者对方表面上顺从，等到下次咱们不注意时再回来怎么办？"魏泽反问。

这些问题的答案陆茂早就想过了。只是他们需要单位内部其他部门的协助，毕竟爱莲小区整个警务工作站只有两个人，不可能全天全方位覆盖。因此，最关键的，还是对方的配合。如果对方拒绝，那么就要依靠某些强制手段了。

根据魏泽以往在辖区派出所里的警务经验，的确不需要做到这种程度，那些小商小贩就会配合。这些走街串巷的小贩目的是养家糊口，不可能花费大量时间与职能部门对抗。

可是如果下一次撞上来的人并非商贩呢？

盯着桌上插着的孙悟空模样的面人，魏泽的思绪飞往他处。可到最后他也没有想出答案，紧接着又被琐事缠身，小区内部的升级改造有诸多事情等着他去处理。于是这件事就被无限期向后推迟了。

03

电气升级改造进入尾声。出乎魏泽的意料，这么长一段时间里，竟然什么事情都没有发生。大规模车辆往来逃过了周围居民的眼睛，或者是他们对这样的车流习以为常，并没有意识到身边隐藏着什么难以想象的东西。而第二个小贩也迟迟没有现身。这些都让魏泽着实松了口气。从明天开始，爱莲小区又将恢复到往常的状态，只剩下运送物资的车辆定期到来。

这下就没事了吧？

一想到这里，魏泽总算放下了心。之前那段时间，他的神经一直绷着一根弦，总是担心有人会被车流吸引，出现在爱莲小区附近。万一被一无所知的地球人看到一大群直立行走的章鱼和牛，那么精心设计的外星难民安置点转瞬间就会暴露在世人的视线里，所有的伪装都将失去意义。有一阵，过度担心的魏泽甚至还会从这样的噩梦中惊醒。

幸好，这样的事情没有发生。

顺利交接的那天晚上，魏泽策划了一场警务工作站里的庆功宴。名义上是宴会，其实仍在工作时间，办公桌上也只摆了些家常菜，还都凉了。但仅有的两名参与者都很开心。

席间，魏泽以茶代酒，向陆茂致敬，庆祝这一场阶段性的胜利。

魏泽十分感谢陆茂，每次他遇到难题的时候，陆茂都为他提供了巨大的帮助。陆茂客气的回复，让魏泽误以为谈话的氛围足够自然。他提出了一个一直以来的疑惑。

"陆老师，我觉得有点奇怪，"魏泽满脸堆着笑问，"为什么每次只要请教您，您都会帮忙；可是没求教于您时，您就算知道详情，也对整件事不闻不问？是希望我多经历一些错误，自己悟出道理来吗？"

还是您觉得我不值得您这么做？魏泽的心里其实一直有一丝委屈和不甘心。

此前，偶然得知以前的同事也曾和陆茂共事过，魏泽就和那位同事闲聊了几句。不承想，从别人嘴里听到的陆茂，却像是另外一个人。十年前的陆茂和现在一样机警，但那时的他愿意主动指导后辈，甚至掰开揉碎，将所有细节一一相告。而现在的陆茂变得分外高冷，若不是求到跟前，只会冷眼旁观，绝不上前。

说完这句话，气氛突然冷得连热茶都能冻住。

陆茂的表情本来就不怎么丰富，现在更是直接变成了扑克脸，弄得魏泽很尴尬，笑不是，不笑也不是。

魏泽害怕了，他似乎触到了陆茂的逆鳞。他担心这句无心的问话会改写他们的关系，之后的工作也会受到影响，脑中禁不住浮现出了无数双方交恶的未来，更糟糕的是，都是以魏泽惨遭失败而告终。

"对不起。"却是陆茂先开了口。

这声道歉终止了魏泽的想象，也让他更加手足无措。

"不是你的错，魏泽。我只是想起了往事，很抱歉。"警督又恢复成往日里的树懒形象，脸上的表情柔和了许多。

"不好意思陆老师，都是我不好……"魏泽忙不迭地道歉，想把这件事情遮掩过去。

陆茂压压手，示意魏泽停下。

小警察立刻闭上嘴，甚至连呼吸也屏住了。

"是我的错。"陆茂的脸上飞快闪过一丝复杂的表情，夹杂着不满和自责，"我只是想起了我的儿子，我本来希望他也能当警察。我这个人吧，除了干这个别的什么都不会，能想象到的职业也只有这一行。从小就对他——唉，是我教育方式不太对吧，我恨不得把自己知道的知识和经验全部灌输给他，只要找到机会就长篇大论。"

刚一开始魏泽还有些紧张，听到陆茂这么一说，神经就稍微放松了。

陆茂口中过去的自己，确实像前同事描述的那样，会把自己掌握的情况全面告知，不需要你主动提问，却也不顾及你的感受。

"呃，"再次冷场，魏泽忍不住问道，"那后来呢？您儿子，他……"

陆茂露出了苦笑："他没当。"

"他说原因了吗？担心太辛苦，还是……"

"都不是。问题出在我的身上。我把所有的事情都告诉了他，让他觉得当警察毫无乐趣可言，这份职业对他而言没有任何神秘感。他总是说我太霸道了，不给他探索的机会，直接摆出高高在上的态度，把谜底强塞给他。甚至他有时会觉得，这个答案其实是虚假的，只是我为了哄骗他……"

犹豫了片刻，魏泽接道："所以从那之后，您就……"

陆茂苦笑了一下，点了点头。

"很抱歉，陆老师，我没想到是这样的情况，我还以为是……"

"我害怕重蹈覆辙，担心会给同事们带来同样的感受，万一让他们做出同样的选择，那我的错误就大了。所以我就决定要改掉自己的这个坏毛病。”

原来如此。难怪魏泽来到爱莲小区后，陆茂一直对他不冷不热，可一旦向他寻求帮助又不遗余力。一直以来都是魏泽自己想法太多，才惹出这么多烦恼。

“对不起陆老师，又提起了您的伤心事……”

“没事，现在已经无所谓了。我看他现在干得也挺不错的。”陆茂笑了笑，可是笑意很快就变成了哀伤，声音也低沉了许多，“只是他不怎么和我谈他的工作。”

好奇心发作的魏泽忍不住开口问陆老师他儿子现在的职业，话刚说出口就觉得不合适。为了掩饰自己的尴尬，魏泽慌忙端起水杯喝了口茶水。

茶已经凉透了。

04

“真倒霉，都是雾霾太大害得。”袁仁嘴里不停抱怨，只不过是错过了一个路口，再想转回去就非得绕一大圈。这条路设计得真不合理，中途连个能转弯的路口都没有。

也怪他一直光留意天空中的“异象”去了。这次要拍下的“飞碟”，他可是下了血本，绝对看不出是便宜货。只是没想到今天这么大的雾霾，导致他一路上都没找到合适的拍摄时机，而且还绕到了一条从来没有来过的马路上。

不过这个地方也不错嘛，道路平整，荒无人烟，正好适合拍视频。

他低下头，准备在汽车自带的导航系统上操作，把这里的定位记下来。可他这么一看就吓了一跳。

"这是什么地方？"他脱口而出。

屏幕上显示自己早已驶入野地。

早知就不买这种便宜货了。

可不买也不成，哪有闲钱折腾导航啊，好钢都花在刀刃上了不是？袁仁拍摄的视频获得了极高的关注度，但还没有变成钞票。现在的钱也只够维持下次视频上线，所以袁仁必须每次都抓住热点。当然了，这不是什么难事。

为了不让观众觉得他是在刻意"制造"那些难以用常理想象的东西，他将高分辨率的摄像机改装成行车记录仪。这样一来，大家就会觉得事件是偶发的，只不过恰好被行车记录仪捕捉到而已，绝无加工过的痕迹。比起那些只会拼接合成低劣视频的家伙，他在道具水平和拍摄技巧上高出一筹，这才打出了点名堂，总算在竞争激烈的行当里站稳脚跟。

然而上一条视频走了麦城。有一条碍眼的评论竟然说，他们拍到的不像什么不明飞行物，更像是在打折店里买来的二手盘子。

这还算评价高的呢。

"这说明工作还不到位，布景和道具都不够好，拍摄手法也有问题，一定是距离拍摄物体太近的缘故。"

袁仁每次都会根据网友的评论总结经验教训，好的地方要加强，坏的地方会改进。

不过袁仁对这条评论依然耿耿于怀。

"他的眼睛瞎了。"袁仁暗暗抱怨道，"这个盘子明明是新的，而且是从超市买的，虽然真的是在打折专区。"

为了洗雪耻辱，这一次他一定要拍到真的飞碟让他们看看！让那些嘲笑过他的网友知道，他是那种在哪里跌倒就要在哪里爬起来的坚强之人。

"好了，我好像看到它了。"袁仁的眼睛看向自己的左后方，"只要找到路口左拐就可以了。"

他重重踩下油门，丝毫不在意导航的限速警告，牢牢地注视着远方。经过改装的遥控飞碟在天空中若隐若现。

05

魏泽还没提迟到的事情，送物资的司机就先发了满肚子牢骚。司机抱怨说，为了物资着想，就不该选这个日子发射飞船。

"那是真的雾霾。"魏泽无可奈何地摊摊手。

穿梭于爱莲小区和太空站的飞船已经停驶有一阵子了，小区里也有段时间没有增加新住户。对于魏泽而言，这是好消息。毕竟最近他忙得不可开交，小区里电容升级，克里特星人还不时捣乱，一眼没看住就不知会干出什么事来。

今天的雾霾可真大，能见度甚至不到十米，偏偏今天还是运送物资到爱莲小区的日子。司机一路上不敢大意，为了安全行驶，就连到了没有车流的爱莲小区附近的笔直大路，他也不敢轻易加速猛冲，结果自然是超过预定时间。

负责帮忙接收物资的物业工作人员已经下班了，如果有拜塞尔星人在，凭借他们的八肢，搬东西这事可简单得多。不提还好，一提起这群物业，魏泽就气不打一处来。他们对待本职工作一点也不热诚，反倒是前一阵电气改造，一有打钻砸墙的，肯定能看到他们的身影。这么热心，一定是巴望早日修好，可以听音乐。

算了，指望不上他们了，自己来吧。可是一看到这一整车物资，魏泽心里就直打鼓。

魏泽把视线转向了身边的司机，摆出讨好的表情："那个，能不能请您帮帮忙……"

被直视的司机露出了不乐意的神情，可最终还是答应了。

司机打开卡车后斗的挡板，两人爬进帆布篷里，把物资先堆到地上，一会儿再搬进物业仓库。数量不少，不过重量不沉体积也不大，稍微费些力气应该可以搬完。

如果没人捣乱就更快了。没错，旁边一直有人在干扰魏泽和司机的工作进度，正是那三个捣乱的克里特星人。

"你别动这个，这个是……"说得太晚了，"扑哧"一声，"米饭"的头把食物袋挑破了，一脑袋埋进去。魏泽的挫败感还没来得及发作，"游戏"就把钢瓶推倒，追逐滚动的钢瓶。"小心，别把它弄爆了……"话音未落，"沙发"就扑倒在地，仰面躺在物资堆上。

魏泽手扶额头，未婚的他提前体会到了养育熊孩子的苦楚。

无奈之下，魏泽祭出了法宝，从警务工作站里拿出了几样克里特星人喜欢的东西：方便面、篮球和坐垫，把他们的注意力转移到别处，要不然的话搬运物资的活儿永远也干不完。

三个惹祸精恋恋不舍离开以后，魏泽的眼睛还是死死地盯着他们的背影，直到确保三个影子远去，才敢把精力投入眼前的物资上。

等到卡车上的物资都被丢到了地上，司机看了下时间："我得走了。"

魏泽心里不情愿，可司机本来就是义务帮忙，实在没法强留，只好客气地表示感谢，独自面对未搬完的物资。两人跳下卡车后斗，司机走向驾驶室，魏泽搬起物资走向物业办公室。等他搬完一轮回来，正好看到卡车加速离开。亮起的两个车头灯照出雾霾中三个深浅不一的克里特星人，确切地说，是他们映在楼墙上的影子。难得连一向调皮的"游戏"都没有离开，这让魏泽放下心来，专心搬运物资。

一想起堆积成山的物资，魏泽就感到头痛，他叹了口气，又一次开始了搬运工作。

手机响铃时，魏泽手上还托着食物袋，根本没法看来电信息。他赶紧跑起来，在铃声的催促下，迅速把食物袋丢进仓库里，来不及抹一把汗，就掏出手机接听。

是坏消息，110报警平台通知他，附近有人报警。

因为爱莲小区的保密属性，局里安排周边的任何报警信息，最终都转到警务工作站，不分类型。表面上看魏泽的职务属于片警范畴，但实际上他的职权要大得多。当初魏泽看到这部分资料时，还以为自己的权力很大呢，但转头一想，爱莲小区周围哪有什么人啊，别提他梦寐以求的刑事案件了，就连案件本身都屈指可数。

这次也不例外。听了接到报警的110工作人员的转述，魏泽知道附近发生了交通事故。这一回连交警的业务也转移过来了。

先把物资丢在这儿吧，只要那三只不过来就不会有事。魏泽不放心地向克里特星人待着的地方望去。雾霾太大了，就连模糊的黑影也看不见。

算了，不管他们了，赶紧出发吧。

06

由于速度都不快，双方车辆的损失都不大。责任的认定也很简单，小汽车的驾驶员没有及时注意路面情况，在掉头时与路口转弯开过来的卡车相撞，负全责。对于责任的认定，小汽车的驾驶员倒是没什么意见，只是在处理过程中，他不停地焦急争辩，说他当时的注意力全在不明飞行物上。

先是一惊，再看见驾驶证上的姓名，魏泽对这个说法就只剩下嗤之以鼻了。

袁仁啊，不就是那个拍虚假视频的嘛。"就算是真有不明飞行物，驾驶时也要注意交通安全。在此提醒您，道路千万条，安全第一条……"

　　"而且我还看到了外星怪兽！"视频博主脾气越来越大，终于从焦躁的唠叨变成了怒吼，"从他的车上下来的！"袁仁的胳膊伸出又收回反复好几次，要不是魏泽挡在中间，手指头非得杵进卡车司机的脸里。

　　魏泽心想：碰瓷都碰到自己头上了，要是换别人兴许就被他唬住了，不过自己就算了，毕竟自己管理着一小区的外星人呢。

　　"只要对方的车辆不是外星怪兽驾驶的，那还是您的责任。"

　　被这句话噎住，袁仁憋红了脸，半天没说出话来。

　　"请您收好处理单。事故轻微，现在处理完毕，双方都可以离开了。"魏泽想赶紧把袁仁打发走，所以三两句就对付了。当把处理单交给卡车司机时，魏泽心生不满，当初你要是肯再多帮一会儿忙，不就没这事了吗？

　　卡车司机的脸上也写着不满，他的表情似乎在说：真不该帮这个忙，要是扭头就走，肯定能更早回去，还不会遇到车祸。

　　就在两个人一言不发地互相埋怨时，事故中的另外一方发出了胜利般的呼声："果然，果然拍下来了！"

　　"什么？"魏泽突然产生了一种不祥的预感。

　　身材瘦小的袁仁费力地从汽车的驾驶座上爬了出来，活像一只刚刚学会两足行走的猿人。他一副扬扬自得的模样，刚刚还急躁不安的神情已经消失得无影无踪。

　　"多亏了有它。"

　　魏泽顺着他的手指，看到了减速玻璃后面的行车记录仪。

　　"全都拍下来了，你们等着瞧吧……"

　　他的表情更加得意，也让魏泽更加不安，完全不知道这位视频博主到底做了什么。

"你刚才说的外星怪兽到底是什么意思？"

袁仁摆弄着手机，没有回答。魏泽等得不耐烦，刚要再问，突然听到那台手机发出了"叮"的一声提示音。"太棒了。"袁仁自言自语道。

"到底怎么回事？"魏泽追问。

"你们可以自己上网看。"袁仁扬了扬手机。

看到袁仁手机屏幕上"上传完毕"几个字，魏泽的胃部一阵抽搐。

07

如果在回来的路上没有遇到"米饭"，也许魏泽的紧张程度会稍微低一点。当他看到路边的克里特星人时，惊讶得下巴都快掉在地上了。左右环视发现能见度依然极低，他又开始庆幸今天的天气不佳。拉上"米饭"回去的路上，本来想在警务工作站里问问情况，可是袁仁的话让他百爪挠心，忍不住又一次打开网页，点进那个不靠谱的视频主页。不看不要紧，这回一看，真是吓了他一大跳。

也许是没有做后期的缘故，这一期节目没有夸张的背景介绍，只有驾驶员，也就是袁仁略带焦急地自言自语，他似乎走错了路，正在找回去的方向。如此下去的话，这不过是个乏味的抱怨恶劣天气的视频。然而当他与卡车相撞之后，视频的走向突然改变了。

小汽车驾驶员下车查看碰撞情况，卡车司机也跳出驾驶室查看，两个人开始面对面地唇枪舌剑。就在这时，卡车车斗里面隐约出现一个黑影，似乎正在移动。车灯的光芒捕捉到了他，也就在那一刻他突变成了一只足足有两人高的巨型怪兽，只从影子上就能看出他身材魁梧，肌肉发达，面目狰狞——面目其实看不到，纯粹是魏泽脑补——而且头上还长了一对角。

此刻的魏泽当然清楚这就是"米饭"，克里特星人的特征一目了然。虽然他不明白为什么"米饭"的身形会变得如此巨大，更搞不懂"米饭"是如何逃出爱莲小区并追上卡车的。他清楚"米饭"的奔跑速度，就算卡车开得慢，被设计成侧重于耐久而非爆发的克里特星人也不可能做到。

冷不丁出现的克里特星人吓坏了正好面对他的袁仁。袁仁用颤抖的手指着那个超出往日数倍的克里特星人的轮廓，用含糊的声音说些意义不明的话。完全不知情的卡车司机回过头，他疑惑地看着吞食了天地万物的白色雾团，弄不清肇事者为何突然被吓到。

难怪卡车司机没有提醒魏泽外星人的事，原来等到司机回头，正好完美地错过视频中的这一幕。要不是袁仁车上有行车记录仪，那说出去绝没有一个人相信。

谁要管他的话到底有没有人信啊，自己的麻烦才大了呢。这下外星人会被所有人都看到的。

"瞧瞧你干的好事！"魏泽的脑袋越过显示器，对窝在角落里反省的"米饭"发泄心中的不满。

怎么才能把这件事情掩盖过去呢？魏泽毫无头绪，他冥思苦想了好一阵，才突然意识到，自己手边不是有"锦囊"嘛。陆老师可是对所有的情况都设置了应急处理预案的，那里面一定有解决方案。顾不上询问罪魁祸首，他不敢怠慢，赶紧翻出预案。

好在不久前刚用过，就在手边不远处。一边翻手册，魏泽一边暗暗给自己打气。这么多大风大浪都经历过了，自己还不是平安无事，更何况还有陆老师，他肯定有办法。

魏泽找出目录上对应的位置，连忙翻开一看，心里不禁暗暗叫苦。

这根本不是解决方案。

"找到该媒体的上级单位，协商要求禁止该报道公开传播。"

放在过去可能是个行之有效的方案，但在现在根本行不通。首先，袁仁就没有上级单位，他属于自媒体，简单地说，他自己就是媒体。其次，就算能封杀了这个视频，也不能阻止更多人再次发送或者私下转发。在网络时代，禁令是最有效的宣传手段。说不定不禁还有人不信，这一禁反而为视频的真实性背书了。再说，现在阻止它公开根本来不及了——魏泽正是在公开的网络渠道中看到的这段视频。

08

接到魏泽的电话，陆茂立刻终止了关于爱莲小区音响设备的会议，迅速赶回警务工作站，研究后续处理方案。魏泽一见陆茂回来，一句废话都没掺，将紧急状况如实转达。此时距离视频上线已经过去三个小时，转发评论点赞的数量之和超过一千，接近该账号历史最高水平。到了这个时候，就算真想阻止传播，也未免太迟了些。

不幸中的万幸，旗开得胜的袁仁不愿意泄露更多秘密，所以对发现位置三缄其口，只是信誓旦旦地回复，将会继续做跟踪报道。

就算这次的难题能够解决，魏泽担心的情况还是会发生：像橡皮糖一样黏上来的视频博主会前赴后继，总有一天这里的情况会被彻底暴露在艳阳之下。

魏泽的恐惧仿佛被激起的涟漪，从大脑扩展到全身，整个身体变得麻木而冰冷。

"这数据不对。"陆茂突然说道，"你清楚这是外星人是因为你恰好知情。可在不知情的人看来，这只是一团影子。"陆茂似乎猜到了魏泽的心声，一边拖动进度条，一边向钻入牛角尖的魏泽解释，"这个视频比袁仁之前的信息量上差很多，而且没有经过剪辑和渲染，可视性很差，怎么可能获得更多的追捧？"

"啊？"魏泽完全没有往这方面想过，主要是他之前太紧张了。

因为从一开始他就认同袁仁捕捉到外星人影像这一点，并没有从完全不了解情况的观众一方去想问题。经过陆老师的提醒，重新再看的魏泽突然意识到：跳脱出"外星人"这几个字带来的固定思维，对一般观众而言，这根本是个没趣的驾驶片段。甚至对于必须看完视频的魏泽来说，开头都缓慢得让人无法忍受。

更何况还失去了标志性的背景音乐和夸张介绍，又有谁能从这个黑影中看出端倪？就算标题上清清楚楚写着"外星怪兽"四个大字，恐怕眼力最出色的观众也没法把它们和视频里的黑影联系在一起。

"这些数字，"陆茂用鼠标在上面画了几道看不见的圈圈，"肯定有问题。"

"我明白了。"说着，魏泽抄起电话，拨通了技术部门的号码。

一个小时后，爱莲小区警务工作站收到回复：流量是通过 IP 地址相同或近似的众多账号重复操作带来的，实际数据并没有多高，比平时的视频阅读量还低。

换句话说，这段视频的流量数据，多数来自袁仁团队的自我炒作，实际播放数据并不好。

看到这个结果，魏泽快跳到嗓子眼的心脏总算可以复归原位了，真心诚意地拍起了陆茂的马屁："还是您的眼光如炬，一眼就看出情况不对了。"

"先不说这个了，"陆茂摆摆手，"要尽快处理后续。"

"后续？"魏泽想不出后面还有什么事情要处理，危机不是已经解除了吗？现在看起来这段视频更像小圈子里的自娱自乐，并没有对爱莲小区造成什么实质影响。

"一是如何阻止有人到附近拍摄，"思考更长远的上级皱了皱眉，"二是找到'米饭'离开的漏洞。"

发现别人来这儿相对容易些，通向爱莲小区的路只有一条，只要增加监控设备就可以做到提前发现，但是想阻止拍摄就难了。

第二条嘛，魏泽转头瞄了一眼，角落里的克里特星"逃犯"尚在，直接问他就好了。

"这不可能！"听完"米饭"的叙述，魏泽立刻站出来反对。有了上次的经验，魏泽知道克里特星人说的话不能仅仅从表面上理解，需要分析提炼其言语中蕴藏的真相。

可是这一次，犯错的克里特星人说的话就太不靠谱了。动机他倒是描述得很真实：他被要求不能碰地上的食物，又看到了食物是从卡车上搬下来的，所以就跳上卡车想再找点吃的。但关于行动过程的描述也太避实就虚了。按照他的说法，简而言之，就是车停的时候他跳上卡车，等车停了又跳下。

这样的解释根本算不上解释，问题的核心丝毫没有触及。当卡车行驶到他们三人附近时，魏泽还目击过"米饭"的身影，所以"米饭"没有机会在车未启动前上车。而且"米饭"更没有说到，他是怎么把自己的身形变大的。

问不问简直没有任何差别。

"'米饭'不会变大，"陆茂纠正说，"这是确定无疑的。"

"啊？"一直沉默的陆茂突然发话，让魏泽吃了一惊，"您看过视频了呀，就是变大了。"

"不对，变大的是映在卡车车身上的影子。"

"这不是一样嘛。"

"今天是雾霾天，能见度很差，靠近都很难注意到实体，"

陆茂没有搭理魏泽的嘟囔，细心解释说道，"除非有光。你注意这里，"警督拖动鼠标，把屏幕上的画面拉到"米饭"出现前的那一刻，"那时'米饭'的轮廓不大，他当时应该只是被位置较高的卡车示宽灯照到了。"魏泽也凑近屏幕看了一下，是不怎么大。

"但是然后，"时间条向前移动了片刻，"当他被位置更低的小汽车的车前灯照到时，个头就变大了，就好像突然膨胀了一样。"

视频中"米饭"的身影大小也并非固定的。随着他的移动，映在白雾上的身影大小也在不断改变。

"原来是投影的缘故。"魏泽恍然大悟。由于今天雾霾，人的视线受限，只能依靠灯光来识别。而光线的位置和亮度则会造成很多视觉误差。比如灯光从上向下照射时，显得物体更小，反过来则会变大。事实上，不管是袁仁的肉眼，还是行车记录仪的镜头，都没有真正看到"米饭"本身，所见所记录的不过是迷雾中被映射出的模糊影子。

"站的角度导致看到的和实际并不相符。"至少解开了一个谜团，尽管是最不重要的。

"可他是怎么离开的呢？卡车开走的时候，我还看到他们三个呢，'米饭'不可能追上卡车的。"

"不，你没看到他们。"陆茂强调说，"你刚才说的是，看到了他们的影子。"

魏泽愣了一下，突然心虚："对，是影子，可是……"

"同样的原理，是你看漏了。"陆茂回答道。

"什么同样的原理？"可怜魏泽的物理学知识早就还给老师了。

陆茂伸手掏出随身装备中的手电筒，示意魏泽也拿出来。把两人的水杯在办公桌上摆好位置后，都打开手电筒的开关，稍微调节了一下两个光源的位置，竟然就真的把两个水杯在墙上照出了三个影子。

"就是刚才提到的光线照射原理。"陆茂对目瞪口呆的魏泽说道。

那时魏泽看卡车车灯照射出了三个深浅不均的影子，就误以为那是三个人，其实那里只有两个人。他们本来在两处光源的照射下，应该会形成四个影子：每个人有两个。只是其中两个影子位置接近，重叠成了一个颜色较深的。结果被视野不佳的魏泽当作没有移动过位置的三个人。第三个人，也就是最终导致了事件发生的"米饭"，大概抓住了司机返回驾驶室、魏泽进入物业办公室的空当，溜进了卡车后面的帆布篷中。

原来他真的一直就在卡车上。

"呃，只是这样啊。"魏泽拿着的手电筒还亮着，照在两个水杯上。这个时候它们就只剩下两个颜色相同的影子了。

在陆茂的帮助下，这个爱莲小区内部的谜题算是解开了。

对出门的车辆加大检查力度，是魏泽准备在今后的操作规程里添加的新步骤，这样可以堵住爱莲小区目前存在的漏洞。

"米饭"也可以离开了。魏泽象征性地警告了他一句，就让他回家去了。

至于爱莲小区以外的大麻烦，不止魏泽一个人头痛，陆老师也暂时没有办法。像他们这样活跃在一线的人员都没辙，远离现场的上级部门也不可能立刻拿出解决方案。上级暂时安排各部门集思广益，力争早日解决。

09

不怕贼偷，就怕贼惦记。

来爱莲小区只有一条路，重要位置的监控探头早就装好了。

只要有车辆驶入或人员靠近，系统就会自动向警务工作站提醒，但这并非最终的解决方案。

　　三十六计，走为上计。搬家自然是最安全的解决办法之一，但绝不是首选。首先，不可能立刻完成，毕竟准备工作也需要漫长的时间。其次，魏泽心中不忿，自己好不容易才构筑起来的心血，难道仅仅因为一个袁仁就不得不放弃吗？实在于心不舍。最后，搬去新址就不会遇到同样的问题了吗？再遇到怎么办？总不能永远搬下去吧？

　　不从根子上解决，只是逃避的话，犹如扬汤止沸，无法彻底根除。

　　可是话说回来，如果探头真的发现有人来了，难道要将这些外星人集体疏散？让他们躲到安全的地方，等地球人走了再回来？且不说方法是否有效，单是想想这些操作，魏泽就头痛不已。要不就把所有人都关在家里，等对方离开再出门？可要怎么确定对方真的离开了呢？要是他假装走人，偷偷留下延时拍摄设备呢？更何况打发走了一个袁仁，还不知道有多少个"袁仁"盯着呢。

　　还是那句话：有千日做贼的，没有千日防贼的。

　　爱莲小区的麻烦在于，只要做不到百分之百的防御，这样的防御就没有任何价值。魏泽敢拍着胸脯保证，不论是谁，都不可能做到完美抵御所有狗仔队。这不是长他人志气灭自己威风，而是事实。在这个科技发达的时代，光是防不胜防的拍摄工具就数不过来：微型摄像机、无人机……魏泽一样都拦不住。

　　这仿佛就在爱莲小区里埋下了一枚不知何时会被引爆的炸弹，这里的人从上到下无时无刻不生活在惶恐不安之中。

　　必须一劳永逸地解决掉。

　　但这谈何容易？魏泽苦苦思索。

　　停用袁仁的网络账户没有用处。不仅因为注册一个新的轻而易举，而且会加深他的仇恨，彻底把自己树成固定靶子。

除非能在袁仁把信息传播出去之前扭转他的认知，让他觉得爱莲小区就是个平凡场所，没有追索的价值。唯有如此才能断了他的念想，拯救爱莲小区于危难之中。

可是如何才能让他相信呢？

魏泽走进袁仁的工作室，与视频博主面对面。他站着，袁仁一脸不屑，假装没看见人，还赖在椅子上，没有要起身接待的意思。硬着头皮，魏泽开口："其实你看到的都是幻象，不是真实的。"

还没等魏泽说出此行的目的，袁仁就笑出了声。这声笑不表示他的感情，仅仅是用来打断魏泽的话语。

"我说有外星怪兽，手上就有证据。"他站起来，挑衅地把身子向前倾，"你说是假的，有什么凭证吗？"

"有，你看。"早有准备的魏泽连忙摆出设备播放视频，画面上是爱莲小区的一角：老人悠闲散步，孩童愉快玩耍，年轻人牵着宠物，就像别处的日常一样。

"这里居住的都是普通人，他们不希望有外人窥视他们的生活……"

"这个视频还不如我拍得好呢。"袁仁扫了几眼就不再看，"这不就是摆拍吗，你怎么证明爱莲小区里每天都是这个模样？就算真是如此，你怎么证明这些人不是外星人变的——我看过的好多电影里，外星人都能改变自己的容貌，隐藏在地球上没人发觉。再说，如果真像你说的那么平常，他们为什么要害怕我找上门去？既然这么介意被窥视生活，为什么又允许你拍摄？"

这些问题魏泽一个也回答不上来。

即使身处想象中的场景，站在对立面的也不过是自己思维的化身，都能把自己驳斥得无言以对。假如真见到袁仁，对方提出的问题只可能更复杂也更尖锐，到时自己一旦哑口无言，情况便会更糟。

到了这时，魏泽反而理解了陆老师儿子的想法。

不会欺骗你的人向你强行灌输完全正确的知识和经验，尚且都不愿意接受，更别提那些本就不信任的人强塞给你的真假难辨的信息了。换谁都不会轻易上当。

思前想后，魏泽既没有可以劝阻他的良计，也没有能拦住他的妙招。束手无策的小警察把所有的赌注都押在了陆茂的身上，指望着一直妙计频出的老警察想出什么奇策，一举渡过难关。

而被各部门寄予厚望的警督则身陷无穷无尽的会议中，自己也没了主意。

10

罪魁祸首——克里特星人"米饭"被训斥仅仅一天后就把警告抛之脑后，又恢复了上蹿下跳、满世界找饭吃的作风。大概是被禁足、不能来警务工作站里蹭饭吃的缘故，这次他竟然主动闯进了物业仓库，又想抢同样是外星人的拜塞尔星人的食物。

皮糙肉厚的克里特星人自然不担心自己会受伤，身体脆弱的拜塞尔星人就不行了。不得已，魏泽只好又把他弄回了工作站。也许是因为愧疚，见到魏泽过来，"米饭"没有做多余的反抗，直接跟着魏泽离开了一片狼藉的物业办公室。

"进去！"魏泽没好气地打开工作站的门，放他进去。不只是克里特星三人组，居于爱莲小区绝大多数的拜塞尔星人也一样，没有使用过带锁的门，不知道如何开启。后面恐怕要开训练班，让本小区的居民学习这个操作。魏泽计划在小区里安装门锁，不过那是后话。

现阶段的问题是……

"哎呀，你怎么又吃上了！"他也就比"米饭"晚了半秒，这家伙就一头扎进魏泽的存粮里，一点不客气地大嚼特嚼起来。

难怪他刚才这么听话。魏泽醒过闷儿来了，原来他大闹物业就是为了名正言顺地进警务工作站啊！看着吃得正欢的"米饭"，魏泽的嘴都要气歪了。

没想到啊"米饭"，你还学会用计了：佯装失败被抓，其实就是为了引我上钩，让我为你打开大门啊。

正准备批评"米饭"一顿的魏泽愣住了，一个字也没有喊出口。

失败的表象不过是为了后面的成功。"米饭"提醒了囿于固有思维的魏泽，如果爱莲小区被袁仁看了个遍又会怎样呢？关于外星人的视频上线了，所有人都看到了，这个时候攻守之势就该转换了。之前是魏泽作为防御方，必须建立起一条完美的防线，抵御住无处不在的攻势，但事实是，魏泽不可能成功。那么就索性放弃防守，让袁仁进攻到最核心，一旦视频播出，袁仁就成了防守的一方。一个漏洞就足以让整条防线崩溃。

不需要找遍世界上所有的黑乌鸦，只要找到一只白乌鸦就够了。

11

"您觉得如何？"魏泽向陆茂说出自己的想法之后，唯一的听众缄默很久，时间长得简直让说话人失去了信心。

"不好吗？"最终还是魏泽自己打破了沉默。

陆茂迟疑地点了点头："办法不是不可以，但是你想好那之后怎么办了吗？"

魏泽只有个模糊的想法，但是不成系统，充其量只能算是概念而已。他需要找到一只白乌鸦，可是怎么找都毫无头绪。说出了不成熟的计划之后，他总结道："我只是觉得，让徘徊在信仰之外的人从怀疑到笃定必须有足够多的神迹；可要让坚定的信徒放弃，只需要一条确定无疑的反证就够了。"

陆茂和他探讨起细节。面部肌肉不够发达的警督还是一副平静的神色，魏泽始终没法从对方的表情中看出他的态度。一直处于紧张中的魏泽纠结了很久，才听到对方缓缓说道："我需要请教一下专业人员。"

难得听见陆老师也要询问别人的意见，一直以来这位直属领导给魏泽的印象就是人形搜索工具，只要提问就会自动得到答案。

"您是说要问问技术部门吗？"

"不，"陆茂的表情没有任何变化，"我要请教一下我儿子。"

要不是知道陆老师的脾气，魏泽的第一反应是他在讲冷笑话。这么机密的事情，为什么要问你儿子？你儿子不是不想当警察吗？

努力压下心中的不快，魏泽回忆起上次聊天时，陆老师提起过他儿子的职业，好像是个什么导演。

12

当听说他的计划得到上级领导批准时，魏泽依然觉得有些难以置信。这个计划建立在很多不确定因素的基础上，一旦某一处出现纰漏，就有可能连带整个计划失败，而且需要袁仁主动配合——如何把他引诱到陷阱中是计划的核心部分。

袁仁不会轻易上当的，所以整个行动都建立在所有的秘密都是视频博主自己主动发现的。

就像是陆老师教育儿子的反例，他们必须让袁仁相信，他得到的每一条信息都不是被别人强塞进来，而是通过他自己的努力获得的。从表面上看，是袁仁发掘出蛛丝马迹，一步步接近真相，实际上则是按照魏泽等人设计好的路线走向只为他一个人准备的终点。

　　虽然在视频中，袁仁没有指出实际地点，但是收到的私信里，还是有几个人点出了确切位置。传言很多，但没有人亲眼看见过。他们的消息都来自神乎其神的谣传。

　　这个位于北京北六十环开外、墨合区的偏僻角落里，存在一座似乎已废弃却又有人在活动的还迁房小区。时而会有神秘车辆运送物资前往这个小区，可是谁都不知道这里是干什么的。有人认定这里是高传染性疾病的隔离区，也有人认为是军方培育战斗怪兽的军事基地，还有人说这其实就是中国的"五十一区"，也就是与外星人接触的场所。

　　袁仁心想，根据他的所见所闻，这些都不无可能。他心中窃喜，这么说来，不管到时候能拍下什么，都足够引起轰动。

　　似乎是在为自己没有采取行动辩解，他收到的私信又说，唯一的通路修得宽阔笔直，却没有车驶入，肯定有问题。说不定还没走到一半就有火箭或者死光把那些好奇心爆棚的傻大胆送上天呢。

　　袁仁暗笑，自己可是实际走过那条路的，哪有这么可怕，不过是条普通的路罢了。

　　也许没有火箭，网友又提醒道，不过监控摄像头可多着呢。说不定看见有外人来，他们立刻拉上家当跑路。

　　这一点倒是没想到。袁仁偷偷在附近看了一圈，是见到不少摄像头。毫无疑问，这些摄像头不会有死角，绕是肯定绕不开的，得想别的办法。

　　首先要把上次的车换掉。在对方眼皮子底下发生事故，还招来了警察，车辆信息肯定有记录。他还记得那个满嘴俏皮话的交警，等他拍到了视频，看那个家伙还笑不笑得出来！

　　之后就是耐心等待机会。

老天垂青有准备的人。袁仁蹲守了几天，就看见一排各式车辆驶入了这条非但无名而且网络导航也未显示的公路。这位视频博主毫不犹豫，尾随着最后一辆也开了进去，伪装成这组车流的一部分。

　　车队大概是临时组建的吧，袁仁这样想着。幸好车辆驾驶员互相之间并不熟悉，才让他得以顺利混进去。尾随车流的袁仁稳稳地开着车，与前车保持足够的车距，不做出任何可能引起怀疑的举动。

　　几公里路很快就开过去，到了转弯的路口。上次袁仁就卡在这里。当时雾霾很大，根本看不了多远。今天就不同了，天气状况良好，视线极佳。转过弯，袁仁看到了那座传说中的小区。也许是期望太高，远远望过去这十几幢楼就是平平常常的居民楼而已，并不像传说中那么神奇。

　　肯定是用来迷惑人的假象，其实后面暗藏玄机。袁仁正想着，车流慢了下来，看来快到目的地了。

　　坏了，要进小区大门。如果这时有人拦住他要证件可怎么办？袁仁的心怦怦直跳。

　　可是直到他顺利驶入小区里，停下来，也没有任何人阻拦他。

　　这也太简单了吧，难道危险在后面？

　　其他的车辆也都停下来，没有人下车。

　　是有人发现了异常吗？

　　不敢掉以轻心的袁仁咽了口唾沫，警惕地观察着一切，汗津津的手紧握住摄像机，把眼前的一切录入其中。

　　有一辆车的后侧车门开启了，下来一个人。

　　这哪里是人，分明是条大章鱼，而且是直立行走的章鱼！袁仁惊讶得目瞪口呆，随后喜出望外。事前他可没有设想过会有如此惊人的发现。

　　这时，别的车也开启车门，下来的依然是章鱼。而且这些章鱼不光能走路，个头也很大，还能从车上搬东西，看着简直就像……想了半天，袁仁也想不出来像什么，总之是个奇形怪状的东西。目不暇接的袁仁又看到从小区深处也走出了一只，还在挥舞爪子，好像在欢迎同胞的到来呢！

哇，这下可要发达了！竟然拍到这么惊人的视频，超乎他最初的想象。有了这个，不只能让他在网络上出名，更足以使他登上世界的舞台！太棒了！

又出来一只，这应该是他在雾霾天里看到的那种怪兽吧？像牛头怪，只是个头比之前小了许多。这牛头怪冲向了章鱼，是要打起来吗？由于距离较远看得不清楚，袁仁情不自禁地打开车门出来，举着摄像机靠近拍摄，心中兴奋不已。

"嘿，你！"从别的车上下来的司机——这次是人类——冲他大叫，"干什么呢？"边喊边向他这边靠近。其他车的司机也围了过来。

坏了，被发现了！

太不小心了，他光顾着那些外星怪兽，竟然忘记自己身处险境。

不过这也在袁仁的预备之中。他迅速把摄像机丢进副驾驶，坐好位置，发动汽车，眼看就要逃离危险——

这时，有人拉开了副驾驶的车门。

自己没锁紧吗？该死，刚才开门之后就忘了锁。这下麻烦了，要是被他抓住就全完了！袁仁惊出一身冷汗。然而那人根本不管袁仁，抓起摄像机就退出了汽车。

袁仁见机伸手把车门关紧锁好，猛踩油门全速离开。汽车嗖的一下冲出去十米，把其他人远远甩在身后，一下子拉开了距离。

直到开到安全位置，袁仁才得空抬头看后视镜，发现没有人追出来。看到这样的情形，他不禁哈哈大笑。那些蠢货，以为拿走了摄像机，就可以不让这么离奇的信息外泄了。

哼，真是蠢到家了，如此危急关头还能让他全身而退。

袁仁低头看了看经过改装的行车记录仪。

这可比那台摄像机像素高多了。

13

视频无法播放，显示"正在审核中"。这在袁仁的意料之中，他早就知道会遭到这样的粗暴对待。天将降大任于斯人也，必先苦其心志，劳其筋骨……不对，应该是他得到了极其机密的资料，以至于有一双看不见的手要封杀他。

没关系，他可以再发，而且要不停地发，还要想办法发到国外去，不不，要先联络媒体，嗯，最好是国外的媒体……

"可是，老板，这不像是封杀……"他的手下疑惑地说。

他们懂什么。这些蠢货除了领工资什么都做不了，要不是我……

"真的哎，其他视频都在，只有这一条被删除了。"另外一个手下说道，"反馈来了。"

他们竟然会蠢到去问客服为什么删视频，当然是因为我发现的是秘密。

"违法信息……"

没错，揭露真相的信息当然是违法的，有人想禁锢一切，要不是他袁仁发现了这个惊天大秘密，全世界的人类都还被蒙在鼓里——其实地球已经被章鱼和牛头怪占领！

"原因是……盗版。"手下的声音传进了他的耳朵里。

"什么？"是自己耳朵聋了还是他们眼睛瞎了？这怎么可能是盗版？这分明是老子拼了一条命才拍下来的原创视频啊！

凑到屏幕前看了一遍，不甘心的袁仁使劲揉了揉眼睛又看一遍。

没错，在视频骇人听闻的标题——"不可不看的机密真相：

地球早已被外星人占领"后面，还跟着一行加大加粗的系统提示信息："此视频为盗用他人视频资料！"

这是怎么回事？

看完系统的反馈，有一阵他都以为自己还在梦中。使劲掐一下大腿，感受到来自真实世界的疼痛，他才意识到，自己真的是被举报的。点进举报者的信息一看，是一位不知名的舞台剧导演。

"盗版？"袁仁的脑子简直要融化掉了，眼前出现的净是些莫名其妙的字眼。底下的回帖也是，以往都是些"啊，博主好了不起"或者"真是神奇啊"之类的，今天刷出的怎么都是"原来是剪的别人的视频啊，我还以为是真的呢""这也太假了吧，一看就是道具啊，还是不入流的那种""怎么可能有外星人，开玩笑呢"……

还有——

"什么叫舞台剧？"

"呃，舞台剧就是……"有个手下想做名词解释。

这不是袁仁需要的。

"闭嘴！"怒不可遏的视频博主吼道，他的脾气还没来得及发作，手机就响了。谁这么不长眼，非得这时候来电话，找骂呢！刚想挂断，一看名字竟然是投资人，袁仁赶紧接通，一秒都不敢耽搁。

"老板您好，我正在整理视频……"袁仁拍着胸脯保证会拍到惊天动地的视频，这才从投资人那里借到了新车。他担心自己的车在人家官方系统里有记录，不方便这次行动使用。

"谁管你的狗屁视频？我就问你，你会开车吗！"投资人的怒吼简直能震破接听者的耳膜。

"车？车怎么了？"袁仁一头雾水。

"我都收到交警队的短信提醒了，说超速150%，要吊销驾照。超速150%！你怎么不开飞机呢？"投资人破口大骂，"处理罚单时你自己去，不处理好咱没完！"

袁仁回忆起自己逃跑时的风驰电掣。

以及一路上频频闪烁的摄像头闪光灯。

那些该死的摄像头，难道是用来抓拍车辆违章的？

14

之前的城管很负责，一直把卖面人的老人送到了家里，所以魏泽得以登门，送上了演出票，算是对老人送给他面人的回礼。一开始他想送两张，给老人和小朋友，后来一想，有这样难得的机会，不如让老人全家团聚，于是送出了四张票。

老人很感激，只是个面人而已，竟然被回馈了这么贵重的礼物。的确不便宜，每张票都要上百块。

但是魏泽觉得很值，那个面人帮了他们大忙。

当时他和陆茂两个人在工作站里讨论，要制造什么样的"奇观"，才能既吸引袁仁的注意力，又不会被当场识破，还可以在事后被轻易推翻。

"拍电影？"听完魏泽的草案，陆茂疑惑地问。

"对。"魏泽点点头，"袁仁看到的一切都是在拍电影。越古怪离奇，越偏离现实，袁仁就越觉得自己有了大发现，戳穿后就越让人觉得可笑。"

一上来就亮出真实信息，再公开推翻它，以后就算再有人拍到类似的画面，也没有人会信了，只会觉得是从这段视频中截取的。

"你打算拍什么？"

"《西游记》。"魏泽盯着办公桌上插着的孙悟空造型的面人，这是他灵感的源泉，"有牛魔王，也有水底龙宫里的虾兵蟹将。"好吧，来自克里特星的魔王和来自拜塞尔星的章鱼兵将，"而且大家也都熟悉。"

"不好。"话音未落，陆茂直接否定。

"为什么？"魏泽不甘心，难得他想出了如此绝妙的主意。

"影视需要的拍摄时间太长，我们拖不了这么久，而且没法解释为什么袁仁的视频里没有拍到别人的摄像机。"

"也对。"果然自己的计划还有很多疏漏，"那我再想个别的办法吧。"

"不用，稍微改一点，变成舞台剧就行。"

"什么？"魏泽不明白这几个字的含义，"舞台剧是什么？"

"在舞台上表演的剧目，观众在台下观看。"陆茂想了想，补充道，"袁仁拍到的是排练时的情景，所以周围没有摄像机。"

"还有这个剧种啊。"魏泽感慨道，"还是您见多识广啊。那咱们就按照您说的准备。"年轻的片警长舒了一口气。

"这还远远不够。"陆茂又把他的信心打入了谷底。

"还需要什么？"魏泽急切地问。

"我需要请教一下专业人员。"

"您是说要问问技术部门吗？"

"不，"陆茂严肃地回答，"我要请教一下我儿子。"

15

魏泽给自己也买了一张票，去看了那场舞台剧。剧情和魏泽最初设想的大相径庭，无所谓，好看就行。

散场后他在大厅里慢慢溜达，发现了巨大的牛头怪。不过是纸做的和人等身大小的展架，用来宣传的。有两名观众也凑到牛头怪旁边，准备拍照。魏泽本想离开，不干扰别人照相，可是他们的聊天内容引起了警察的注意。

"你觉得这像不像那个视频里的影子？"

"哪个？"

"就是那个遇到外星人的视频。"

"不像。"

"不是，你往我这边站点，行，就站在这里，你看……"

"还真是有点像。原来那家伙的视频一直都是假的啊。"

"也就是你会相信吧，这么弱智的东西。"

"你说谁弱智？"

…………

魏泽移步到刚才那两个人站的地方，仔细一看。别说，从这个角度看过去，这个造型还真有些像"米饭"呢。

16

魏泽再看到陆老师的时候，对方的表情明显不同。

"陆老师，听说袁仁的那个网络账户关闭了。"魏泽向他详细汇报工作。这次的危机算是解除了，希望别再有下次，别再有外人进来了，光是小区里的这群外星人就够他受的了。

"好消息，你的方法见效了。"

"这可是您的功劳，多亏了您的建议，加快了解除危机的速度。"陆老师的儿子也提供了极大的帮助，他和他的团队抓紧时间排练了一出新戏。当然他们是在外面排练的，即便有时间，陆导演等人也不能进入爱莲小区。这里的一切依然是机密。

虽然他戏里所有的角色造型都和这里的居民神似，说一模一样也行。

至于袁仁看到的那一幕光怪陆离的景象，出演的还是局里的老熟人们，只是有的穿戴了道具，有的则是本色出演。比如抢了袁仁摄像机的那位，就是雾霾天和他相撞的卡车司机，这也算报了一"撞"之仇吧。

至于真正的外星人嘛，为了保险，所有的外星难民都待在家里，没有出门。毕竟现在还不是公开的好时机。

"陆老师。"魏泽发现陆老师的心思没在手上的笔记本上。

"怎么了？"

"以后您要是有空，能不能教教我？"魏泽看了一眼陆茂手里的黑皮本，"我也想学学拜塞尔语，将来肯定派得上用场。"

陆茂露出了微笑："没问题。"

"谢谢陆老师。"

"不，我应该谢谢你，魏泽。"

"谢我什么？"魏泽有些丈二和尚——摸不着头脑，他又没教陆茂什么技能。

"多亏了你的想法，让我和我儿子聊了很久。"陆茂竟然还在笑，让年轻的片警都有点不适应了，"很多年我们都没有这么交流过了。谢谢你，魏泽，真的非常感谢你。"

这是魏泽第一次看到陆茂发自内心的愉悦笑容。

"不用谢。"魏泽回答道。

这也是他最后一次见到。

chapter 5
无意义的意义

01

正在巡逻中的魏泽接到电话，要求他回到警务工作站，配合局里的调查工作。

要调查什么？他好奇地反问。

电话那头是他的直属上级，陆茂警督。陆茂在局里开会，经过集体讨论后，上级部门决定展开实地调查工作。

"调查危险源。"老警察进一步解释，"因为最近这里发生了一些情况，上级部门希望确定，外星居民的安全不会受到环境威胁。"

哪里有什么危险？挂掉电话后，魏泽心想。爱莲小区简直是安全的代名词，这里的居民不但不会犯罪，甚至连犯罪的概念都没有。

就好像是特意找魏泽的晦气一样，三个危险源，也就是来自克里特星的三位外星人"米饭""沙发""游戏"，一股脑儿出现在魏泽眼前。他们正开心地满小区追跑打闹。

"你们三个，消停一会儿！"魏泽厉声喝道。

可惜没有翻译机，他们根本听不懂，说了也是白说，而且以为这是魏泽招呼他们过去玩。尤其是"游戏"，一看到小警察现身，立刻冲到魏泽身边，使劲地撒娇。他的小伙伴也不甘示弱，跟着围上来。

几个回合之后，着急赶路的魏泽索性放弃驱赶，认命似的拍拍三个人的脑顶。以前他可想象不出牛卖萌的样子，而且这些牛个头还高，他必须踮起脚才能拍到对方的头顶。

"你们小心点。"魏泽徒劳地教诲，内心祈祷他们能听懂哪怕一丝一毫，"别在路上乱跑，万一撞到别人，很危险。"

他们的冲击力说不定会把路人——虽然只有出门办事的物业工作人员，以及偶尔前来取物资的偷渡客——撞倒。克里特星人没有伤害别人的想法，即使面对伤害也不会起身反抗，但是他们的行为依然有伤人的可能性。

关于克里特星人的危险，魏泽早早通知到爱莲小区里的每一位拜塞尔星居民。不过自从每家都配备了音响之后，他们就更黏在家里过着足不出户的"死宅"生活，因此，这条"安全提示"也就显得不太有价值。

当然，与另外一条提示相比，这一条简直算得上价值连城。

另一条提示是，"克里特星人都是大话精"。

02

"一边儿去。"

"你说什么？"马奇，曾经的爱莲小区采购员，现在的安置点调查员，听到魏泽的话之后，不满地挑了挑眉毛。

"不是，我不是和你说话。"此时魏泽简直一个头两个大，他赶紧解释，生怕马奇误会。马奇应该不知道自己曾被魏泽当成嫌疑人，不然对魏泽的态度大概会更糟糕吧。

魏泽面对着在旁边坐定的熟人，心里有点虚。

现在马奇的态度不好，主要是因为本应严肃进行的调查工作，两个人却连话都说不到点子上。究其原因，还不是那三个外星熊孩子非要跟着魏泽回工作站，结果可想而知，他们搅得警务工作站里一团糟。

"我是说他。"片警连忙指向围在他身边套近乎的"游戏"。此刻的"游戏"正用头蹭着他大腿，尖锐的牛角划破了裤子，刺中魏泽的皮肤，让他感到一阵疼痛。魏泽狠狠地瞪着"游戏"，手上使劲，将"游戏"赶到一旁。

"撒娇也没用，不会让你玩球的，谁让你犯下这么大的错？那边待着去，我这儿正忙着呢。"

顺着魏泽的手指，"游戏"一脸委屈地溜达到角落里，不情不愿地蹲下了。

"你刚才说什么来着？"三番五次的打搅搞得两人对话不畅，说到哪里都不知道了，魏泽只好满脸堆笑地向马奇求教。

马奇放下手上的平板电脑，有点不耐烦地重复："那位外星人，他刚才说的是真的吗？"

"你不是也看过邮件了吗？"魏泽奇怪地反问，"这些克里特星人啊，他们的星球以前矿产丰富，却没有任何生物……"

"停！你什么都不用告诉我。"马奇连忙竖起手掌挥了两次，打断了魏泽的介绍，"咱俩的机密等级不同，我不需要知道这么多。现在只是初步调查，你直接告诉我答案就行。"

"不是，他说的就是个故事。"

"'并非事实'。"马奇边说边记录，"考虑到之前的几次事故，我正在调查哪里可能会出现安全隐患，提前排查，以免真的发生危险。"说着，马奇抬起头，"所以上次的音响并不是被异星杀手破坏的，对吧？"

"克里特星人分不清现实和想象……"看到马奇脸上腾起的不满情绪，魏泽立刻终止外星生物课程，直接说出答案，"对，不是。而且我们也做出'安全提示'，告诉拜塞尔星的居民，不要相信克里特星人的话，他们说的都是些不着边际的谎话……"

"好的，好的，我知道了。"马奇用手在平板电脑上写写画画，"'不是'。不过他们会有接触吗，我是指拜塞尔星人和克里特星人之间？就算有接触，他们语言不互通，为什么要做这样的提示呢？"

不会有接触。魏泽暗自吐槽，这两个物种至今唯一的交集就是一起听了一场曲目繁杂的露天音乐会。

至于语言不通在这个小区里更是平常，就连身为保护者的魏泽都没法和他们交流，更别提两种外星人之间了。

因此，"克里特星人说话不可信"的安全提示其实是白费工夫——不管是拜塞尔星居民，还是克里特星居民，抑或是夹在中间的民警，全部没把这条安全提示当回事。当然，魏泽不会这么告诉马奇的："我们在努力促进交流。"然而不会有效果的。

还好，马奇的注意力被更重要的事件吸引："上次的警报事件呢？"

这事说起来就更令人头痛了。

03

时光倒退回几天前，那天本应该是魏泽的高光时刻，结果全被"游戏"的愚行毁掉了。

在他的建议下，爱莲小区居民的房间里终于都安装上了报警器。

"一旦居民觉得有危险，就可以触动电钮。警报信息除了立刻发送给我们，也会及时发送给物业的工作人员。"以免出现只有魏泽独自一人到场，无法和拜塞尔星居民进行有效沟通的情况。至于克里特星人嘛，除了工作站里的翻译机，恐怕暂时还没有沟通手段。不过没关系，那些皮糙肉厚的牛头怪只会制造险情，而不是陷入危险。

陆茂仔细听着魏泽的讲解，偶尔评论道："这些都是我从来没有想到过的。"言谈间，流露出钦佩的神情。

"警报会以图标和声音两种方式进行提示。显示在电脑上的图标会提示危险发生的位置，同时声音也会告知我们具体的门牌号。"得到了专家的认可，魏泽更加得意，继续展示新设备。话音未落，狭小的警务工作站里就响起了刺耳的警报声。

"对，就是这个声音。"魏泽自豪地解释说，"您可得记住了，一旦这个声音响起，就意味着……"

"不对，这不是演习，是真的警报。"陆茂打断了他的话，起身紧盯电脑屏幕，"是'游戏'家。"

魏泽愣了一下，大脑还没反应过来，受过训练的本能就支配他一跃而起，以百米冲刺的速度狂奔。

和心急如焚的警察形成鲜明对比的，是"游戏"对新玩具狂热的好奇。克里特星人欢快地拍打新安装的按钮，速度越来越快，花样越来越多。

气喘吁吁出现在门口的魏泽看到这一幕涨红了脸，他跨步上前，死死抓住"游戏"的胳膊，阻止对方继续行动。

"停下！快停下！"他挡在"游戏"和报警按钮之间，气不打一处来，"这不好玩，'游戏'，这是用来报警的，不是给你当玩具的！"

那个熊孩子还是一脸喜悦。

屋里很快就涌进一大群路人围观。魏泽还想着什么时候拜塞尔星人喜欢上看热闹了，直到认出了房火强他们——差不多所有的物业人员都闻风而动，前来查看。不过魏泽没有看到李莫，想来李莫还留在办公室值班吧，没见到最好。

"没事了，你们回去吧。"魏泽把状似章鱼的物业工作人员都推了出去。对于皮肤薄软的拜塞尔星人来说，克里特星人实在太危险了，可别再搞出什么星际冲突了。

而且，他也不想让这群外星人看笑话。

本应是庆祝成功的时刻——

之前不管是采购方式的变化，或者与偷渡客建立友情，还是为外星人的爱好添砖加瓦、阻止信息外泄……无一不是在陆茂的帮助下，在旧体系上打打补丁。可是这套报警装置，完全是由魏泽自己独立思索、设计、实施的。

在陆茂的体系中，外星人与人类的联系，是单向且被动的，同时也是间接的，必须由物业中懂双语的人员转述。现在他们可以主动且直接地联络，虽然能表达的内容目前看依然很少，但假以时日，随着翻译机技术的更新，到时报警器稍作改进，就可以变成通话器。

这本来应该是爱莲小区史上，不，是人类与外星人的接触史上，最浓墨重彩的一笔。

不承想，被"游戏"的好奇心害得魏泽的脸都丢到外星去了。

好不容易等到人群散尽，魏泽揪起"游戏"的角，把他拽出屋。

非得狠狠训他一顿不可。不给这个熊孩子点颜色看看，他以后肯定还得犯。

04

"只是误触，一场意外。"说着，魏泽狠狠瞪角落里的"游戏"一眼，用脚死死踩住篮球——作为惩罚，"游戏"被禁止玩球一周——你再撒娇也没用，说禁玩一周就禁玩一周，早一天也不行。看你下次还乱不乱碰。

"好的。"幸好马奇没有对这个答案起疑心，他按部就班地挼着条目继续发问，"门锁呢？为什么小区里没有需求的住户家中都安装了，反而用于保存物资的物业办公室没装？"

"除现在建立联系的辛纽群落以外，我们怀疑还有其他黑户存在，为了确保他们也能顺利得到物资，就需要让物业办公室方便进出。"魏泽解释说，"外星人不能熟练使用门锁，本地的住户经过专门培训后能正常使用。如果给物业办公室加上门锁，黑户也就是星际偷渡客，不会开锁，也就无法得到食物和其他配给，很有可能被迫和人类发生接触，这样引起的问题更复杂。"

"我明白了。另外，我要补充一点，我们不能称呼他们为'黑户'或'偷渡客'，他们的正式名称是'无文件记录的外星来客'。"

"是是是。"魏泽连连点头。

马奇继续道："哦，对了，你只回答了为什么物业办公室不锁，还没回答为什么居民家需要门锁。"

"哦，这个大概是，嗯，他们想要点私人空间吧。"魏泽不光言辞含糊，口齿也跟着不清。

"是吗？"马奇拧上眉头，"我之前在这儿的时候，可没听说谁家上过门锁。"

"苟富贵家就安过。"

"就他一个而已。除他以外，没有。"马奇好像对魏泽的吹毛求疵很不高兴，"是不是有谁提示过他们？总不能是苟富贵告诉他们的吧？之前快一年了，他们也没想过要装锁。"

魏泽心里暗暗叫苦。当然是他告诉拜塞尔星人的，可现在不是承认的好时机，毕竟因为音响的事——始作俑者同样也是他——已经害得同事们（还有自己）承担了巨额的经济损失。

现如今每家每户都有了音响，没日没夜地播放着铿锵有力的音乐。房间有隔音，可效果好不到哪儿去。万一还有谁对巨大的音乐声心怀不满，趁着房主不注意，跑到别人家把音响砸了，那问题可就大了。音响本身事小，如果为了砸音响打架斗殴，导致受伤就得不偿失了。

一开始魏泽请陆茂当翻译，偷偷和几个邻近苟富贵家的拜塞尔星人商量，安装门锁以防万一。没想到一传十十传百，结果整个小区一户不落，都安上了。

"这个问题我还真没想过。"魏泽心里发虚，咽了口唾沫，"我会跟踪了解一下的。"

看到马奇露出深度怀疑的表情，魏泽立刻别过头假装看向别处，不敢和他对视。

幸好马奇没有深究："还有，克里特星人总是在小区里横冲直撞，万一碰到别人也很危险。"

"啊，这个没问题，我会提醒他们的。"

"光是提醒不管用吧……"

"没关系，反正平时他们也不怎么出门。"

"等一下，你说的'他们'是谁，难道不是克里特星人吗？"

"啊？你的意思是提醒他们——"魏泽看了看在办公室里乱跑的熊孩子们，一下子就泄了气，"那……我试试吧。"

不需要目光如炬也能看出魏泽身上缺乏自信。

05

克里特星人的到来,似乎给魏泽的运势带来了翻天覆地的变化。

正是因为他们需要,魏泽才会去买球,才会触发他对音乐的灵感。

以及在他们没来之前就发出的信件,此刻收到姗姗来迟的回函。

此前忙于工作,魏泽一直没看邮件,直到今晚闲暇时,还留在工作站里的他才有空打开邮箱,意外发现躺在收件箱里多日的面试通知。他思索了好久才回忆起是怎么回事,原来是早前投出的应征刑侦部门岗位的回复邮件。这封回函主要是告知魏泽前去接受组织部门现场考察的时间。魏泽赶紧看了下日期,竟然就是后天。

尽管他收到邮件的瞬间,就借着欣喜写完了确认参加的回复,可是思前想后,仍无法下定决心。

到底该怎么做?两边都有足够的诱惑力,无法割舍。

如果收到这封信的时间更早些,说不定魏泽会欣喜若狂,如今反而生出些困扰。和邮件刚发出时的无聊、焦躁相比,现在他已经从这份工作中获得了许多成就感:他解决了很多匪夷所思的问题,也给居民乃至非居民带来了生活乐趣。此刻的他,并不觉得这座规模极小的居民住宅区是职业生涯的结束。

但刑警这个职位是魏泽梦寐以求的。他加入警察队伍,就是想成为一名刑警。在他心底,刑警的地位要远远高出片警,近乎云泥之别。他之所以不怕苦不怕累地干着片警的工作,为的就是有朝一日能够成为刑警。这可是他从小到大一直苦苦追求的梦想。

"咚"的一声,门被撞开了。

冷不防的魏泽被吓了一跳,手上也不禁加力。只听鼠标咔嗒一响，竟然点击了"发送"。

魏泽恍惚地看着电脑屏幕上显示的"送件成功"，心里一阵木然。困扰了他这么久的两难之境，竟如此简单地被破解掉。解决之后，他的心中却腾起了一股无名火。这不是理性思考、权衡利弊之后得到的结果，是被惊吓引发的混乱导致的。

都是这些小浑蛋的错！

魏泽对着撞开大门的三个捣蛋鬼怒目而视。而那三个人对此浑然不觉，一副天真的模样，四处寻找各自的喜爱之物。

"'米饭'！'沙发'！'游戏'！"

怒吼声中带着从未有过的恐怖气息，就连一向后知后觉的克里特星人也不禁退缩了。被叫到名字的三个人小心地回望着魏泽。

"你们知道你们刚才干了什么吗！"魏泽走到他们面前，踮起脚，手指在三人头上来回戳，"都是你们害的！现在好了，我非走不可了！"

委屈的牛头人弯下身子，脖子也缩了回去。他们三个比魏泽高，现在却成了魏泽俯视他们。他们的眼睛因为恐惧而圆睁，里面似乎噙满了泪水。

看到他们退缩委屈的模样，魏泽又于心不忍，满肚子的咒骂词句一个字也说不出口。

算了，发了就发了吧。

有这么好的机会，任谁也不会放弃，况且这本来就是自己的梦想。

再说了，能不能被选上还不一定呢，给自己加这么多内心戏干什么？

哈哈哈……可是他一点也笑不出来。

魏泽招呼三个受到惊吓的外星人过来，把他们的最爱交到各自手上。

不论是"米饭",还是"沙发",或者"游戏",都不是他们本来的名字,而是魏泽赋予他们的外号。也许是这三个外星人怎么看都更像是心智未开的熊孩子,魏泽对待他们的态度和对拜塞尔星人相比,明显不同。

无论这三个家伙做了什么坏事,魏泽总是狠不下心来惩治。自己信誓旦旦说要罚"游戏"一周不能玩球,结果刚过三天,魏泽就把球交到了他的手里,甚至还亲自上场,陪他玩了几个回合。

玩耍过后,魏泽倚在墙角,默默地看着他们开心地吃喝玩乐,心情也变得好起来。

没准真的会离开他们……

等回过神,发现三个人全都停下,六只眼睛关切地盯住他。

哎呀,没留神说溜嘴了。

魏泽走过去抚摸他们,柔声说道:"没你们的事,你们接着玩你们的吧。"

"游戏"看了一眼魏泽,又低头看怀里的宝贝篮球,犹豫片刻,似乎在做心理斗争,最后他把篮球摆在了桌上。魏泽正疑惑他的行为,没想到"游戏"直接把球推到了魏泽面前,用手指了指地面,随后又指向魏泽。

"你这是干吗?——难道是……"民警恍然大悟,"你要让给我玩?"

"游戏"显得很开心,重重地点头。

与此同时,"米饭"也推了推面前的方便面碗,"沙发"也让出了霸占的转椅,表示椅子的主人可以坐回去。

这样的待遇还是第一次,令魏泽始料不及,不知如何应对:"你们这是……"

他突然意识到,难道是因为自己说要离开,所以那三个捣蛋鬼误以为是他们夺走了属于魏泽的东西所导致的?

"不，不是这样，和你们没关系。"他苦笑着解释。

三个人依然等待着，并且用满怀期待的眼神注视着他。

虽然此刻魏泽既不想玩篮球，也不想吃方便面，或坐上转椅，但是他非常感动，感谢他们愿意与自己分享心爱之物；不过小警察真的不需要。可是如果自己真的不碰这些，那三个家伙说不定也不会再碰了。

这样可不好。

不如这样吧。魏泽提问道："我问你们一个问题，你们中只要有一个回答正确，就可以拿回这些，怎么样？"说着，他指了指被推到自己眼前的物品。

"游戏"率先点头，剩下两个也很快跟上。

"很好，那我问了：什么时候才能触碰房间里的按钮？"

这道题目简直是为"游戏"量身定做的，果不其然，魏泽话音刚落，他就抢先回答说："有危险时！"

"太棒了，回答正确。"魏泽微笑着把方便面、转椅和篮球重新发还到他们手上。看着三个异星人重新埋首于吃喝玩乐后，他补充道："你们一定要记住这一点啊。"

他们记住了。

虽然魏泽的本意是，希望他们不要把报警器当成玩物，而不是真心觉得他们会用到这部机器。

但是他们真的记住了。

06

好不容易打定主意，可第二天一到陆茂面前，魏泽又心生退缩。狭小的空间里，他在陆茂眼前来来回回，反倒引起了老警察的注意。

"有什么事？"陆茂放下笔记本，抬头问道。

"那个什么，陆老师，"这次是非说不可了，魏泽横下一条心，咬牙说道，"明天我想请一天假。"没等陆茂问起，他竹筒倒豆子一般抖搂出来，"我家里出了点事，嗯，水管好像爆了，把地板淹了，楼下找上来，非修理一下不可……"突然，他停住了口。

如果是水管爆裂，那不是应该赶快修吗，怎么能等到明天？这个借口……

"哦，知道了。"陆茂仿佛只是随口应承了一声，根本没有深究逻辑关系，"祝你一切顺利。"

魏泽长出了一口气，这关算是过了。等他静下心来仔细回味，却觉得陆茂的答复很有玄机，他越琢磨就越觉得这个祝福有点诡异。不过是修个管道，陆茂为什么要祝他顺利？难道陆茂早就知道了自己的企图？既然知道，他为何又不点透呢？毕竟自己的行为也算得上"背叛"了。陆茂这话到底是什么意思？

借着看资料做掩护，魏泽像做贼般偷偷看了陆茂一眼，可依然无法从那张脸上找出答案。

算了，不要多想，还是想想怎么应对明天的测试吧。

07

测试当天，早早就来到面试地点等待的魏泽，感到难以名状的焦躁。

他宽慰自己说，只不过是场面试而已，平常心面对就是了。

可是这种焦虑过于强烈。他的心跳过速，仿佛自己不是坐车来的，而是跑马拉松到达的，注意力也难以集中。明明人离开了爱莲小区警务工作站，却把心留在了那里，脑子里翻腾的，依然是辖区的业务工作。

镇静点。魏泽给自己打气，参加过的重要面试没有十次也有八次了，哪一次不是信心满满，现在的能力远超过去，怎么反而紧张起来了呢？

等他回过神，才发现自己竟然在无意识中啃起了指甲。来之前刚修的指甲，又变得坑洼不平，十分难看。魏泽双手交握，放在腿上，远离嘴边，免得又咬下去。手刚一放下，腿又难以抑制地抖动，怎么也无法平息。魏泽不得不站起来，可是刚起身，人就不自觉走向大门口。

魏泽说不清这到底是翘班带来的负罪感，还是爱莲小区里有什么正吸引着自己，总之内心深处泛起了强烈的放弃面试的冲动。当他产生这样的想法之后，心中的焦虑居然奇迹般减轻了。

他看了看时间，发现距离面试只剩下五分钟了。他决定不等了，找到工作人员简单说明情况后，飞奔向最近的车站。

不知什么东西在召唤他，要他立刻回去。他冲进地铁站，顾不上危险，加快脚步，抢在一班地铁车门关闭前冲进车厢。

魏泽吃力地弯腰，双手扶着膝盖，口中喘着大气，眼睛紧盯着站点信息。

他并不知道，此时距离陆茂生命终结只剩下五十分钟。

08

因为警报再过几分钟就会响起。

陆茂坚守在人生最后的岗位上，也是他创建了这岗位，当第一批外星难民到达地球时，本该远离一线的陆茂主动请缨，要求在全新的环境下继续发挥余热。不到一年，在陆茂的缜密安排下，从一无所有到初具规模，爱莲小区成为地球上最好的外星人安置点之一。

在生命的最后时刻，他还在读黑色笔记本里面的拜塞尔星词句。经过培训的新人还需要一段时间才能上岗，在这之前，作为半路出家的双语交流人员，他几乎承担了小区里所有的翻译工作。他反复发音，将这个陌生的词语牢记在心，这个词还没有被收录在万能翻译机里。如果和最近得到的情报相对照，似乎意味着爱莲小区里存在一个危险的秘密网络。他必须及早汇报才行。

但他没有机会汇报他的成果了。

因为就在这时，报警器发出了刺耳的声音。陆茂迅速核对位置，发现是"游戏"的家。他立刻起身，带好装备准备出发。

由于外星人还不习惯使用门锁，一旦锁住房门无法打开，可能会有危险。因此，警务工作站特意打造了一把万能钥匙，用来开启小区内所有房门。陆茂考虑片刻，将唯一的万能钥匙装备在了身上。

他的行动有些迟缓，源于几十年来辛勤工作的后遗症——腰部受损，腿部也有不适，但这已是他全力所能达到的最高速。如果他迁就旧伤，行动再慢一点，也许会晚到几分钟，说不定情况还会向不同的方向转变。

但这一切只能是猜测了。

当陆茂赶到"游戏"家门口时，距离魏泽到达案发现场还有四十五分钟。

09

之后的四十五分钟，完全是空白的。没有人知道陆茂到底遭遇了什么。

直到魏泽撞开"游戏"家的房门，发现陆茂的尸体。而房间的主人"游戏"同样也惨遭不幸。

魏泽很快被洗刷了嫌疑。刑侦部门经过调查发现，魏泽交代的时间线完整：离开刑侦部门面试地点，中途乘坐地铁，回到工作站发现警报，到达案发现场。

根据尸检，陆茂身负致命伤的时间，魏泽还在地铁上，不可能到达现场。

凶器推断为某种尖锐物体，从伤口外形判断并非常见物品。由于事发在外星人聚集的小区中，该案的相关物证已经提交上级，几经辗转后提交到星际联盟的相关部门，请求他们的协助。案件的凶器充满疑点，案发现场情况更令人疑窦丛生。

可是本应第一时间说明情况的第一发现人陷入失控的情绪中。他哭得浑身脱力，浑浑噩噩地蜷缩进椅子里。虽然周遭无数同事尝试和他说话，可是那些声音仿佛来自外太空，他无法接收，意识已然远离身体，留下的只是一具空壳。

"魏泽，现在还不是悲伤的时候！打起精神来！"

他悬在半空中，向下茫然看着人群。他们是谁？他们在干什么？

"说话呀，魏泽！你是第一发现人，你一定注意到了什么东西！"

他已经成了虚无缥缈的灵魂，世间的事务与他毫无干系。

"有什么不对劲的地方？"

这一切没有意义。

魏泽的灵魂脱离躯体，不顾一切地向宽阔的室外冲去。灵魂不具有实体，不会被高墙阻拦。他的魂魄穿越了一堵堵围堰，来到大地的中央。然后呢？他该去哪儿？在荒漠上空盘旋，只有遍地的虚无，就像他的灵魂一样。

唯有一处要去，就是陆茂死亡的现场。这一次他不再是案发现场的第一发现人，甚至不是人类，只是一股失去了生命气息的亡魂。他停留在空中，反复遍历死亡场景。

他绕过门，看到门被从内反锁。门锁已经坏掉了，因为他的身体曾经撞开过房门。

他不断围绕"游戏"的身体游走，他看到房间钥匙在"游戏"的毛皮下面，不把"游戏"的身体翻转根本掏不出。而翻转克里特星人的身体，需要几个人同时发力才能做到。

还有一把钥匙，唯一的万能钥匙。可是那把钥匙就挂在陆茂身上，让人无法无视。魏泽努力把精力集中在钥匙上。

把钥匙解下来，再从门外通过什么机关送回来？这是行不通的，况且门缝很窄，钥匙通过不可能不留下刮痕。

窗户从内锁住。即使没有，从窗户上跳下去也会死于非命，不管是不是外星人。也不可能是爬下去的，窗框和墙边没有留下痕迹。

更没有秘密通道。

克里特星人的房间布置比拜塞尔星人的更简单，毕竟他们大多数时间都在外面，房间只是个短暂的栖息地。也许"游戏"家略有不同，他从各处收罗来的"玩具"堆积成山，虽然在地球人看来，那不过是堆破烂。里面有没有棋子的棋盘、残缺不全的麻将牌，还有不少魏泽搞不懂的稀奇玩意儿，甚至能看到枯叶、石头等随处可见的物品。唯一例外的是，他们拥有比拜塞尔星人更大的浴缸，不然容不下他们庞大的身躯。

可是发现房门反锁后马上撞开的第一发现人魏泽，在房间里没有找到任何凶手的痕迹。

与一无所获的魏泽相比，陆茂遇到的情形要残酷得多。陆茂刚一开门，凶手就连刺数下，使他瞬间失去了战斗力，只能任凭对方摆布。随后凶手将濒死的陆茂拉进屋内，直到确定他彻底断气，凶手才移开堵住房门的老警察，离开并反锁房门。凶手在门锁上留下乱糟糟的爪印，覆盖在陆茂的指纹上面。

然而目前没能验证爪印到底属于谁。虽然每一位拜塞尔星居民都在登记表上留下了爪印，可是能够读取拜塞尔星人爪印的仪器不在地球上，只能辗转递送到相关的外星机构，所需时间难以估量。

只有陆茂知道。

恪尽职守的老警察在弥留之际，用自己的鲜血留下了凶手的线索。

魏泽的灵魂此刻就停留在那两个血字之上。

魏泽眼前的一切变得模糊起来，竟然是眼泪糊住了视线，泪水滴落在"凶手"二字上，也滴落在一直守在他身旁的同事身上。

鬼魂不会有感情，更没有眼泪。

魏泽终究没能变成鬼魂。

"一切都不对劲。"

在记忆中神游的魏泽终于回过神来，他反复喃喃。

10

大量人力物力集结在爱莲小区，将小区里围得水泄不通。各个房间内的音乐声停止了，因为警方需要向拜塞尔星人询问，可是嘈杂声更大了。爱莲小区里第一次涌入这么多人。

对成百上千名外星人员进行问询，调查人员可以利用的只有工作站里唯一的一台翻译机。在黄主任的强烈建议下，学业未竟的翻译也悉数调往一线，加入调查中来，但人手依然不够用。

作为仅剩的熟悉现场环境的警察，也是最重要的涉案人员，魏泽的渎职责任暂时无人追究，好让他全身心投入案件的调查工作。

但魏泽终究只有一个人，就算他一直跑前忙后，仍然没法满足所有人的需要。

因为只有他能分辨出拜塞尔星人的外貌，有时要帮助问话同事核对问询人员信息。时而还要依照现场调查团队的要求，还原案发现场。特殊情况下还要加入询问过程，安抚参与者的情绪，以及他本人也是接受讯问的对象。

"回到工作站，我看到电脑上还有警报指示没有消除，陆老师也没有在屋里，所以我就去'游戏'……也就是报警人家里。"

"你直接去了现场，然后打开门……"

"门是锁着的。"

"你怎么确定的？"

"我用力推也推不开。我觉得情况不对，所以就使劲撞门，撞开之后我看见门是反锁的。"

几个人低声交流，问道："为什么你觉得情况不对？"

"警报没有解除。如果陆老师解决问题了，他一定会解除警报；一直没解除，至少说明他还在处理。但我在门口敲门，甚至撞门，屋内都没有反应。"

"撞开门之后你发现了什么？"

"和之前汇报的一样，发现了陆老师的尸体，以及'游戏'，也就是克里特星人的尸体。"

"然后你做了什么？"

"我检查了他们的生命体征，他们已经……"突然一阵酸楚直冲喉咙，让他的声音变了调，他赶紧咳嗽几下，压制了悲伤的情绪，"他们都已经过世了。"

一阵静默。

"还有什么发现？"

魏泽回想事发时刻，自己受过的训练让自己的行动变成了机械性的。没有后援，孤身一人。在这样的情形下，他粗略检查一下情况后便退到门外，联络上级。当时没有发现屋内有其他人，窗户也锁住了。

"没有了。"

"我们的增援是何时到达的？"

"大约二十分钟后。"一听到同事伤亡的消息，增援几乎立刻到达。他们先是将整个小区封锁，然后进入案发现场。魏泽和他们一起详细检查了屋内所有的场所，翻遍每一个角落，没有找到任何人。

在小区完全封锁前还有二十分钟的空当，凶手是有机会离开爱莲小区的。不止二十分钟，魏泽又想到，自己到达现场与陆茂被害其实还有几分钟的间隔。

"在增援到达前，你一直守在这里吗？"

"我一直在门口。"

他回到工作站发现是"游戏"家在报警，以为又是克里特星顽童搞出事端。他敲门无果，怀疑出事，便强行闯入室内。正如他担心的那样，屋内一片血海。

"增援到达前，还有外星人过来，这是怎么回事？"

"他们是物业，也是被警报吸引过来的，之前发生过同样的事情——"魏泽有些呜咽。黑格尔说过，历史会重复两次，第一次是喜剧，第二次是悲剧。赶过来帮忙的拜塞尔星人这一次目睹的，与上一次事情截然相反。

当时魏泽在门外打电话，还没来得及阻止，物业的人就冲进了屋内。魏泽赶紧进门，趁着他们没有搞乱现场，将拜塞尔星人都推出门外。幸好他们懂得一些汉语，能够进行简单沟通。由于担心他们在现场会留下多余的痕迹，魏泽记下了闯入屋内的物业人员姓名：房火强、吕霸、李莫……他们离开后不久，同事们就赶到了。魏泽也告知同事们，物业人员曾经闯入过现场，这些人也需要当成参考人进行询问。

"我们已经询问过他们，他们也证实了你的说法。但这次的情况和以往不同。"

他们在地球上有新姓名，但这些中文名只在登记时或见到陆茂和魏泽时，使用过寥寥数次，他们相互间使用的依然是本星球的称呼。拜塞尔星人之间的称呼非常复杂，不只是姓氏和名称，还包括职业、身份、家族名等诸多元素，搞得地球警察焦头烂额。

由于需要询问的人太多，而且为了防止串供或翻译混乱，只能一个一个谈，万能翻译机和警校学生早就超负荷运转，很难为了某个细节返工。魏泽只能通过询问的记录判断当时来过的拜塞尔星人。

当看到"经常和人类待在一起"，魏泽叹了口气："这个说的是李莫。"

"当天的值班人员。"

"这是房火强。"然后他又继续向后翻看，"没错，这个说的是吕霸……"魏泽对着记录检查，找出大部分物业人员的身份，只剩下寥寥几个暂时还没有头绪。

"知道了，你先出去吧。"爱莲小区里的房间很紧张，没有任务的人只能在室外等待。

"留言……被抹掉了吗？"魏泽犹豫着停下脚步。

当时将物业工作人员推出房间后，魏泽才无意间看到被门的阴影挡住的血字。那应该是陆茂还没有被凶手推开前，背靠着房门，用手指沾着鲜血写下的死前留言。

"凶手"。

这是陆茂临终前留下的遗言。准确一点，像是这两个字。"凶"

字的叉比较清晰，但是下面的框有些分散，左边的竖短且靠下，右边的则很长；"手"字有些模糊，但横竖还能识别出来。总体来看，他们勉强能分辨出是这两个字。

但是，单纯这两个字毫无意义。

他为什么要单单写下这两个字？法医认为，写完这两个字后，一息尚存的陆茂还能控制身体，完全能够继续写下去。

可是地板上没有别的字了。

从一开始他就可以写下凶手的名字！就算陆茂叫不出拜塞尔星人的真名，那又有什么关系？魏泽，不，就算没有魏泽，查记录也能够知道中文名与外星人的对应关系。有重名也没事，至少能缩小嫌疑人的范围。

除非哪一个人故意涂抹掉后面的字，嫌疑人就在当时进入现场的几个拜塞尔星人之中。魏泽猜测动机要么是出于包庇，要么就是凶手本人，虽然他还没搞清楚凶手是如何在锁门后离开房间的。

眼光锐利的调查员们先是盯着魏泽，随后他们低头小声交流。

"没有。"领头的专家回答说，"没有涂抹的痕迹。"

"这不可能……"魏泽哀号。陆茂绝对不是个愚蠢的人，他不会留下毫无价值的信息。

"我们检查了现场的血渍，"发话人顿了顿，声音变得低落，"陆警督就留下了这么多。"

这毫无意义。

11

凶手杀死"游戏"也毫无意义。

杀死他的动机是什么？他只是个外星人，即使对拜塞尔星人而言也是如此。克里特星人没有攻击性，甚至连还击的概念都没有。"游戏"来到地球只有区区两个月，什么都不知道。就算他知道什么，也没法说出来，因为他根本无法区分现实和想象。他说出来的，只会是一个不着边际的童话故事。这一点魏泽还特意发出了警示，整个小区的人都知道。

因此专案组有一个推测，就是凶手并非想杀死"游戏"，而是重演之前的事件：克里特星人"误触"警报，引导警察来到自己的房间。利用"游戏"引来陆茂，最终目的其实是想杀死陆茂。

陆茂是爱莲小区中的顶梁柱，也是掌握全部情况的执法者。一定是因为陆茂了解到凶手的重要信息，所以凶手才铤而走险。

但是魏泽推翻了这个判断。

平日陆茂并不出门，遇到这样的事情前往现场的都是魏泽。而他是在前一天才临时请假的，凶手无论如何也不可能预料到这一点。

除非刺杀的目标是魏泽。可如果目标是他，那么凶手的所作所为就更加没有意义。

就算被杀，魏泽也会被人迅速取代。至于他掌握的秘密，最多是定期运送食物等物资送给辛纽等黑户，也就是"无身份证明的外星来客"。缺少魏泽，辛纽大不了多跑几步路，从物业办公室直接搬就是了。况且这件事情，除了魏泽和辛纽，也没有别人知道。

如果说是因为魏泽之前上蹿下跳引发住户不满，那么他应该更早被干掉才对，而不该等到现在，音响已经安装到户，而他也没再策划新鲜事物。

就这样，案发过去三天，别说凶手，就连嫌疑人都没有。

"他们是外星人，外星人的行事准则和我们不同。"有同事这样推测。

但被黄主任否定了。作为较早介入外星难民事务的领导人员，他的话语有着举足轻重的力量。

"并非如此，拜塞尔星人的思维方式和我们很接近，这也是他们会被安置在地球的原因。"

"就算是地球人也有疯子。"有人嘟囔。

"那就从凶手的行动查起：他是如何逃出房间，又为什么要反锁房门。"黄主任严厉地高声说道，"这些都不是鲁莽的疯子所为。"

还有陆茂留下的信息。

12

但这些和魏泽已经没有关系了。自询问完离开房间那一刻起，调查的大门已经对他关闭。

"你不是想离开吗？"黄主任的脸上丝毫不见曾经的笑容，他的声音里没有任何商量的空间，"现在你如愿了。"

在办公桌上甩出一纸文件，黄主任掏出笔草草签上几个字。

魏泽伤感地低下头："对不起……"

他竭力想隐瞒的事情东窗事发。利用工作日去面试，导致搭档遇袭身亡，无论怎么解释都显得苍白无力。

"我知道自己做错了，但是希望您能给我一个机会……"

"给你机会？谁给陆老师机会？如果当时你按规定值班，这件事还会发生吗！"现在怎么看黄主任都不像"笑面虎"，而是一只真正的老虎。

如果当时我没去面试，那肯定是我去"游戏"家。魏泽闭上双眼，痛苦地想。我的速度比陆茂快，可以更早到达案发现场，也许那个时候"游戏"还没有死。那样的话，我在门外就听到惨叫声，能够提前做好战斗准备，不会像陆老师那样完全没有防备。说不定我还有机会制止凶手，挽救"游戏"的性命。

以及陆茂的性命。

"我只想找到……"

魏泽声如蚊蝇，而黄主任的怒吼却似虎啸。

"你不用想了，立刻滚蛋！"

有史以来第一次，魏泽见到黄主任暴跳如雷的景象。就算是之前他闯下大祸，让辛纽身负重伤，黄主任也不曾如此决绝。

组织部的官员表情近乎狰狞，双目喷火，手指戳到魏泽的鼻梁前一毫米。

"当初就是陆老师举荐，他认为你可以胜任爱莲小区的工作，你知道你有多少缺点，可是在陆老师眼里，只看到你的优势，看中了你的活力。你倒好，把活力都用在跑官要官上了！你之前犯下大错，造成伤害不说，而且还对自己的同事隐瞒信息。这可是我们工作上的大忌啊！无论如何，你必须相信同事，相信组织，可是你呢？你竟然违背上级命令，自作主张。结果怎么样你也看到了。如果陆老师肯听我的意见，你早就滚去停车场看大门了！可是陆老师不希望这样，他认为你还有潜力，值得继续培养。我们最后听从他的建议，让你留了下来。看看你是怎么回报陆老师的！"黄主任的脸由于生气变得通红，嗓子也变得嘶哑。他停顿了片刻，声调降低了许多："你也知道，陆老师明年就退休了。他在任上干了这么多年，破了多少案件，不知遇到多少险情，全部化险为夷。竟然到了最后一年，最后一年啊！却没能熬过去……"只剩下呜咽声。

"对不起……"

除了这句于事无补的废话，魏泽还能说什么？这样的错误无法弥补，就算开除他一百次也不能减轻一丝一毫的罪孽。可是他现在还不能走。他只有一个愿望，只要实现了这个愿望，哪怕让他偿命都在所不惜。

"但是请让我找到凶手，为陆老师报仇！"他的声音不大，但是足够坚定。

"找凶手？怎么找？你能做什么？"黄主任从鼻孔里发出轻蔑的鼻音。

魏泽不知道。

和陆茂问他的计划时一样，他空有一腔热血，却没有任何成形的解决方案。

爱莲小区里汇集了无数专家和精英，随便挑一个都比他强不知多少倍。就连他们都束手无策，就凭你一个小小的片警又能做什么？

这不过是托词，骗骗自己的良心罢了。

实事求是地说，他什么也做不了。

也许前几天的调查，还会用到他的现场经验，现在完全没有必要了。现在依靠的是高科技和部门协作，这两点他都不具备。

不，不是！陆老师不是单纯的同事，他更是一位领路人。

魏泽的脑中像过电影一般，短短几个月来与陆茂交往的情形闪现在眼前。

当他发现猫尸时，是陆茂指出他的错误，并指引他找出幕后黑手，最后却将荣誉归于他的努力；当他遇到小偷消失的谜团时，是陆茂给予提示，使他找到答案；当他受困于音响破坏事件时，依然是陆茂指点迷津，将他从混乱中解救出来；当爱莲小区的秘密险些曝光时，是陆茂协助他找到破解之道。

他绝对不能就这样算了。就算被赶出爱莲小区，被开除出警察队伍，他也要找到杀害陆老师的凶手！

"我相信，一定有专案组没有注意到的细节。"魏泽鼓起勇气说道，"我遇到过很多奇怪的事情，而解答都超出常理。专家和同事们如果没有突破常识的限制，可能会忽略线索，把时间浪费在错误的方向上。外星人和我们既相同又不同。"魏泽犹豫了一下，他看了眼黄主任的表情，黄主任依然是满脸的不相信，但他还是把这句话说出了口，"而我，已经成为他们和我们的桥梁，也许只是座小桥，但至少是条捷径而不是阻碍。我能帮上忙。"

哪怕只是给组里送盒饭、倒茶水也行。

出乎魏泽的意料，黄主任没有立刻开口反驳，而是陷入深思。

"陆老师为我做了这么多，我希望能为他做一件事。只要这一件就好。"魏泽的鼻子发酸，嗓子也难受。他咳嗽一声，稍微减轻一点喉咙不适，继续说道："我知道现在我没资格向您要求什么，但这是我的请求，唯一的请求：请让我留下，抓到害死陆老师的凶手。"他停下来，下定决心，道，"之后随便组织怎么处置我。"

黄主任抓起文件，魏泽心里咯噔一下。然而黄主任只是拉开抽屉，将魏泽的调令胡乱一塞。

"别浪费时间，赶快去现场帮忙。"

"是！"魏泽郑重敬礼，然后转身快步离开。

13

案发第六天，调查人员陷入困境。案情没有进展，调查停滞不前。就连魏泽也绝望地认为，这起案件将不可避免地成为悬案。

如果陆老师还在，他一定能找到异常之处。

可惜他已经不在了。也正是因为他不在了，现在才会如此绝望。

魏泽夜以继日地翻看调查报告，已经好几天没睡过觉，吃饭喝水不过是应付差事。终于到了扛不住的时刻，有那么一会儿，他抱着报告瞌睡起来。

突然一阵响声将他惊醒。他睁开眼，迷迷糊糊的状态下，听到远处的嘈杂声越来越大，没多久就变成了欢呼声。

不敢怠慢，魏泽立刻爬起来，跑到屋外，看到成群的警察向某个方向跑去。

"怎么了？"他拦住某位同僚问道。

"抓住了。"那人兴奋地回答。

"抓住了什么？"那人急速远去，听没听见问题都是两回事。

这种盛况，答案只有一个。

魏泽凑上前去，却被人群挡在几米之外；他踮起脚尖，也只能看到人头攒动。出于直觉，魏泽觉得情况不对。他拼命挤在人群中，向前方靠近。

"马奇，马奇！"他看到前不久刚刚碰面的机要处人员也在队列之内，于是用胳膊隔开人群，远远地打个招呼。

马奇只是扫了一眼，没有回答，眼神之中还有警惕的色彩，径直离开。

随后是一队特警将一个拜塞尔星人围在正中。那个外星人头上盖着衣服，遮住面容，身前身后都有警察在拉拽和推搡，被催着快走。

魏泽徒劳地想一睹凶手的真容，想第一时间知晓杀死陆茂的罪魁祸首。可他离得太远，凶手又被遮盖住，完全看不出是谁。

但魏泽知道，他们只有一个地方可去。

14

"出去。"警卫挡住警务工作站的大门，不让魏泽靠近。

魏泽哀求："我只想知道是谁，让我看一眼就好……"

警卫毫不留情，将他赶了出去。

失落的魏泽守在附近，期待尽快得到消息。抱着和他一样想法的人也不少，工作站门口聚集了数量庞大的人员。

所有人都等待着最终的答案。

看到熟悉的身影从工作站里出来，魏泽跟了上去。

"马奇，你也在？"见四下无人，他快步上前，凑上去打了招呼。

"我怎么不能在？我以前可也在这儿干了很长时间，情况熟悉程度不比你差。"马奇心情显然不太好，话语很冲，"我可是顾问，专门过来的。"

"啊，对，"魏泽本来就对这个问题没兴趣，一看激起了马奇的情绪，赶紧转移话题，"你没进去？我记得你当时……"

"人太多了。"马奇没好气地解释，"里面太小，容不下这么多人。"

魏泽的态度过于急切："你知道抓住的是谁吗？"

"你想干什么？"马奇绷紧了神经。

"我只是想知道凶手……"

马奇不耐烦地打断了他："过一阵你就知道了。"

"可是……"

"就这样吧。我要走了。"

"其实你不认识他对不对？"魏泽横下心来，压低声音说道。

本来已经转身的马奇又回过头来，气冲冲地问道："你刚说什么？"

"你不认识他，是不是？刚刚被抓住的人是……"

"别跟我来那套激将法！"马奇的脸快贴到魏泽面前，"你应该知道该说什么不该说什么，这是纪律！"

魏泽惊慌地退了几步，还没站定，马奇又靠了上来。

"我知道你为陆老师着急，可是案件还在调查中。如果我能

199

告诉你什么，我一定会帮忙的。"马奇的态度软了下来，"不止你一个人着急，大家都很着急。你……"

魏泽镇静地说："不，不是。我只是在提问：你认不认识他？"

"你到底想干什么，魏泽？"马奇皱眉。

"我只是想帮忙。事情不对头，我不想大家在错误的地方浪费时间……"

"对。"

"啊，你说什么？"

"我不认识他。"

魏泽解释说："所以他很有可能不是本地住户，是外来的。如果他是凶手，已经逃掉了这么久，为什么还要回来？看到这么多人，他为什么还要迎头撞进来？有什么必要他非回来不可？"

"也许他疯了，或者他想了解一下案件进度，甚至他根本不觉得杀死一个地球人算什么罪过。解释有几万种。正在审问，一会儿你就会知道了。我必须走了。"马奇说着，扭头走开。

"等一下。"魏泽咽了口唾沫，脑子里产生了一种不祥的预感。

"还有什么事？"

"最后一个问题：你们在哪儿发现的他？"

"一条死胡同里。怎么了？"

魏泽就知道不对。

15

"他不是凶手！"魏泽闯进了警务工作站，打扰了正在进行的审讯。

警卫比他晚了几秒，等他闯入并大喊大叫之后，警卫才拖住他的身体。

"怎么回事？"专案组的专家皱起眉头，不满地问道。

警务工作站并不是为了审讯设计的，容不下这么多人，所以狭小的空间里除了嫌疑犯坐在椅子上，不管多高级的人员都一律站着。

警卫连忙解释说魏泽是强行闯入的，但是专家对这个答案不感兴趣，招呼人员将他们轰出去。

"等一下，我知道他是谁。是我让他来的。"魏泽挣扎着喊道，"他是无辜的。"

他的举动为自己也换来了把椅子，众人把他们俩围在核心，每个人都一脸严肃。

"对不起，辛纽。"魏泽苦笑着看了一眼被固定在椅子上的外星人，"我实在没空通知你……好吧，其实我也没办法通知你。我不懂你的语言。"

"发生了什么事情？"辛纽问。

"我的同事……"

"魏泽！你不要提供多余的信息干扰审讯。"专家说道，"你刚才说你知道情况，把你知道的说出来就可以了。"

"辛纽其实是无辜的，他……"

"他是否无辜，不是由你或我们来确定的，是否无辜是由证据来确定的。"专家再次打断他的话，"你只说你知道的情况就好。"

于是魏泽解释了一下两人关于运输物资的约定。陆茂遭遇突发事件，使得魏泽没能及时通知专案组，导致辛纽被当成了罪犯。

"他并不是凶手，只是……"

"魏泽，我最后一次提醒你，结论不需要你来下。你必须相信证据，相信组织。"

"是。"魏泽垂头丧气地说，过了还没半秒，他又蹦出新念头，

"对了，如果扣押他的话，他的同胞怎么办？他的居民点物资怕是不够了。"说着他扭头面对辛纽，"是不是这样？"

"谢谢。的确快要用完了。我的同伴许久之前也来这里运食物，但迟迟未归。他曾经带我来过这里。"辛纽回答说，"如果我没回去的话，不容乐观……希望我的同伴能成功。"

"还要多久能找到证据？他们的物资……"魏泽说完就后悔了，这不是他应该考虑的。他应该想的是，到底什么样的证据可以证明辛纽无罪。

"物资的事交给我们来想办法。"专家没有理会魏泽的多嘴，"请你，不，请你们放心。"

16

最直接的证据是现场留下的爪印。辛纽的爪印被采集后，加急送往星际联盟的联络处，不日会有结果。至于其他人的，全鉴定完恐怕还需要漫长的时间，数量太庞大了。

魏泽也提供了一条信息，小区居民中某人疑似有动机，因此，希望将此人的爪印也做优先鉴定。专家冷静地听完魏泽的意见，认为虽然动机牵强，但和案情关系较大，同意了他的要求，也一并做加急处理。

魏泽在焦急等待中度过了第六天。

第七天清晨，鉴定结果出来了。和魏泽预料的一样，辛纽的爪印与现场多处遗留的爪印均不相符。这个结果令他很高兴。兴奋劲儿没过，他就看到了第二条结论：苟富贵的爪印也不相符。

这是怎么回事？他一直暗暗怀疑，其实这一切都是苟富贵搞的鬼。苟富贵气愤于魏泽搞出的音乐会，一心想杀死自己泄愤，所以才搞出这一套复杂的杀人手法。

不过当时专家就指出了错误：苟富贵没有必要杀死"游戏"。如果他想对魏泽下手，完全可以趁某次魏泽巡逻，或者到苟富贵家中时下手，甚至像之前那样偷偷潜入警务工作站。

问题又回到了起点：凶手杀死"游戏"的目的是什么。这是凶手做的没有意义的事情之一。

反锁房门的事情也难以解释。不管他是否锁住房门，罪行都会迅速暴露，因为报警器一直在响，室内也有声音。

而且凶手丝毫不在意时间，他竟然在现场等待陆茂完全断气，才移动尸体从容离开。如果不是魏泽迟到了一会儿，甚至可能和凶手面对面。此外，凶手的时间如此充裕，却忽略了陆茂的死前留言，就算他认不出陆茂写的文字，也应该知道对自己不利，却没有选择消除。

更令人费解的，是陆茂临终前奋力写下的"凶手"两个字。如果不视为汉字，换成其他语种，比如英语、法语，甚至拜塞尔星语或克里特星语，仍然解释不通。

这些"无意义"的意义会是什么？

17

辛纽被留下配合调查，不过不再是重点怀疑对象。除爪印以外，专案组还发现了其他证据，比如辛纽不认识门牌，不会使用门锁，也缺乏行凶的动机。

魏泽担心其他偷渡客——马奇的提醒再次出现，应该是"无身份文件的外星来客"——没有饭吃，但他什么忙也帮不上。即使濒临绝境，辛纽依然不愿意透露他们的驻地，尤其是在被当作犯人对待之后。

这些情况都是马奇透露给他的。按照马奇的性格，这些信息肯定是经过专案组许可的。

一提起马奇，魏泽就忍不住回忆起第一次和他见面，那还是他刚到爱莲小区不久，对所有事情一无所知的时候。那时他遇到了"埋尸案"，还想当然地把马奇当作了罪犯。马奇不待见他情有可原吧，毕竟他也没有把马奇当好人。

当时马奇准备出门采购，双方还聊起了难民和机密文件。马奇很快就和物业的人出发去采购了，直到后来的安全隐患检查两个人才再次见面。算起来，两个人只见过寥寥数次。

可这已经算得上爱莲小区里魏泽第三熟悉的人了。

排名第二的自然是现在魏泽不怎么想见到的李莫。他是在同一天遇到李莫和马奇的，李莫是当天值班的物业人员。本来他在"埋尸案"中给予魏泽很大的帮助，后来因为一些龃龉，魏泽对他心存隔阂，尽量选择李莫不当班时才去物业办公室，不与"吃里爬外"的外星人碰面。虽然后来明白对方不过是在帮助自己的同胞，但这种不被信任的感觉，还是让魏泽多少心里不舒服。

排名第一的当然是因公殉职的陆茂。

想到这儿，魏泽的脑子猛然炸裂开来。

太多的信息涌进他的脑子里。

他木然地大口吸气，无法继续思考。

18

还有一个问题没有解决。

顾不上吃饭和睡觉，魏泽还穿着几天来都没换过的警服，散发着异味，到处寻找马奇，急需这位机要处的工作人员帮助。

"案发当天，组织上是否发布了什么信息？"魏泽在厕所里堵到了他，不顾对方还有急事要处理，非缠着对方提问。

"你先等一下……"

"没时间了，告诉我，有没有？"魏泽迫不及待追问。

"我不知道你的权限，你……"

"我肯定会收到邮件的，陆老师也会。但是我现在没法查收——"魏泽的办公桌已经被占用一周，而占用者在工作站里正夜以继日地辛苦工作着。

"你先出去，我一会儿告诉你。"马奇表情痛苦。

魏泽寸步不让："现在就告诉我。"

"有，行了吧，有。"马奇的身体不住地颤抖着，"可是跟这个案子没关系，是关于拜塞尔星的。"

"什么事？"

"反抗军想在流亡地征兵，执政方派人阻止。就是这么回事。"

"啊？"和魏泽想的完全不同，他以为会是……

"行了，快闪开！"马奇一把推开魏泽，冲进了厕所隔间。

估计以后马奇再也不会帮忙了。

现在整个爱莲小区里，魏泽只剩下一个人可以找。

他果然在这儿。

魏泽来到物业办公室，现在还有几个人在。值班表已经失效了，物业人员随时待命，随时有可能被叫过去帮忙。

"李莫，"魏泽来到第二熟人身边，轻声说道，"我需要你的帮助。"

李莫扭头看了看他。

魏泽再次凝视那双令人恐惧的眼睛。

这个忙只有李莫能帮。

陆茂不在了，马奇不肯帮忙，辛纽还被关着，况且他们语言也不通。

仅仅几天工夫，魏泽几乎失去了所有熟悉的人。

"请进。"魏泽把李莫带进了"米饭"的房间。这个房间几乎和已经去世的"游戏"的房间一模一样，除了"米饭"家的角落堆满了方便面和餐盒。

"什么帮助？"

魏泽还留在门口，看着李莫一步步走到客厅中央，然后拧下了门锁。

门被反锁住。

唯一的钥匙在"米饭"身上，而他被方便面引诱到了小区的空地上，正尽情享受美味。

"你干什么？"锁门的声音刺激到李莫，他转身，凶狠的眼神扫过门锁和魏泽。

"帮我个忙。"魏泽闪开，让李莫正对房门，"帮我开门。"

"你干什么？"李莫重复着，身体没有移动。

"开门！"魏泽大喝道，"把这扇门打开！"

李莫还是没有动。

"打开门，咱们一起离开这里。"魏泽一直盯着李莫，没有移开哪怕一瞬间，"爱莲小区的所有住户都受过培训如何使用门锁，每个人都可以自如地打开和关闭，很简单，只要轻轻一拨，咔嗒，门就开了。"魏泽背靠着墙，只有正面露出空当，直直对着李莫，"你是小区的一员，不可能不会——"

寒光一闪。

与陆茂不同，魏泽早有准备。他的手就搭在枪柄上，这把手枪自从他上任就跟着他，一直等待着击发的机会。

"砰！"

枪口释放出一团细小的橘色火焰。

然后是第二团。

李莫的肢体缺少了一块，连同肢体带着的武器一齐飞落，蓝色的血液汩汩流出。

"打开门！"魏泽握着手枪，既紧张又激动地高叫，"如果你能打开门，我就放你离开！"

李莫还是没有动。这一次轮到他失去战斗力。

魏泽揪住李莫的身体，在地上拖行，到了卫生间，一把将他丢进蓄满水的浴缸里。

"别耍花招。算了，没关系，随你怎么耍都行，反正你也走不出那扇门。"说着魏泽用保鲜膜将李莫的残肢捆好，止住血，然后用剩下的保鲜膜把他的其他七肢也捆住，让他动弹不得。

"你想干什么？"李莫的声音失去了往常的平静。这可是前所未有的第一遭。

"真相。"魏泽冷冷地说。

"我什么也不知道。"

"一会儿你就不会这么说了。"魏泽站在李莫的攻击范围以外等待着，李莫刚有从浴缸里起身的动作，魏泽就挥舞手枪，让他继续躺下。

果然没过几分钟，李莫的身体就开始抽搐。

"你放了什么？"李莫的声调也变形，不再像之前那样慢条斯理。

"盐。"魏泽回答。

陆茂告诉过他，对于拜塞尔星人来说，盐是一种毒药。经历过这么多事之后，现在魏泽明白了，这是因为拜塞尔星人的身体里蕴含大量的水，当外界的压力低于体内时，在渗透压的作用下，水会被逐渐排到外界。这就是毒药的原理，内服、外服一样。

这一次，魏泽准备好了完整的计划。

"如果你肯说实话，我就放你出来。"

李莫身体颤抖，依然一言不发。

魏泽看了看时间，大概还剩下一分钟，之前他测试过从楼下到楼上的时间。枪声响起，几乎立刻就会有警察响应，毕竟整个小区里有几十个同行呢，每一个都受过专业训练。他们会顺利根据枪声找到正确的楼层，但是挨家挨户找到准确的房间还需要一点点时间。

"那你就继续享受吧。我有的是工夫。"魏泽不屑地说，"好好洗个盐水澡。"

"不要。"这次回答得倒是快。

"你的下一个目标是谁？"还剩下五十秒。

"不知道。"

魏泽一声不吭，从储物柜里拿出了一包又一包的盐袋。

"如果你想要，我这儿还多着呢。"魏泽用枪口指了指身边的盐袋，它们全部被剪开口，随时可以投用。

"我真的不知道！"李莫看来是在浴缸里重新学习了中文，听力和口语都提升了许多，"还没有告诉我目标，我还没有接到指示！"

"谁？谁告诉你目标？"魏泽急切地追问。他的时间不多了，还有三十秒。

一阵吐泡泡的声音。

"谁！快说！"魏泽拎起了盐袋。

"这就是他的名字！他受高层指挥，我就知道这些——"

"他在哪儿？"十秒。

李莫给了答复。

与此同时，门也被撞开。

"魏泽？你又干了什么！"同事们围了上来，七手八脚地将李莫抬出浴缸。

魏泽早就把枪丢在地上，高举双手，等着有人逮捕他。

但是没有。

专家走上前，生气地质问："这是怎么回事？"

魏泽把位置告诉了他："凶手的上级在那儿。"说着，他又指了指马上要被抬出房间的李莫，"他就是凶手。"

专家就算震惊，也没有表现出来。他立刻回头安排工作，接受命令的几个人面色凝重，快步离开。

看完这一幕，几天来不眠不休的倦意一齐向魏泽袭来，支撑魏泽走到现在的力量全然消失。

因为他已经成功了。

这是个完美的计划——用低浓度的盐水，让李莫相信魏泽是认真的，包括那十几袋被调过包的"盐"。

然后他心满意足地睡着了。

19

阳光照在魏泽的病床边，离他的身体还有些许距离。位置不算好，不过也没什么可抱怨的，就是休息不足而已，算不上大病。比他辛苦的同事多得多，却连这样的待遇也没捞到。他可是大白天还能躺在床上呢，这已经是极大的奖励了。

好消息到此为止。

"我们到得太迟了，他已经逃跑了。"专家坐在床边的椅子上，对刚刚苏醒不久的魏泽说，"不过我们相信，他逃不了多远。后续的追捕工作正在进行中。"

魏泽点点头。他现在还处于恢复期，主要原因是营养不良，再输几回液就能够出院了。他现在反应有点迟缓，消化信息的速度比较慢。刚想到问题，专家就已经开始回答了。

"目前还搞不清楚这个人的来历和身份。我们已经将相关信息提交给上级部门，他们会继续跟更高层的部门沟通。我们还需要等待。"专家解释说，"爱莲小区里的人员正在进行善后工作，主要是些安抚和沟通性质的工作。与案件相关的已经结束，警戒和包围也解除了。"

还有一件事。魏泽刚要开口，专家又抢先一步。

"辛纽的嫌疑洗清了，我们也安排人员帮他转运了物资，应该不会影响他和其他的……呃，你们怎么称呼他们来着？我总是记不住那个词。总之，他们安全了。"

啊，那就好。不知道那个浑蛋怎样了？

"哦，对了，杀害陆警督的凶手痊愈了。"专家说到这里，竟然流露出愤慨的神情，"物证也证明了你是正确的。但是也只能到这儿了，他始终保持沉默，不肯透露动机及具体行动，而且他的星球正在要求引渡。我甚至都不知道我们和外星之间还有引渡协议。恐怕过不了多久，他就会被移交给他的星球。他不会在我们这儿受审的。"

心头一紧，魏泽闭上眼睛，泪水不自觉地从眼角溢出。这个世界并不是只有公平和正义。

"就是这些。"专家拍了拍魏泽的身体，叹了口气。

专家要离开了，现在可以任由眼泪流淌。

魏泽默默地为陆茂祈祷，希望他在另一个世界过得更幸福，千万不要再遇到像自己这样的下属，没能为他分忧，反而害了他的性命。

过了几分钟，魏泽睁开眼睛，擦去眼泪，赫然发现以为早已离开的专家竟然还坐在身边的椅子上。他吓得一挺身，直直坐了起来。

"没事，没事。你好好休息。"专家扶住魏泽的身体，轻声安慰。

魏泽咽了口唾沫："您……还没走呢？"

"其实是这么回事……"专家避开了魏泽的视线，两手交叉，大拇指在反复揉搓虎口位置，"咳咳，我……不只是我，还有专案组的同人，对案件当中的一些问题还没有……呃，厘清，希望你能，嗯，当然是在你身体允许的情况下……"

"我明白了，没问题，您讲。"魏泽从来没遇到过主动降低身份只为求解的领导，弄得他也不好意思起来。

"首先，你是如何察觉到凶手的身份的？"

其实魏泽早就该发现的。李莫——不，现在不能再如此称呼他，这不是他的真名，不过一时半会儿魏泽也想不出有什么好的称呼方式，索性就叫他"假李莫"好了——其实暴露过很多破绽。

自己竟然一直没察觉，真是太愚蠢了。自己真的没有听从陆老师的指示，静下心来观察，从而错过了许多关键信息。

魏泽如果再仔细一点就会发现，每次都是假李莫主动找到魏泽，那是因为假李莫在爱莲小区没有住处，不能让魏泽去找自己。所以当魏泽问假李莫住址时，假李莫自称不认识字母和数字，所以没法告诉魏泽。此时魏泽才反应过来，假李莫作为物业工作人员，如果认不出这些，怎么把物资送到正确的住户家中？

而当辛纽提起，他有个伙伴曾经告知他此地的详细情况，且于几天前已经来到这里时，魏泽也应该意识到，这里有外人潜入。

"游戏"第一次按下报警器时，当时假李莫没有出现在物业人员行列中，魏泽以为他在值班。可是案发之际，当值的房火强出现在了第一线。

其实，魏泽与假李莫第一次见面时，自己就应该能识破对方。

物业每班只有一个人值班，而那天马奇已经带着一个人出门采购了，当时物业办公室里应该没有人的。那时正好是假李莫在物业办公室偷东西，被魏泽堵个正着，结果却被魏泽误认身份，竟然还误打误撞成了魏泽的帮手，在爱莲小区里来去自如。

可惜魏泽意识到这一点时已经太迟了。

"案发现场发生了什么？为什么会出现难以理解的情况？"

房间被反锁住了，屋内没有人。这样的认识完全是错误的，假李莫当时就在案发现场。是魏泽在现场没能发现足够的细节罢了。假李莫的行为模式和之前的破坏行动一模一样：上一次藏身于支架中，这一次则藏身于"游戏"家的角落，也就是玩具堆中。那堆乱糟糟的杂物在假李莫藏身前后发生了明显的变化，可是魏泽根本没注意到。

那之后，假李莫趁着物业来人之际，混在人群中顺利离开，这大概是凶手始料未及的好运气吧。

而魏泽则交了坏运气，浪费了陆茂拼死留下的大好局面，在自己眼皮子底下放跑了凶手。反锁房门的是遇袭后的陆茂，在发现凶手并非本地住户后，陆茂当机立断锁住房门，将凶手困在房间里，以自己的生命为代价困住了凶手。

假李莫移开陆茂的尸体后，反复扭动门锁——也就是那时，他的爪印盖住了陆茂的指纹——但是他没能打开门锁，被困室内。可是他绝望的试验让别人误以为他已经打开并再次上锁。

"那陆警督留下的字又是什么意思？"

因为陆茂认识爱莲小区中的每一个住户，却不认识假李莫。这个残忍的凶手没有名字可以留下，于是陆茂写下他的职业。

那两个字并不是"凶手"，把左边的竖看成点，右边的竖放到正中，其实陆茂留下的应该是"杀手"。陆茂看到了邮件，结合假李莫的身手，立刻明白这就是拜塞尔星政府派出的阻止反对派前来征兵的"杀手"。

"那凶手的动机呢？他行凶的目标是谁？"

假李莫不住在爱莲小区，他的目的是想搅乱这里的一切。假李莫和他的上司厌恶音乐——魏泽还不知道原因——因此，毁掉了音响。破坏音响的那一天，偏偏假李莫被堵在了警务工作站，而工作站拥有万能翻译机，所以他能听懂这个房间里所有人的话。

当时魏泽把三个克里特星人当成嫌疑人讯问。克里特星人分不出现实和想象，所说并非真实。而"游戏"讲的杀手刺杀戒备森严目标的故事，暗合假李莫要进行的行动：作为杀手刺杀前来征兵的反对派成员。假李莫以为"游戏"发现了真相并向魏泽报告，因此他一定要赶在魏泽相信前寻找机会杀死"游戏"灭口。

假李莫如果生活在爱莲小区，就不会产生这样的杀意，因为魏泽很快就发布了安全提示，告知大家克里特星人的习性。可是假李莫一直生活在外，并不知道这一点。

"如果能够获得更多的沟通机会，也许这样的惨剧就不会发生了。"魏泽咬牙切齿地说，"我们努力为他们营造一个新世界，他们却固执地竖起一道墙，把友善挡在外面。"

他已经做了能做的一切：为外星人提供安全的环境，为外星人寻找娱乐设施，为外星人排忧解难。可是这些外星人是如何回报的呢？

"他们不愿意融合，用暴力对抗友谊，那他们就该得到暴力的回击。"那一浴缸盐水就是回报。

他应该准备更多。

"不，不是这样。"专家消解魏泽的负面情绪，"只是一小撮人，是他们在对抗。大多数人喜欢这里：爱莲小区进出自由，他们随时可以离开，可是他们选择了留下。就算是偷渡客，他们也感受到了你的善意，他们相信你，未来也许会成为爱莲小区的一员。"

专家安慰道，"你应该继续坚持之前的作风，让更多的偷渡客了解到爱莲小区是可以容纳任何人、让他们幸福生活的地方。这也是陆警督创立这里的初衷。"

一提到陆茂，魏泽心中就涌出无法抑制的痛苦。

如果陆茂还在，他也许会把这个安置点继续发扬光大吧，让更多的外星人住进这里，感受到人类的善意。

可是，这已经和魏泽毫无关系了。

他已经在黄主任那里立下誓言，只要找到杀死陆茂的凶手，随便组织如何处置。就算没有后来闹出的那套枪击假李莫的闹剧，开除恐怕都是最轻的惩罚了。

爱莲小区也好，外星人也罢，从此与他再无瓜葛。

魏泽强硬地回答："恐怕我没法继续了。"

至于那个幕后黑手……魏泽相信同事，相信组织，他们一定能找到他，将他绳之以法的。

当然自己抓住他更好，也算是告慰了陆老师的在天之灵。但自己已经错过了很多机会，不能得寸进尺。

专家上下打量魏泽，眉头一拢，似乎陷入迷惑："为什么？你的伤势不重啊，很快就可以出院了。"

"不是这个原因，而是……"

专家伸平手掌，示意他不要说下去。

"我不敢随便揣测上级的想法，但是就我个人而言，一个深入了解现场情况的基层警察，对于各级部门开展工作都是非常有价值的。"专家站起身，"我肯定不会眼睁睁地看着这样有价值的人员白白流失。"

"这……"魏泽心中产生了一股暖意，自从陆茂离世之后，这还是第一次。

但是转瞬间，他的脑海中又跳出了另外一个场景。

214

"不，"他低下头，讪讪说道，"就算是这样，黄主任也……"

"哦，说到黄主任。"走到门口的专家又折返到床前，"你不提我都忘了。他听说我要来向你请教案情，托我给你带件东西。"

说着，专家把一个信封递给魏泽。

魏泽颤巍巍地接过信封，他清楚地知道里面装了什么。

"这下我该走了。"专家满意地说，"非常感谢你，魏泽同志，你帮了我很大的忙。"

说罢，他关上了病房的门。

不用打开，魏泽也知道里面是什么内容。他仔细地把信封叠好，放在床头柜上，将来要收到贴身的衣服里。

这封信将会不断提醒他，自己走过多少弯路。

这封信也将不断激励他，要更加努力、更加敬业。

他突然想起来，从调查开始算起到最终结案，已经相处并沟通了这么久，他竟然还不知道专家的姓名。

算了，这不是现在要考虑的问题。

护士推开门，拿出了新的输液瓶和药剂。

"要换新液了。"

说着，手脚麻利的护士取下旧的，换上一瓶新的。

正要离开，魏泽叫住了她。

"对不起，我想问您一下，"焕发活力的户籍警察灿烂一笑，"我还有多久能出院？"

这才是最关键的问题。

chapter 6
你 的 声 音

01

魏泽第一次出席高级别会议，浑身都不自在。应该出现在这里的陆茂，遭遇刺杀身亡不可能再列席会议，他的继任者替代他出现在会议上。魏泽曾经无比期待出席会议，身处高阶警官之中，成为万众的焦点。此时此刻，如果他能够选择的话，他宁可永远不要这样的机会。

只要陆茂复活。

"让我们为陆茂警督默哀一分钟。"会议的主持人，组织部的黄主任在会议伊始建议道。黄主任曾是陆茂的搭档，正是他的大力推荐，陆茂才成为爱莲小区警务工作站的一员。

闭上双眼，魏泽脑中不断闪现陆茂的身影，泪水不断涌出。

会议上提到一则消息，出于安全原因，准备前来募兵的反抗军特使取消了地球之旅，只在轨道上停留数日。

魏泽的心思却不在其中，多保护一个还是少保护一个拜塞尔星人无关紧要。

即使轮到他发言时，他的心思还停留在刚才的默哀中，声音中隐约带着呜咽。

会议结束，他收拾起文件，准备离开。

黄主任走了过来，和他打招呼。组织部领导又恢复了以前态度友好，脸上挂满微笑的表情，与上一次两个人见面时的严厉截然不同。

"之前的情况总结讲得很好。"黄主任拍拍魏泽的肩膀，"大家都认为，你之前的行动很有针对性，使爱莲小区的安置工作进入了一个新的阶段。之前由于精力不足，仅仅是记录新进人员的名单就占据了陆老师大量时间。而且陆老师自己也说过，受制于自身的视野，有很多你发现的问题，他甚至都不认为是问题。你不只是可以发现疏漏，还提出了行之有效的改进措施，陆老师和项目里的专家们，对此都惊叹不已。"

魏泽默默地点头。

"爱莲小区的居民能够解决吃住，也就是温饱的问题，这完全得益于陆老师的努力，从无到有建立起的系统。而你的到来，给居民的安全和生活娱乐上带来了翻天覆地的变化。你做得非常好，魏泽。"

面对表扬，魏泽无法再像以前那样心安理得地接受，一股酸楚直冲咽喉，眼睛也湿润起来。

"我能理解你的感受，"说着，黄主任也变了表情，笑容消失，取而代之的是沉痛的哀伤，"陆老师的……咳，离开，让我们每个人都非常难受。但是我们希望你能坚持下去，你有丰富的想象力和行动力，不应该止步不前。爱莲小区的改进工作并没有结束……"

就在这时，黄主任的电话铃声响起，他掏出手机，疑惑地看着屏幕上显示的号码。

就算没有铃声打断谈话，魏泽也不想继续听下去。黄主任努力想鼓舞起魏泽消沉的情绪，可这是徒劳的，都是因为自己的鲁莽举动，才导致如今的恶果。

"黄主任，那我先走了。"

黄主任举手示意，然后接起电话。

路上，魏泽心里不停地回想着黄主任的话。

下一步他还应该改进些什么？魏泽还没有想过，也许什么都不用改，反正现有的措施对于那些外星居民已经足够了。他们好吃好喝，还有遮风挡雨的房子，闲暇之余还欣赏音乐，在房间里随时可以求助……哪里还有什么别的要求，只要维持原状就好了。

如果没有自己所谓的改进，顶多让他们少点业余爱好，求助时多跑几步路。那些居民的生活其实也不会有多大变化。

而陆老师就不会死。

他对爱莲小区的改进已经结束了。魏泽长叹一口气。

早该如此才对。

坚定了决心，魏泽迈开大步走进地铁站，掏出公交卡刚要刷。

"魏泽，等一下。"

身后传来呼叫声，魏泽回头一看，只见 个身穿警服的身影穿过人群，急匆匆地跑到魏泽身边。

这个时候激励太迟了，魏泽已经拿定主意："黄主任，我认为现在爱莲小区……"

他还没说完，就被焦急的黄主任打断。

"你跟我去个地方。"黄主任气喘吁吁地说，"鸟要见你。"

"谁？"虽然这个名字不曾耳闻，但魏泽脑海中还是冒出一股不祥的预感。

"杀死陆老师的凶手。"

话音未落，魏泽不自觉咬紧了牙齿，手掌也攥成了拳头。

02

仿佛参加诡异的化装舞会，魏泽眼前是一场前所未有的光怪陆离：一半是装扮奇诡的异星来客，挥舞着数量庞大的肢体，演绎着胜利的舞步；另外一半则是面色严峻的人类同胞，与客人的表情形成鲜明的对比。

身处焦点位置的，自然是那个凶手，他被拜塞尔星的同胞围在核心，宛如众星捧月般。

这样的场面不是接收罪犯，而是迎接英雄的。从第一次见面开始，魏泽就觉得假李莫——真名叫作乌的家伙，长相令人感到邪恶，现在更是如此。

此刻乌脸上的表情大概是拜塞尔星人的兴奋吧，或者更糟糕，是嘲笑。乌的笑容让他的整个脸更加难看：眼睛变小，掩盖住了原有的缺点，三白眼看不到了，一丁点儿眼白都不见，只剩下黑眼球的空洞仿佛是微型黑洞，要把一切吞噬干净。

乌看到魏泽到来，脸色为之大变。他拨开保护者，走到拜塞尔星人的前列，直视着迟到的户籍警。

魏泽错过了烦琐的仪式。他本来就不打算看着自己亲手抓获的犯人逃脱法网，如果不是对方声称会提供重要的消息，他甚至都不愿意踏上这趟旅程。

对上乌的视线，魏泽的双眼放出了怒火。

然而毫无作用。

有人凑到他的耳边，对魏泽轻声说道："他非要见你不可。"

魏泽回头一看，原来是陆茂被杀后成立的专案组的专家。

"我听说他有重要的消息要告诉我，您知道是什么消息吗？"

"他只肯告诉你。"专家面色铁青，见证这样的屈辱，令人无法感到其他情绪，"我们安排翻译一会儿和你一起进去。"

魏泽一咬牙，青筋都鼓了出来。

真想亲手宰了他。

对面的乌似乎猜到了他的想法，对着魏泽眨眨眼。很快几个拜塞尔星人抬起了乌的身体，一半的肢体用来走路，另外一半则成了分开人群的利器。

魏泽的同胞被迫让出一条通路，乌则一直居高临下，视线没有离开过魏泽。

"又见面，我们。"乌说的是汉语，魏泽想假装听不懂也没用。

"你有什么事？"魏泽硬邦邦地问。

乌从外星人同胞身上下来，靠近到魏泽身旁："安静的地方，我们谈。"

大厅里聚集了几十个来自不同星球的智慧生命，可是此刻这里静得连针掉落的声音都仿佛震耳欲聋。

"我看这里就行。"

"那里。"乌指了新地方。

那是个小房间。

"安静，非常。"两只眼睛再次缩成了小球，这是笑吧，比哭更难看，"我们查过。"

又有人凑到魏泽的耳边："没有窃听装置，我们也检查过。"

原来是这个意思！魏泽恍然大悟。

魏泽前脚进去，后脚翻译就被挡在门外。

"我需要翻译，不然我听不懂……"

"不需要。"乌关上了门，"你的语言，我会。"

两个人之间的距离近在咫尺。眼前的外星杀手没有之前受伤的痕迹，已然恢复成了健康的模样。

"可惜……"不自觉中，魏泽脱口而出。

"我离开？"乌的眼睛快速收缩，表现出愉悦的样子，令魏泽更加厌恶，"我的星球非常强大。"

"不，"魏泽大声喝道，"我可惜的是，当初放的盐不够多。"

凶手的眼睛变大了。

这表示他的好心情消失了吧。魏泽想，但是自己能做的也只有这么一点。

"我很喜欢你，曾经。"

"你有什么消息要告诉我？"魏泽不耐烦地说，"我没空和你闲扯。"

"你要回去，照顾，我的同胞？"

乌又笑了。

魏泽努力压制攻击这个可恶的外星人的念头，即使手已经握成拳头。

"尽忠职守。"乌接着说道，"我们都是。"

魏泽无法忍受那个该死的章鱼人露出炫耀胜利般的笑容，伸手去拉开门。转瞬间，门又被更多的肢体压住。

"你想怎么样？"

"我还没告诉你。"

"我不想知道。"

"你想。"乌的身体顶在门上，八肢分别支在各个角落，将唯一的出入口堵得死死的。确定魏泽无法离开，他才继续缓缓说道："你想知道，他们是谁，那些流亡者，抛弃祖国和家族，来到地球之前，他们是什么人，做过什么，犯下什么罪行。你当然想知道。"

"我不需要知道。"魏泽言不由衷地反驳道，"我只需要知道他们在这里是清白的，就足够了。"

"清白？这个，我正要告诉你。"乌平静下来，等待着魏泽自己上钩。

然而魏泽别无选择。

"所有人，我的同胞，都知道我在。当你找猫时，他们就知道；当我混在中间，离开现场时，他们也知道；当我无法脱身，留在仓库时，他们还知道。"

魏泽的身体开始发冷，他明白乌的话，但是他不相信。

只是不想相信罢了。

现实是，他们早就知道乌的存在。

整个小区里的所有拜塞尔星人，不，远远不止小区里，还有辛纽他们，每一个人都知道。可是他们什么都没说。他们理所当然地把乌视为自己当中的一员，任由他自在活动，甚至陆茂被害时，那些知情人也一个字都不曾说过。

他们没有指出，他是一个外来者，一个不属于这里的人，一个杀手，一个罪犯。

"同胞们，我的，"乌的脸拧成一团，嘴里不住地发出细微的呼吸声，"被你们救助，却从来没有帮助过你们。他们信赖我，不信任你。"

"闭嘴！"

"他们说实话，只对我；说谎，对你们。"

"闭嘴，你这个骗子。"

"没错。"乌实在太开心了，"骗子，我是；骗子，同胞们也是。"他停下来，死死地盯着魏泽，眼神充满了狂热和喜悦，"骗子，所有的拜塞尔星人，都是。"

不得不承认，他终于报了被魏泽摁在浴缸里羞辱的一箭之仇。

03

乌临走之前留给了魏泽一块奇怪的电子装置。他转交到上级部门后，通过星际联盟提供的设备，经过复杂的制式转变，里面的资料被提取成为可供地球上的计算机系统识别的文件。

这是一份关于逃离家园在异星开始新生活的难民们在拜塞尔星曾经犯下罪行的档案。

"原来如此。"魏泽能想象到，前来地球避难的人员中，或多或少会掺杂着犯罪分子，这是显而易见的。战乱导致原有社会体系崩塌，罪犯得不到惩处，甚至可以从战乱中受益，比如能够轻而易举地逃离。

"涉及多少人？我是说生活在爱莲小区的，嗯……还有那些在地球上，但没在安置点里的。"

魏泽对这个数字有心理预期，然而当他得知真实数量后，惊讶得迟迟合不拢嘴巴。这个数字远远超过他的想象。

曾经和魏泽在此前的案件中共事过的专家向他提供相关消息："几乎所有人。"

"所有人？"魏泽重复道，"都是些什么样的罪行？"

"从刑事案件到政治案件一应俱全，包括从盗窃到谋杀，从诈骗到伪造，从叛国到反人类。"

"所以，他们要求把所有人都引渡回去吗？"

由于职业的关系，他对罪犯本身没有任何好感，但是魏泽依然不愿意看到自己治下的任何人因此而离开。他更愿意看到他们受到实际所在地，也就是地球的法律管辖。可是由于条款严密且涉及面颇广的管辖权协议规定，目前地球没有审判任何外星人的权限，只能将其引渡回原生星球进行处置。这就是乌虽然在地球犯下罪行并被擒获，却能够逃之夭夭的原因。

"不，他们没有要求引渡。事实上，他们没有提出任何要求就离开了地球。"

在那场"化装舞会"上，拜塞尔星的章鱼人给魏泽留下的印象是做作和恶心。他们滚蛋这件事对于魏泽而言，是万分庆幸。

除乌顺利脱身以外。

可是他们留下了一份对于地球人来说有益的文件，没有提出任何相对应的条件。那些章鱼人才不会这么友善呢！

魏泽的脑海中浮现出乌狡黠的笑容。

他使劲摇摇头，把这副恼人的画面甩出大脑。

也就是这个瞬间，魏泽突然意识到另外一个问题。

"那些罪名是怎么回事？如果是盗窃和谋杀我还能理解，可是诈骗和伪造——难道那些章鱼人，不，拜塞尔星人也使用和地球一样的经济体系吗？"

"我不清楚……"

"那翻译是如何判断出这些罪行名称的，和我们的法律相对照？"魏泽急不可耐地打断了专家的话，"尤其是'反人类'算什么罪行？不该翻译成'反拜塞尔星人'之类的吗？难道是为了对照方便才这么翻译的吗？"

专家苦笑着："根本不需要翻译，这份文件就是用汉语写就的，以及其他十八种地球文字。"

这是一份专门为我们准备的文件。

"所以这份文件根本没有价值，"魏泽如释重负般松了口气，"不管是乌还是其他拜塞尔星人，他们的目的都是要让我们产生怀疑，对现在在地球上避难的拜塞尔星人产生怀疑。一旦将我们分化，就可能阻止其他拜塞尔星人来到地球，而已经在地球上安置下来的则被迫离开。我相信乌的真正目的是这个：虽然他没能杀死招募反抗者的特使，却依然让该计划破产。"

"我们的分析也倾向于此。"专家的表情没有轻松下来，"可是文件里留下了几个可供调查的'范例'，"他的声音更加严肃，"而且通过核实，他们的犯罪事实已经被确认了。"

就像是免费试用的样品，让你先尝尝滋味。

"是关于谁的？"

"苟富贵，他犯下了'反人类罪'。"

"啊？"当头就是一棒，魏泽都不知道怎么回答。他第一个想到的竟然是，难怪苟富贵如此胆小怕事，原来他以前没干过好事。第二个念头才是，需要对他多加注意，以免他在地球上遭遇危险。

"还有吗？"

"你救助过的辛纽，"专家解释道，"他涉嫌走私、买卖赃物及黑市交易等罪行。"

魏泽回忆起与辛纽在病房会面时的情景，对方的确说过在自己星球时的悲惨处境。

"非常时期，我觉得这是能够想象的，而且……"考虑到自己的身份，魏泽想了半天也想不到还能怎么辩解，于是就甩着半截话停住了口。

"以及房火强，物业的管理人员。"

如果说之前的名字没有给魏泽带来什么触动的话，这个名字的确让他心头一惊。他竖起耳朵，一言不发，仔细听着。

"他的罪名非常多，包括数起谋杀未遂、绑架和绑架未遂。"

苟富贵和辛纽在魏泽心里是相对独立甚至超然的，因为他们基本上不会参与到爱莲小区的事务中。房火强就不一样了，他能够参与到管理中，而且由于工作职务关系，他会经常接触到其他拜塞尔星人。苟富贵的罪名太过模糊和遥远，魏泽难以想象；辛纽的罪行又过于生活化，无法激起魏泽心中的波澜；只有房火强的罪行能够被魏泽理解，同时也刺激到魏泽的神经。

"我需要和房火强相关的资料。"魏泽立刻紧绷起神经，"如果一切属实的话，我请求上级允许，尽快解除他的职务。"

即使人手不足。

04

房火强算得上拜塞尔星人中的一个异类。比起更喜欢独自待在房间里的同胞，房火强和人类接触的次数要多得多。在魏泽巡逻时，房火强有事没事就会凑上来。一开始魏泽还以为房火强有什么事情找他，所以耐心等待他开口，后来才发现，房火强更希望听魏泽说话。魏泽猜测，也许是房火强想锻炼听力吧。可是经历了假李莫的事件之后，魏泽开始怀疑包括房火强在内所有拜塞尔星人亲近他的动机，因此，他告知房火强，不要再与他共同行动。房火强似乎没表现出什么失望情绪，自然而然就放弃了。

这位外星人自称流亡之前就自学了汉语，的确，他要比其他人发音更准确，理解能力更强。如果早些时候，魏泽能有他居中翻译，说不定融入小区的速度会更快。房火强是少有的愿意和人类主动接触的拜塞尔星人之一，尽管他提出的要求难以实现——他希望能改善伙食，得到新鲜食物，以及希望拥有更符合母星习惯的家具。

可惜房火强的优点不包括工作能力。一旦要求他参与实际事务，尤其需要和他的同胞多接触，他就会立刻打起退堂鼓。

像房火强这样的人早就该被辞退，更何况现在发现他有十分危险的犯罪履历。

05

赶上房火强当班的日子，魏泽去了物业办公室。

他犯罪是一回事，魏泽可以认为这是他在拜塞尔星犯下的罪行，不管是否接受了惩处，那都算是在异星的过往。但是让一个有罪犯前科的人继续留在其他人身边办事，那就是另一回事了。

"房火强，你好。"魏泽努力表现出平心静气的样子，打了个招呼，"你现在忙吗？我想和你聊聊。"

"好。"外星人来到魏泽身边，简单回答道。

房火强如同其他拜塞尔星人一样，身上穿着宽松的袍子，将八肢掩盖在衣服下面，简直像冬天裹着被子慵懒地蜷缩在床上。

"一直以来，你的工作表现不错。"可是他在重要案件的调查中知情不报，这一点终究让魏泽心生怨念，"但是鉴于你的过往——我们调查过你的过去，发现你犯过很多罪行。虽然你的犯罪行为并不是在这里——在地球上犯下的，可是与你的工作职责有很大的冲突，我需要你离开。"

如果房火强只是个普通住户，魏泽可以选择假装对外星人的异星前科视而不见，但换成物业的身份就不能让魏泽释怀了。不仅是房火强的犯罪历史本身，乌给魏泽带来的创伤，也令他不能容忍身边的协助人员拥有诸多令人介怀的疑点。

"你听见我的话了吗？"见他没有动静，魏泽追问道。不知道房火强是否听懂了自己的话，因为对方毫无反应，双眼无神地四处游移。

看来对方是想靠拖延战术熬到底了。

魏泽刚要动怒，不承想，这位多肢的异星来客竟然抛开眼前的问话者，从袍子下面伸出长肢，捞起堆积成山的食物袋，从中间抓出一袋，拽到自己面前。

这是要吃午餐吗？时间太早了吧？

等一下，比起应该什么时候吃饭这件事，问题的关键难道不应该是怎么能在聊天时不理对方，自己开吃才对吧？这是最起码的礼仪吧！

可是魏泽的注意力被吸引住了。

这是他第一次近距离目击外星人饮食。

房火强用几条长肢抓住袋子，向着不同方向用力撕扯，将口袋扯个粉碎。魏泽初次见到拜塞尔星人食物的真容，说起来，这个东西就像猫粮，从颜色到外形都是，打从第一眼起就让好奇的魏泽彻头彻尾失去了食欲。

拜塞尔星来客当着警察的面，把一颗颗点缀着白霜的口粮通过肢体塞入口中，而那张嘴也像是四瓣的，看上去不大，可是真正打开时，却能把长肢吞下去。待肢体抽出，嘴巴开始一张一合，每次咀嚼都要调动整张脸，就连眼睛也受到牵连，变得时大时小。他吞咽的速度很慢，嘴巴已经停住了，而肢体还要过上一阵才继续送入食物。

就这样，两个人相对无言了很久。就在魏泽看腻了房火强的进食流程，忍不住想提醒对方，两个人还要继续对话之时，房火强的表情大变。

原先魏泽以为拜塞尔星人的神色不外露，后来了解多了才明白，原来他们也有面部表情，只是不太明显，如果仔细观察还是能注意到。而这次不需要多敏锐就能察觉到，房火强扭曲的脸上流露出的是痛苦的神情，这副表情与当时无力挣脱的乌并无二致。

糟糕！魏泽一看事情不对，立刻拽上房火强向外跑。大概率是食物引发的，毕竟刚刚还一切正常的房火强做出的唯一举动就是吃饭。

没跑几步，房火强就瘫倒在路上，怎么拉也拉不动。

是不是该把车开进小区里来接房火强？那样的话，需要魏泽先回到警务工作站拿上钥匙，而且还要找人帮忙开小区大门——该死，这个时候哪还能找到人！就算找得到，怎么才能说清楚？

这可是新难题，以前的工作流程都是建立在居民遇到问题的基础上，那样的话可以依靠物业人员充当翻译。如果唯一的翻译受了伤怎么办，应急方案里可没有啊。

看着房火强痛苦的表情，魏泽焦急地想，如果无法及时送到医院，还有什么急救方法？

食物中毒。食物中毒该怎么处理？拜塞尔星人的急救办法他不知道，甚至连权威资料也没有最好的方案。那怎么办？要是外伤，好歹魏泽还有处理过的经验，受影响的部位在体内，他就没了想法。

魏泽的眼睛也一直没有停，满处寻找可用的东西。

小区里哪有什么能用的？用树枝编成个简易担架，这肯定不成。要不然拿石头砸肚子让他把食物吐出来，这太危险。总不能……催吐？

魏泽的眼神落在了消防栓上。

消防水管和房火强的肢体差不多粗细，既然他的肢体能塞进嘴里，那水管也行。消防栓里有水吗？应该有的，小区的电力系统虽然是后来才装的，但是为了防止火灾，水从来没断过。

不过他的肚子撑得住这么大的压力吗？拜塞尔星的气压比地球更大，他们能承受更大的压力。所以应该还行……

再说，除此以外，也没有更好的办法了。

背起房火强来到消防栓旁边，不顾房火强的剧烈挣扎，魏泽硬生生把水管塞进了他的嘴里，然后扳开开关。房火强无助地想把异物弄出去，可是水流更快，消防用水源源不断地灌进了房火强的身体。

没灌进多少，房火强揪住水管的肢体就彻底停摆了。

魏泽看着房火强宽松的衣服都被顶得鼓了起来，觉得差不多了，一把拔出水管，将房火强的身子翻过来，让他嘴朝地面，同时魏泽用自己的腿做支架，弓起的腿架住房火强的上半身，让他的头部远离地面，以免被呕吐物堵住喉咙。

此时的房火强已经毫无力气，任由魏泽来回折腾。

希望还来得及。

魏泽赶紧手脚并用，不断击打房火强的身体——虽然不知道胃在什么位置，但是总在身体里吧。

伴随着击打声，房火强体内的空间不断被挤压，终于容纳不下过量的水，混合着食物一齐喷出。

一连喷了几分钟，房火强的嘴里再也吐不出半点水。他双眼紧闭，浑身软塌塌的，像泄了气的充气拱门。

"你怎么样了？"魏泽摇晃着房火强的身子，"你还活着吗？"看到对方没有反应，魏泽不自觉地加快了频率，甚至都怀疑房火强的脑袋要被摇晃得掉下来了。

房火强的眼皮动了几下，显示出一息尚存。

太好了。

"坚持住，咱们这就去医院！"魏泽转忧为喜，一把托起房火强，马上就要撒开脚步向小区门口跑去。

这时转危为安的物业人员发出了竭尽全力的怒吼。

"不用！"

"怎么了？"魏泽被这一声镇住，行动暂时停止。

"好了。"房火强在刚才那声大叫中几乎用尽了力气，以至于现在的声音细微而无力，但不论如何，他的态度极其坚决，"休养就行。"说着，他从警察的臂弯中滑下，扭曲着步伐，向物业办公室走去。

"别回去了，还是先去医院吧！"

房火强丝毫不理会身后的劝告。

06

但是魏泽依然不放心，他立刻汇报上级。医生和检测人员随后就到，对房火强和剩余外星食材进行了全面诊断和分析。

房火强的身体里查出微量毒素，和办公室地面上散落的食物上沾染的毒素一致，都是盐。

"盐？难怪……"魏泽听到这个消息喃喃自语，原来那些颗粒上的白霜是盐啊。

"你处理得很及时，几乎所有的盐都被吐出来了，他的身体并没有受到伤害。"医生带着欣赏的表情说道。这是魏泽第二次抢救成功了，替医生分忧不少。

"那就好，那就好。"魏泽随声附和着，心里却暗暗思索，这些盐是从哪里来的？

是在运到地球之前就已经混进的，还是到达以后才被投入的？如果是前者，需要在运到安置点前增加检测项；如果是后者，那要做的事情就数不胜数了。

"目前还没有在其他食物袋里检测出有毒物质，但以现在的速度想全部检测完，"操作着检测仪器的同事指着仓库里一眼望不到头的食物，"还需要很长时间。"

魏泽突然想到，除了仓库里的，各家各户还有储存的食物。当务之急不是要检查出毒药的来源，而是要保证居民的生命安全。

"把检测安全的食物挑出来。"魏泽不得不动用所有的力量，

"除了检测人员，其他人员和物业人员混编，用已经证实安全的食物将居民家中的食物置换出来。"他看着周围的同事，内心知道他们的工作早已排得满满当当，却又必须为了他的事务劳作。

他咬咬牙，下定决心说："越快越好！"

大家都能理解任务的紧迫性，毫无怨言地行动起来。

经过大家的不懈努力，不幸中的万幸，受害者只有房火强一人。

最终经过更精密的检测发现，不管是仓库中的，还是居民家中或尚未运到爱莲小区的食物，均未再检出有毒物质。而且混入食物袋中的毒药——盐，也不是来自本地，晶体结构与地球上的有些许不同，这是拜塞尔星的产物。这样的结果至少可以排除地球人员参与其中的可能性。

魏泽推断，这一切是乌搞的鬼。他可以自由出入爱莲小区，有在居民内制造恐慌的动机和能力。这些毒药大概就是乌从本土带来的，随机投放到了食物袋里。一旦有居民误食，就会产生不可估量的后果。只是魏泽想不通，乌为何只投一袋。可惜他已被引渡回去，再想问也找不到人。

倒霉的房火强现在也暂离了工作岗位，被送到医院观察。医生认为他已经脱离危险，只要稍微休息几日就可以恢复。顺便一提，他住的病床，也是辛纽曾经住过的地方。除了都是魏泽抢救过的患者，他们之间的共同点又增加了一个。

这场虚惊之后，本以为现有的系统已经能够完全满足居民需要的魏泽，不得不又向上级部门提议，增加必要的检测设备和流程，以免再次出现类似情形。

忙乱之中，魏泽忘了让房火强离职的事情，直到几天后，他主动找上门来。

07

找上门这个说法并不准确，因为魏泽看到他时，房火强正站在 F 幢楼门口。

说起 F 幢，魏泽还能回忆起第一次在爱莲小区里遇到难题时的情景。那不过是几个月前的事情，只是其间发生了不少事，以至于让人感觉好像已在非常久远之前。

当天不值班的房火强拎着液氮瓶，孤零零地站在魏泽巡逻的必经之路上，不知所为何事。魏泽很少见到拜塞尔星人身处室外，尤其是各家各户都安装了音响之后。热爱音乐的外星章鱼人——自从被乌剌激到之后，这个叫法自然而然地回到了魏泽内心对外星人的称呼之列——本来就不怎么喜欢户外活动，这下不是更应该在家中尽享天籁之音吗？

难道房火强找魏泽有什么私密的事？自从魏泽不愿意房火强留在自己左右，让他离开之后，这还是房火强第一次主动出现。看到房火强左顾右盼的样子，好像在期待相会，又担心被旁人发现。

魏泽快步上前，房火强直视着他寸步不移。魏泽心生疑惑，他到底是不是在等自己？不管了，就算不是，自己也正要找他呢。

倒霉的房火强才出院没多久。离职这茬儿一直没提起，魏泽也不清楚现在房火强到底离职没有。对于流亡在地球的拜塞尔星人来说，有没有工作无关紧要，反正配给从来不会少，况且不工作的话休闲时光更多，也符合他们的本性，留在家中无须出门。房火强应该会欣然接受的吧？

魏泽来到房火强身边打了个招呼，房火强面无表情地做出回应。这种不冷不热的态度实在让魏泽难以判断，对方到底是有意来找自己，只是比较谨慎，不愿意轻易开口，还是压根就是自己热脸贴在冷屁股上。

还是直接挑明最省事。

"你不住在这幢楼啊，是专门等我的吗？"魏泽有一阵一直在这幢楼前活动，想找到掩盖在三尺黄土之下的秘密，"你有什么事情要告诉我吗？"

拜塞尔星人的肢体动作真的是用"肢"来表达的，经历了几番事件之后魏泽能够认出一些他们八肢挥舞的动作所代表的含义了。不过房火强的动作让魏泽有点丈二和尚——摸不着头脑："你是说既有也没有？"

这是什么意思？

房火强似乎想说点什么，但是几次张开嘴又合上，吐出含义不明的语句。

以前一直觉得李莫——假的那个，也就是乌——反应慢得让人以为他的反射神经堵塞。现在看起来，乌还算得上反应快的呢。赶上眼前这位，换个急性子估计都以为时间静止了。

"和你中毒有关吗？你是不是发现了什么线索？"魏泽提示道。

也许是魏泽的提示起到了作用，又或者是房火强的脑子终于又开始工作了，总之他算是有点反应了。他又等了一小会儿，终于说道："是。"

魏泽等着他继续说下去，谁想到对方率先哑了火。

失去耐心的户籍警放弃幻想，自己再次开口："如果你有什么事情，一会儿再告诉我好了。我现在要和你谈让你离开……"

话音未落，魏泽突然看到危险急速逼近。不及细想，他一把揪住房火强正在摇摆的肢体将对方甩到一旁。说时迟那时快，只见一道黑影疾驰而来，将地上的液氮瓶撞飞——幸亏瓶子里空空如也，不然的话魏泽又要被冻伤了——没来得及庆幸，魏泽就被撞翻在地。

紧接着一道尖锐的物体刺向魏泽……

"别这样!"冲过来的俨然是克里特星人"米饭"。

魏泽扳住"米饭"的角,把它从自己身子上推开,不让"米饭"的脸蹭上来:"我现在没有吃的,等我回去再说,等回去……哎哟……"

魏泽徒劳地用中文对外星猛兽解释,对方的反应可想而知。

由于"游戏"之死,克里特星的另外两名幸存者被暂时关在家中,以免出现新的意外。"沙发"还好说,他喜欢窝在舒适的地方休息。但对于"米饭"来说,关在屋内则更像是折磨,一抓住机会他就往外跑。时隔不久危机解除,"米饭"便仿佛要把之前关禁闭的时间全都补偿回来一般,成天撒丫子在外边跑。好在爱莲小区没什么人出门,所以偌大的广场就成了"米饭",以及偶尔加入的"沙发"的私人游乐园。

刚才"米饭"全力冲过来,想找魏泽讨要食物,险些撞上房火强。

就连魏泽,摔倒在地后都有点神情恍惚,要是换成身体脆弱的拜塞尔星人那还得了?

和经过专门基因改造的体力劳动者相比,战力平平的魏泽被压制得死死的,根本逃不脱。本来可以依靠语言的力量让克里特星人屈服,可是偏偏没有万能翻译机传达。

就在魏泽体力不支之际,一根从天而降的树枝挽救了他。

树枝击中了"米饭"的背部。小小的树枝对于皮糙肉厚的克里特星人来说自然不算什么,但其自高空坠下所导致的细微疼痛却让"米饭"精力分散。借着这个机会,魏泽一举扭转不利局面,将"米饭"推开,站了起来。"米饭"的注意力也转向了刚落下的树枝,不停围着它打转,研究如何吞下才最美味。

"没事吧你？"见难题得到缓解，魏泽一边拍打身上的土，一边向一旁的房火强发问。

没有得到回复。

魏泽转过头，视线投向不远处的房火强。只见拜塞尔星人依然八肢摊开，倒卧在地上，眼睛直勾勾地盯着"米饭"。

被刚才那一下吓得不轻啊，魏泽心想，过了这么长时间还没缓过劲来。

可等"米饭"转了半圈绕到另外一侧，房火强的眼珠还是没有移动。

这时魏泽才注意到，原来房火强的视线死死盯住的，是那根掉落的树枝。

魏泽有种醍醐灌顶的感觉。

原来如此！如果没有"米饭"意外出现，那么房火强正好站在树枝掉落的位置附近。树枝的打击尚且能让"米饭"分神，如果击中皮肤薄的房火强，说不定就会要了他的命。

魏泽感到了一丝不对劲，他疑惑地抬头，所见之处尽是高楼大厦，没有树木。安置之初，负责总体筹划的陆茂就意识到危险，将树木移植到了远离居民楼的地方。

魏泽伸了伸手，周围没有风，树枝绝对不可能是被大风刮来的。其实他早就知道是这样，因为树枝是垂直落下的，伸手只是确认一下而已。

从树枝掉落的位置往上看去，正好是楼道口的正上方，那里有一片遮雨檐，也就是从外墙探出来的砖顶，可以为回家的住户挡住半秒的雨，或者防止道德水准低下的高层住户向外投掷垃圾时正中附近路人的脑顶。

不管当初建筑师设计时的用途怎样，肯定都没有用来狙击户外的拜塞尔星人这一点。

魏泽立刻后退几步向上看，没有见到任何人的身影——凶手像风一样悄然而来，随后又悄然而退，全无踪迹。

房火强依然是目标吗？如果是的话，那么最初的食物中毒便不是漫无目的的随机杀人，而是针对特定目标的袭击。那么房火强为什么会成为目标？难道他掌握了什么不能让我们知道的信息？

如果不是，那么这一次"空袭"仍然是随机的吗？只是房火强又倒霉了一次？遇上倒霉事的概率是多少来着？连续发生两次呢？

"偶然"，这个词此时显得有点苍白无力。

08

把房火强暂时安置在警务工作站里只是权宜之计，魏泽立刻向上级汇报，希望能够将房火强保护起来。而魏泽则在万能翻译机的帮助下，对房火强进行询问，以尽快找到相关涉案人员。

不管魏泽怎么提问，房火强始终是紧张不安的模样，无法给出有价值的答案，魏泽的安抚也毫无效果，甚至房火强压根没有去想到底是谁试图加害他，而只想知道自己即将去哪儿。直到魏泽告诉他，很快他将前往安全的地方，他才稍微平静下来。

不久，房火强就被送到医院保护。

失去唯一的信息来源，无从下手的魏泽只好转向更加现实的问题：户外的意外伤害。

之前魏泽解决了室内发生意外情况的及时通知问题，配套的报警装置可以瞬间连接到警务工作站，值班人员能够立刻响应。而这一次是发生在室外——运气好，没有真正发生什么事，而且魏泽刚好在现场。可是如果当时真的发生了什么，周围没有人呢？

趁着巡逻之际，魏泽沿途寻找各种有效的解决方案。

方案一，增加巡逻频次。这是魏泽下一步要做的，但依然不能解决问题。两次巡逻之间存在间隙，更何况因为人员紧缺，目前晚上无地球人值班。

方案二，增加随时可以触碰的电子按钮，和在房间里的那种一样。这个实现的难度更大，且不论资金问题，光是安装位置魏泽就已经头大。如果受伤时在沙地上、道路中央、围墙边，无法够到按钮怎么办？而且还有很多地方不方便安装、无法布线，那又该怎么办？

必须有更行之有效的办法才行。

越想越没有头绪，而且耳边嘈杂的音乐声虽然细微但是不绝于耳，严重影响着魏泽的思绪。毕竟爱莲小区不是什么高档社区，当初开发商也没想着要把它建成阡陌不相闻的地方，尤其是墙壁隔音效果之差，想不相闻都难。

每次来到这附近，没日没夜的声响简直让他抓狂。要不是这些音乐声是魏泽亲手带来的，他真想把这些音响设备都砸掉了事。

声音！

噪声突然给了魏泽灵感。什么能够穿透楼宇，又无须多余的设备，而且没有使用限制，还能够易于定位？自然是声音了！像音响那样的设备，但是不能太重，能够随身携带；不用电和电池，因为电线有距离限制，而电池则有容量限制，拜塞尔星人想不到随时充电或更换电池，万一使用时没电了就麻烦了，更何况他们还总要接触水，触电就更糟了；要易于使用，最好没有手指的外星人也能用；还要便宜和便于替换。

魏泽一下子就想到了完美的产品。

09

等全小区的人都学会吹哨子之后，连续受害者才姗姗归来。魏泽给了房火强一个哨子，告诉他即使在无法使用报警器的地方，只要发出声音，自己就会迅速赶来帮助他。

房火强在魏泽的帮助下尝试了几次，然而吹出的声音怎么听都像是直接用嘴吹气。无奈的魏泽只好让他多加练习，因为让房火强在房间里练习容易被当成需要救援的人员，所以魏泽安排他在警务工作站里吹。

看着眼前的房火强费力地吹哨子，魏泽心中不断产生疑惑。根据局里同事提交的报告，回到医院病房后的房火强举止奇怪，一点也没有受到伤害后的恐慌心理，完全是一副优哉游哉的样子。向他询问了解情况，尤其是问到两次伤害事件时，他立即转入紧张和对抗的状态。同事认为，他有自伤的嫌疑。

其实没有看到报告前，魏泽就有这样的怀疑。尤其是第二起事件，房火强突兀地孤立在外面，又恰好站在树枝后来命中的位置上，这让人不得不起疑心。再联想到食物中毒，很有可能是房火强提前做好准备，把从母星带来的毒药放进了食物袋里。只是他一直搞不清楚房火强这样做的动机，而且也不确定控制高空坠物是否可行。

当时魏泽和他在一块，除非他有同伙，否则没法在那个瞬间将树枝投下。魏泽倾向于没有，如果有，他的同伙完全可以做得更好，不至于迟了好几秒才投下树枝，结果让树枝击中了"米饭"。

"所以，那会是个延迟诡计吗？"

这么一刻，魏泽说走了嘴。他已经习惯在警务工作站里自由说出自己的想法。几个月之前，这个屋子里还有听众，还会给他提供各种宝贵的意见，现如今他却只能对着空气自言自语。

冷不丁，他意识到屋里还有一位客人。这句话被房火强听到了吧？他偷偷看了物业工作人员一眼，发现对方还在和小小的口哨较劲，对魏泽的话无动于衷。

还好。魏泽偷偷松了一口气。只是一句没有上下文的失言罢了，他相信，就算有万能翻译机，这个对他人的怀疑一无所知的外星人也绝对搞不懂自己在说什么。

10

接下来的日子里，魏泽对房火强更上心了。不管房火强是罪犯的谋杀目标，还是他有意自伤，都需要警察多观察他的动向。

某日，房火强下班回家途中偏离主道，来到长着尖锐树枝的树林边。

魏泽在他身后盯着，以防他做出危险的举动，或者采集树枝为之后的行动做准备。

房火强四下查看——魏泽说不清是他发现了自己的身影，还是多疑——匆匆做了什么便离开了。

目送房火强进了楼，魏泽来到那棵树旁——当时房火强的身子恰好挡住了魏泽的视线，所以魏泽没有看清他在干什么。

魏泽凑到跟前仔细查看树木，有些许房火强衣服的细线，大概是他无意间衣服挂到了枝杈上。除此以外，魏泽没有发现树枝被折断的痕迹，也没发现树上沾染蓝色的血迹。

暂时可以排除他有自伤的举动或企图了吧？

可到底是什么驱动着房火强做出这样的事情呢？为了保住自

己物业工作人员的职位？这个职位有什么好处，是他舍不得的？

魏泽唯一能想到的，就是房火强舍不得物业工作人员专属房间的好位置。

陆茂设计时考虑到物业工作人员的通勤距离，为了让他们少跑几步路，所以将他们都安排在一楼居住。因为那时候还没有通电，电梯无法使用，居住在高层的住户上下楼会十分不便。可是问题在于：第一，拜塞尔星人不怎么动弹；第二，现在电梯可以用了。所以魏泽想破头也想不通房火强非要保住这个职位不可的意义何在。

动机只能暂且搁置，现在最重要的是确保他别再出事。

魏泽巡逻完小区一圈，又是相安无事的一天。

魏泽打算再去房火强家附近多转一圈，重点观察观察他。而没走多远，突然铃声大作。刺耳的铃声来自腰间的报警器。毫无疑问，是有人按下了室内的报警装置。

魏泽掏出报警器一看——是房火强摁下的警报！

幸好自己早有防备，就在他家附近呢！

魏泽不敢怠慢，立刻冲入一楼。只见房火强家门大敞，他靠在报警器上，浑身是血。他的八肢都压在伤口上，减慢了流血速度，即便如此，喷出的血把挂在伤口附近的塑料口哨浸成了蓝色，甚至连门口也湿了。魏泽四下看看，发现地上还有一瓶开过封的液氮。他抓起钢瓶，对着房火强喷了几下，将血液暂时冷冻，然后掏出保鲜膜，撕开房火强已经破破烂烂的衣服，快速包扎伤口。

房火强指着居民楼门口的方向，急促说道："不用管我，快抓。"

魏泽的手停住了。他用难以置信的声音问道："他是往那里跑的？"

"是。"房火强应声回答。

这不可能啊！魏泽愣住了。我刚刚就是从那儿来的啊，连一秒的时间差都没有。

11

房火强都快以医院为家了。跟随救援人员一起来的，还有抽出宝贵时间前来帮忙分析的专家赵宝生——魏泽总算知道专家姓甚名谁了。警务工作站现在只剩下魏泽一个人，他不能轻易离开，因此，专家挤进了狭小的警务工作站，临时开了个现场调查会议。

听完魏泽的汇报，赵宝生认可了魏泽的分析，也就是房火强有自伤的可能。

"目前有两个难题：一是动机不明，二是凶器不明。"魏泽解释说，"我很难理解房火强这么做的目的。"

"动机稍后再说，先说凶器。"赵宝生说道，"根据受害者，也就是房火强身上的伤口看，刺入得很深，是锐器所伤，但是你在现场没有任何发现，对吧？"

魏泽点点头："是的，现场没有遗留任何疑似凶器的东西。"

"他有没有可能将凶器丢到外面，比如通过窗户或者门？"

"不会的。我检查过窗外和门口，没有发现。"

"他会不会把凶器藏起来，比如隐藏在别人家中？"

"我认为不现实。"魏泽犹豫了片刻，解释道，"拜塞尔星人身体内的压强大于地球的气压，像房火强这样的伤，失去了伤口上的堵塞物，血液会立刻向外剧烈喷发，就算用所有的肢体也无法堵住，血液肯定会喷得到处都是。可不管是在房火强家的门外或窗边，都没有发现血液的痕迹。血液的痕迹只在他所在位置的附近。"

"他有可能清除血迹吗？"

"以他的受伤状况看，很难。而且就算清除掉表面的痕迹，也会遗留下微量痕迹——但是没有。"

"你说当时你旁边就有钢瓶，有没有可能房火强像你做的那样，将自己的身体先冷冻再行动，避免血液四溅？你提到他的四周都是液体，他会不会等身体化冻后才拉响警报？你的再次冷冻正好可以掩盖他之前同样的行动。"

魏泽陷入沉思。这个可能性他之前没有想过，所以一时也想不出答案。

见魏泽没有回答，赵宝生拿起电话，拨了个号码。

"这个推论行不通。"挂断电话，赵宝生回应一脸期待的魏泽，"问题出在口哨上。"

"哨子？"魏泽完全搞不清楚状况。

"就是你给小区里每个住户配的塑料口哨。我问过救护车上的同事了，他检查过，已经被冻裂了。"

"可是这和房火强是否冷冻过自己有什么关系？"

"因为你买的是最便宜的塑料口哨。"

"只要能发出声音就可以，不是非要用什么高科技产品……"

"不，我的意思是说，这种口哨使用的塑料材质质量很差，无法耐受低温，遇到低温会冻裂。而你进门时发现，房火强身上的口哨还是完好的，没有裂痕。这就说明，他没有对自身使用过液氮冷冻。"

"可是他完全可以先摘下口哨，用液氮冷冻后再戴回去的。"魏泽立刻就想到了这种可能性，话音未落，他自己就先否决了，"他为什么要这么做？他不可能知道口哨在低温下会被冻坏。"

甚至魏泽，也是刚刚才知道。

"他没有尝试冷冻自己。"

警务工作站里突然安静了下来，没有任何声音。

"如果，"赵宝生率先打破了沉默，"他冷冻了别的东西呢，比如水？这里水有的是吧。他可以自己做冰刀，等水化掉，就没有痕迹了。"

"我也这样想过，但是这不可能。"魏泽否定道，"这里没有容器，甚至都存不住水，更别提做成锐器。他们的肢体虽然多，可是不够锐利，顶多能做出个……"魏泽边说边伸出手摆出几种形状演示，突然他停住了。

如果是这样，那么就可以……然后就……

"原来如此！"魏泽飞奔了出去。

12

"他的肢体就是现成的容器，只要几个肢体盘在一起，就能盛出水来。"魏泽站在办公桌上，正好能够到楼洞口上方防雨檐外侧的竖面，"我没法做到，所以只好借助工具。"说着，魏泽向下面的赵宝生演示。

当初为了搬出这张桌子，两个人费了不小的工夫。只有这张桌子的高度和长度都合适。

"他的两肢站在地面，尽量伸长；四肢组成装水的容器，略微倾斜，使水面贴住防雨檐；一肢扶住树枝，使其垂直于地面。"

由于没有足够的肢体，也没法直接接触极冷的气体，所以两个人费了不少工夫才找到合适的东西。魏泽剖开一个篮球，模拟拜塞尔星人用多肢构成的容器。先将树枝紧靠在防雨檐垂直于地面的竖面上，再用装满水的半球扣住树枝。篮球太大，把树枝整个遮住了，这不是魏泽想要的效果。他想要个小一点的球，达到能看到树枝头尾的效果。可是手边没有别的,只有这么一个篮球。

这个篮球曾经是"游戏"的最爱,现如今被弃置在角落中,沾满了灰尘。

魏泽叹了口气,继续着手上的进程。

"水会漏出来一些,不过没关系,这些水量足够了。"他用胶带把篮球粘贴在墙面上固定住,然后示意赵宝生后退,"他用最后一肢操纵液氮钢瓶。"说着,魏泽侧身走到桌子的尽头,尽量伸直手臂,打开了液氮。低温气体立刻涌出,篮球上面结出了一层白霜。魏泽跳下桌子远离这股危险的冰冷。

等寒气散去,魏泽和赵宝生跳上桌子,检视试验成果。

球面粘住了,揭不下来。魏泽用刀子划开表面,露出底下的坚冰,树枝已经被牢牢地冻在冰里。

"等冰融化,树枝就会掉下来。"魏泽想了片刻,补充道,"笔直地掉下来。"

不过现在这种情况,要等冰完全融化,恐怕还需要很久。

魏泽尴尬地解释道:"我的方法比较麻烦,房火强就不需要用这么多冰了,只要能把树枝固定住一会儿就行。"

房火强大概只用了一点水,把树枝粘住就好。如果水太多,树枝上还会沾着冰。不过也许不会,落地后冰会摔碎散落。

魏泽的巡逻时间比较固定,所以只要在魏泽不在的时候提前准备,预估好时间,树枝掉下来时人正好在附近就行。至于冰融化的时间,房火强可能试验过,比如选在魏泽睡觉的晚上,况且也不需要十分精确,就算偏差大也没事。房火强可以和魏泽假装聊天拖时间,一直等到树枝掉下来,其次就算这次失败了,只要魏泽没发现,完全可以换个时机继续用。

但是房火强没有想到,他的行动被突然杀出来的"米饭"彻底搅黄了。

"当时我看到他旁边有液氮的钢瓶，却没有把这两件事情联系在一起，直到您刚才再次提起冷冻，我才意识到这个手法。"魏泽解释道。

赵宝生盯着这个大块的透明物体看了一会儿，略带遗憾地说："可惜现在已经没有证据了。"

"是的。但至少我们可以排除有人真要伤害房火强了。"魏泽松了口气。爱莲小区这一阵不太平，连续发生多起案件，甚至连他的领导都不幸殒命。陆老师本来……一想到这个名字，魏泽就控制不住自己，鼻子一个劲儿发酸。他赶紧咳嗽两声，把这个念头挤到脑海的角落处。现在他还有事要忙，不是感伤的时候。

"如果只是房火强自导自演，至少不用太担心他会真有什么危险。"

"解释不了房火强如何被刺伤，我们就没法下这个定论。"赵宝生一下子就点出魏泽这个推论目前的漏洞。

是啊，房火强的中毒及空中坠物，也许可以用自伤来解释，但是刚刚发生的刺伤事件，还在云山雾罩之中。找不出答案，就不能彻底放心。

13

等到房火强伤势恢复，在医院中接受警方的询问时，他坚称是被拜塞尔星人所伤，他从来没见过那个人，且由于自己是被突然袭击的，惊慌之中没注意到对方的长相，所以无法描述凶嫌的特征。

一言以蔽之，房火强什么也不知道。

"等一下，"魏泽困惑地问道，"如果他没注意到行凶者的

246

长相，他又怎么知道自己以前没见过那个人呢？"

"他说他当时太震惊以至于忘记了，但他知道他不认识那个人。"

"那他说没说行凶者跑出去应该正好和我迎头撞上，可是我却没遇到呢？"

"他说可能是你恰好和对方错身而过。"

"这怎么可能！"魏泽无法再忍受房火强的胡言乱语，生气地说道，"他在说谎。"

"我们也这样想。"黄主任苦笑着回答，"他做得太明显，一旦遇到前后矛盾，或者难以解释的地方，他就保持缄默，假装听不懂，借口身体不适，拒绝回答问题。"

每个拜塞尔星人都是骗子。

乌的声音回荡在魏泽的脑海中。

他们都不可信。

拜塞尔星人只对自己人说实话，对地球人实施欺骗，并以此为乐。

魏泽的手不自觉地攥成了拳头。

"……没有证据证明这一点。房火强需要你多留意。嗯，魏泽，你怎么了？"

黄主任的声音传进魏泽的耳朵里，他一激灵，清醒了过来。

"不好意思，黄主任，我有点走神了。"魏泽道完歉问道，"对了，您今天来这儿是为了什么事情？"如果只是通报案件的调查进展，一通电话就够了，况且这也不是主持人事工作的组织部黄主任的职责。

"你说到点子上了。"黄主任笑眯眯地回答，"我这次来，可是给你带了件好东西。"说着，他把进门时端来的黑匣子拿起来，摆到魏泽面前的桌子上。

"这是……"魏泽凑近，好奇地打量着这个四四方方的黑匣子，想象着它的作用。

"万能翻译机啊。"黄主任带着魏泽理应知道的口气说。

不是吧？这比现在用的那台小多了！魏泽迅速回头扫了一眼身后那台傻笨粗的黑大个。

"这是便携式的，刚刚研发出的新产品。我想你这里才是最需要这台设备的地方，于是就向上级申请了一台，给你送过来。"

这也算得上便携式？魏泽惊讶得下巴都挨到地面了。这玩意儿只能抱着才能拿出门吧？不过能有一台也不错，最起码可以解决室外的沟通问题了。

"多谢黄主任。"

黄主任一出门，魏泽立刻捧起新的翻译机。

嚯，还好不沉。

只是拿着这个出门，怎么看都没有警察的威严，换身衣服就是送货上门的快递员。

14

出乎意料，魏泽发现了便携式万能翻译机的另外一个优点：那就是在等人的时候，可以把它当成板凳，垫在屁股下面。

算了算时间，也差不多该是魏泽为辛纽提供新物资的时候了。说起来，陆茂和"游戏"被害前，辛纽还提出要增加物资，不过就那么一次，之后无论频率还是数量又恢复了原样。大概是因为乌被引渡回拜塞尔星，加上乌的上线失踪，所以群落里的消耗量又减少了。

然而，乌的声音始终在魏泽脑海中不停回响，挥之不去。

拜塞尔星政府留下的名单很长，其中有犯罪证据的只有几个人：房火强——魏泽已经和他打过交道了，对他的信任度目前基本为零；还有辛纽——也许是不打不相识的缘故，魏泽对他却信赖有加，至少以前是。乌成功地破坏了这样的关系。

有了可以随身携带的万能翻译机，魏泽至少可以和他聊聊，不像以往只能靠象形文字进行简单的单向沟通。

魏泽突然想到，乌的上线失踪之后跑到哪里去了呢？在那之前，他依靠着乌从群落里拿出的物资过活，他自然可以独自隐蔽居住，失去了乌之后，他又如何维持生活呢？

正苦苦思索着，他的思绪被一个又惊又喜的声音打断。

"魏泽？"

辛纽的身体似乎变大了一些。

"辛纽，你好。"

辛纽的肢体动作带着疑惑："你为什么会来这儿？"

"我在等你。"魏泽站起来，露出了身下的黑匣子。

辛纽惊恐地向后移动着脚步。

"别紧张，"魏泽赶紧解释，"这是翻译机，不是什么危险的东西。"

"难怪我能听懂你的话。"辛纽摇了摇长肢，做出恍然大悟的动作，"等我干什么？想劝说我留下？"

"这也是原因之一。在这里可以听音乐。"拜塞尔星人对音乐简直如痴如醉，只要有机会就会沉浸在音响发出的美妙声音之中，"而你的群落没有电，就没法使用音响……"

然而辛纽打断了他的话。此前魏泽预料过谈话不会很顺利，毕竟拜塞尔星人和地球人在科技树的攀升上有着巨大的分歧。

但是他没有想到——"音乐是什么？"辛纽问道。

这个出乎意料的问题打断了魏泽的思绪："就是，那个，你们拜塞尔星人最喜欢听的，嗯，一种动听的，呃，声音……"

甲之蜜糖，乙之砒霜。也许对某些人来说是噪声，比如苟富贵。以及辛纽？

"什么是声音？"

话题的走向有点莫名其妙。"就是……呃，振动，就像是，呃……"谁想到当警察还要用到物理啊……魏泽后悔把物理学的知识都还给老师了。

幸好，这一阵沉默，反而让细微的声音显得格外响亮。嘈杂的音乐声从薄薄的墙壁中传出来，省去了魏泽复杂的解释。

"啊，这就是音乐。"魏泽暗自长出一口气，至少不需要回去翻初中课本了。

辛纽顺着音乐声不断靠近，最后整个身体都贴在了墙壁上。

"我也想要这个，能不能给我一些？"辛纽兴奋得八肢不停乱舞。

"没办法，你们的地方没有电。"魏泽暗自祈祷辛纽不要问什么是电。

"只要我来这儿，就可以得到这个……音乐，对吧？"

"当然。"

"立刻就可以得到？"

"啊，差不多吧。"要看申请经费的速度。

"我明白了。我询问同胞的意见后给你回复。"辛纽爽快地回答道。

"你不再担心，"魏泽咽了口唾沫，怯生生地问道，"捕猎你们做成食物的事情了吗？"

"我上次来这里的时候，被你的同胞抓住。我以为这是一场狩猎游戏，可是他们并没有伤害我，只是问了一些问题之后就将我释放了。从那个时候起，我就相信，你们并非我想象的邪恶的

250

野蛮人。"

是吗？这个回答反而让魏泽起了疑心。辛纽的回答太顺畅了，就好像早已准备好了答案。除了狩猎游戏，他不是还觉得这里是监狱吗？怎么这么快就改变了主意？

"没有别的事情了吧？我现在就回去告诉他们这个消息。"辛纽甚至都没再看一眼地上的物资。难道他不怕同胞否决他的建议？

除非他早就知道他的同胞的答案。

拜塞尔星人都是骗子。

"等一下。"魏泽叫住了正要离开的辛纽。由于距离的缘故，魏泽不得不抱着万能翻译机跑到辛纽近前。

"怎么了，魏泽？"辛纽的脸上还带着兴奋的神情。

"我们得到消息，"魏泽还是说出口，"是关于你的。你在拜塞尔星的时候犯下的罪行。"

辛纽的肢体迅速扭曲成奇怪的模样，兴奋没来得及退去，憎恶又来得太快。

"如果你想逮捕我，那就试试看。"他摆出战斗的姿态，准备迎战魏泽。

"不，我不想。"魏泽还抱着万能翻译机，他肯定没有任何攻击意图，"只是你从来没对我们提起过。"辛纽不是无家可归、被迫背井离乡的难民，而是为了逃避刑罚逃离母星的逃犯。

如果魏泽提前知道辛纽的身份，还会毫无芥蒂地信任他吗？此刻的魏泽也不知道答案。

"我应该告诉你们吗？"就算辛纽的肢体没动，魏泽也能看出他的讽刺意味，"好让你们来抓住我？你们会怎么对待我？把我投进另一所监狱？"

"不会，我们没有审判权，不会把你们怎么样的。"

"那就是要把我引渡回去？我绝对不回去。回到那个星球，还不如让我死！"

"不，他们也没有提出引渡要求。"魏泽连忙安慰道，"而且你也没有在地球犯过罪，我们也不会遣返你。"

辛纽似乎放下心来，解除了战斗状态："我很好奇，他们为什么要告诉你们我的罪行？我的罪行微不足道。"

"但那也是犯罪。"

"我只是想活下去！"辛纽像火山爆发一般，"我做的一切就是为了像一条鱼一样苟活下去！这应该称为犯罪吗？如果这是犯罪，那么每一个拜塞尔星人都是罪犯！事实如此，在那个星球上，每一个人都是罪犯。我们不敢用嘴说话，甚至不敢用心去想，如果你做了，你就是罪犯。我们活在牢笼里，活在监视下，活在恐惧中。"

辛纽没有等待魏泽的回答，来自外星的异客正处于怒火之中，他甚至没有注意规避对他而言致命的树枝。在魏泽提醒他之前，他的身体已然如一阵风般扫过枝头，在户籍警的目瞪口呆中消失在道路尽头。

魏泽连忙放下黑匣子，跑到树边。幸好没造成什么伤害，树枝只是刮掉了辛纽外套上的一缕布条。

15

思考着和辛纽的对话，魏泽依然无法完全理解辛纽的处境。他出生在一个自由的国度，从小丰衣足食，更没有体会过无处不在的恐惧。辛纽真的是生活所迫，不得已而为之？还是像拜塞尔星提供的报告说的那样，他是个老练的骗子？

魏泽不知道该相信谁。

骗子？

辛纽也提到，所有拜塞尔星人都是罪犯。

这是第二次听到类似的说法。上一次来自乌，他说所有拜塞尔星人都是骗子。

所有人都是罪犯，这有可能成立吗？如果所有拜塞尔星人都是骗子，而乌也是拜塞尔星人，也就是说他也在欺骗我。如果乌说的是谎言，那么拜塞尔星人就没有骗人，就意味着乌作为拜塞尔星人说的话是可信的……

这一套混乱的逻辑链搅和得魏泽头昏脑涨。

"克里特人都是大话精。"陆老师的声音在他的耳边响起。

这是第三次想起这句话，和房火强被袭击的次数一样。

陆茂曾经和他解释过，当时魏泽根本无法理解。

直到他亲身体会才明白，这是一个解不开的死循环。

你必须选择相信谁！

魏泽大吼一声喊出胸中的不快，一拳捶在办公桌上释放满心的怨气。这么一搞，不快和怨气消没消魏泽已经顾不上，赶紧收拾才是第一位。

就是这一拳，把水杯震倒了，一整杯水全洒了出来，把办公桌上的文件和刚到手的便携式万能翻译机都弄湿了。他抓起文件甩干，又忙着搬翻译机。折腾一番，他总算把办公桌收拾干净了。等他把文件归位，重新摆放翻译机时，翻译机却怎么也放不平。他举起翻译机一看，原来翻译机底下有一块布条——辛纽衣服上扯下来的那条。他拿下布条，扔到桌子上。这下翻译机就能摆平了……

魏泽举着翻译机半晌没有动弹。

那块布条不过是普通的布，来自地球上的一块微不足道的布。

房火强在回房间之前，也曾在树边活动。他没有折断树枝，可是树枝上却留下了几缕丝线。这位频繁受伤的物业人员身上穿的和辛纽的衣服材质区别不大。

重要的是它的形状。

魏泽找不到的凶器其实就在眼前。

16

"你利用树枝将自己的衣服扯破，为的是找出合适的形状。"魏泽拿出辛纽的衣服碎片，放在地板上，"回到房间后将它洇湿，然后用液氮冷冻。"他自己也如是操作，"这就成了凶器。"

无须模具和打磨就能获得的冰刀。

"刺伤自己后，你强忍疼痛，等待布条外面的冰融化。一旦可以取出，你就立刻摁下报警器，假装被别人刺伤。"魏泽等着房火强回应，可是对方只是默然地看着魏泽操作，一个字不说，"这就是为什么现场会有如此多的水。"

那不是房火强的血，至少不全是。

"你受伤时穿的衣服还在医院里，只要找一定能找到那块碎片。"魏泽就像在演独角戏，不管说什么做什么，都得不到回应，"那块碎片上，肯定有你身体内部器官的组织成分，而不仅仅是皮肤的。"

房火强仍是一副茫然的状态。

"至于中毒和高空坠物，我们也知道如何操作了。"魏泽盯着房火强，对方正无意识地摆弄着新的塑料口哨，魏泽就是以送这个为由进入的房间。

可惜房火强大概没有多少机会使用这个口哨了。

"在前两次事件中，你几乎没有参与到案件中，因此，也就没有提供虚假线索误导过我们。虽然明知是你自导自演，我们也没办法把你怎么样。但是这次事件不同。你在讯问中提供虚假信息，这已经是违法行为。"魏泽顿了顿，等待房火强吸收这些信息，"直到现在，我才知道你为什么要这么做。"

今天魏泽专门带着便携式万能翻译机来到房火强家。房火强虽然懂中文，但是并不精通，因此，之前对魏泽的话产生了误解。

"你不想离开爱莲小区，确切地说，你不想回到母星。"

宁可死也不回去。同样在拜塞尔星犯过罪的辛纽这样说过。

房火强则是直接这样干的。

他吞下了掺有毒药的食物，但是在魏泽的帮助下，他活了下来，还享受了几天被人照顾的生活。而地球人，也就是魏泽和他的同事们，以为房火强是受害者，进行了一番调查。在这个过程中他意识到，只要地球人认为自己是受害者，他就无须返回拜塞尔星。于是他不断地制造被伤害的假象，想留下来。而魏泽在警务工作站的失言，通过万能翻译机传入房火强的耳中，使得他意识到自己前两次的行动被识破了。他必须制造一个完美无缺的凶案，才能真正让地球人相信。

于是他就这样做了。

隔壁房间响起震耳欲聋的音乐声，为了好好和房火强谈话，魏泽让他关闭了房间里的音响，可是架不住别处的声音传进来。

"其实那时没有人想让你回到母星。"

魏泽为了压住音乐声，大声喊道。他想等一会儿，等音乐停下来再开口，房火强却张开了一直紧闭的嘴。

"你……不是要我离开吗？"房火强惊讶地问。

魏泽说的"离开"，只是说离开工作岗位。房火强却误以为是离开地球。两个人对词语的理解不同，导致了这一系列案件的发生。

"你只要问一句，这个误会就可以解除。可是你没有。"魏泽悲伤地说道。

现在再说这个已经太迟了。

"我不敢回去。一切都是他让我做的，我不敢说，也不能说，只能按照他的要求去做。他让我绑架谁我就绑架谁，他让我杀谁我就杀谁。我只是个工具，他不许我有想法。"

不能说话，甚至不能有想法。

"他是谁？"

"……是谍报执政官。"

魏泽不理解这个词的含义，不过能猜到这是一个职位，非常高级的职位。

"我为他卖命，替他干见不得人的坏事，然后他告诉我所有罪行都归结于我，要处决我——如果我肯答应永远离开拜塞尔星，并且忘掉一切，他就会放过我。"

然后房火强就来到了地球。

"我做了能做的一切，只为了留下来。"他又不放心地补充了一句。

他成为物业工作人员，不是因为喜欢。恰恰相反，他害怕自己的同胞，担心与他们的重逢会导致自己想隐瞒的过去重见天日。但他还是加入了，因为他以为这样可以让人类觉得他易于亲近。

他还曾向魏泽要求过很多东西，从食物到家具，不是为了享乐，而是想在异乡重建自己的家园。以及，他缠着魏泽，只是为了更好地磨炼异星语言。

他努力做到了一切。

"我想留下来。"他反复说着，"永远。永远。"

可现在已经不可能了。从一开始你就应该拒绝，你就应该发出自己的声音，而不是等到不可挽回的时候。

“抱歉。”

房火强在地球犯下罪行，但地球没有资格审判外星人。他只剩下一条路，被遣返。

“不，我不要回去！”

他抓起冰刀，冲着自己的身体刺去。

“不要！”魏泽惊呼道。他做出了反应，但还是迟了一步。

就在这一刹那，隔壁的音乐声停了下来。

冰刀离自己的躯体只有咫尺之遥，房火强却停住了。他又恢复成一个丧失意识的躯体，魏泽趁机夺下冰刀。

音乐声再起时，房火强发出哭泣的声音。

“还有一个办法。”魏泽说道。

这只是个权宜之计。

17

爱莲小区的穿梭飞船第一次运载小区住户重新返回太空。

魏泽望着房火强走向飞船大门。

即将离开的拜塞尔星人在短短的路途上花费了太久的时间。他不断回头张望，恋恋不舍。他这一去，恐怕就再也不会回来了。

他必须返回自己的母星。如果以被遣返的身份，那么回去后他的命运凶多吉少。他选择了另外一条路，当然是在魏泽的建议下。虽然不是什么好办法，至少比乖乖受死强。

“反抗军正在招募志愿者。”魏泽提醒他，“如果你加入反抗军，他们就会庇护你，我们也就不能再遣返你。”

“反抗军？”

“是的，和拜塞尔星的统治者对抗。”魏泽回忆起陆茂受害之前的那封邮件，说拜塞尔星派出杀手要刺杀在地球上招募难民的反抗者——也就是说，拜塞尔星至少还有一支军队在抵抗。作为地球上微不足道的小警察，而且还是户籍警，魏泽本来没有机会参与到星际战争中，可是乌的行动改变了这一切。

魏泽要对抗的是乌代表的势力。

"为了拜塞尔星上那些和你一样的人。"

他尽可能地为这个行动添砖加瓦，哪怕是仅仅为反抗者增加一个人。

"也为了你自己。"魏泽说道，"不再是唯唯诺诺地屈从，而是发出你自己的声音，为自己而战。"

房火强陷入了沉思。和之前缄默不言、彻底关闭思想的无知觉状态不同，这一次可以看出他真的在思考。

"我加入。"房火强说。

飞船大门慢慢关闭，魏泽和房火强对视了最后一眼。

他们从此再不会相见。

18

房火强身负重伤。

他孤零零地瘫倒在地，周围一个人都没有。

没有人能帮他。战友们离得太远，没有人看见他的存在。

他的脑中闪回着他短暂的一生：他曾经是一个糟糕的杀手，然后成了逃亡的罪犯，又在外星当上了物业管理员，在生命的最后时刻回到母星，加入截然相反的阵营。

这一生也算得上壮丽多彩了吧？

比起他的同胞，至少他是勇敢的。他敢于无畏地想象。这全拜那个地球上的警察所赐，使他成为一个全新的人。感谢那个叫作魏泽的异星人。

他能感觉到血液汩汩流出身体，生命力在一点点流逝。

他马上就要死了。

但是是以一个自由人的身份而死。

他发出过自己的声音。

声音！

房火强突然想起地球之行的唯一纪念品，一个塑料口哨。他摸索到那个口哨，用还能活动的最后一肢将它送进嘴里，用尽全力吹了下去。

发出你的声音。

刺耳的哨声在静默的世界中回荡。

房火强的同袍听到了这个声音。带着疑惑，他们向他靠近。

chapter 7
心 声

01

魏泽的工作渐入佳境：他之前筹划的设备全部正常投入使用，安全措施也臻于完善，目前爱莲小区趋于稳定。

魏泽又恢复到初来乍到时的无所事事，彼时的心境是希望这里能出事，出的事越大越好，而此时却期待着不要出事，报警器千万别响。

可惜还不到一秒，就一语成谶。刺耳的警铃声打断他的思绪，与此同时哨声也随之响起，加剧了情况的严重性。

眼见情势严峻，魏泽飞一般奔向报警处——物业办公室——这里堪称魏泽在爱莲小区里来的次数最多的地方，差不多与每个事件都有着千丝万缕的联系。

也幸好是在物业办公室，魏泽暗自庆幸。

事发突然，所谓便携式翻译机体积巨大，没法随身携带，只能在工作站中使用，而物业的管理人员会说简单的汉语，不至于连最起码的沟通都做不到。但魏泽转念一想，不对，物业人员千万不要出事。小区里接二连三发生倒霉事，人手紧张，无法再承受人员损失了。

只见物业办公室门口围着一大群人，心情复杂的魏泽顾不上看围观群众是谁，一伸手把他们全拨开，硬挤出一条路来。

"怎么了，你受伤了吗？"魏泽焦急地对着当天值班的吕霸问道，并迅速瞄了他一眼，乍一眼看上去他一点问题也没有。

而且他也是这么说的："我没事。"

"那你为什么要报警？"魏泽联想起了不久前同样职务的房火强，心头发颤，担心事情重演。

吕霸扬起了八肢中的七条，绕着圈对着身边各处指去："有事的，是他们。"

顺着外星人肢体的指向，魏泽看了一圈——不是拜塞尔星人，还真没法指这么全。此刻魏泽周围挤满陌生的外星章鱼人。这时他才想起，好静不好动的拜塞尔星人最不喜欢的，莫过于出门看热闹。

"你们是……"魏泽疑惑地扫过他们的脸。刚才他只看到了他们的背影，现在看到了正面，才发现几乎所有人都是不熟悉的脸孔。

"他们是……"吕霸尝试着一一介绍，但是其后的话语魏泽一个字也听不懂。也许是这些家伙的名字之类，不过听不懂也没关系，魏泽已经看到了这里面站着一个熟人。这下子他就清楚了这群人的来历。

他们是"无身份证明的外星来客"，省事一点的称呼就是"黑户""偷渡客"。

因为他看到了辛纽的身影。

02

　　登录新住户的资料花费了很长时间。一方面，因为只有他一个人，之前很长时间里主导这项工作的陆茂警督已经以身殉职，长期作为副手的魏泽现在成了唯一的工作人员，经验和精力均有不足；另一方面，辛纽和他的朋友们对资料填写根本不上心，只关心音乐。

　　未来的住户们急不可耐地追问，何时才能获得音乐。面对堆积如山的物资也没有多瞧一眼，对住宿环境更是毫无兴趣。

　　上一次辛纽出现在爱莲小区时，由于和魏泽话不投机，没有拿取物资就径自离开，真不知道这几天他们是怎么活下来的。好消息是，至少不用担心将来他们会挨饿了。只要踏进爱莲小区，就可以得到不限量供应的配给物资，过上衣食无忧的幸福生活。

　　比起战乱的拜塞尔星，这里堪称完美，只要你能忍受如辛纽所言，临终关怀医院一般的居住环境。不过这样的日子也已经改变了，魏泽给他们带来了天籁之音——当然不是说由魏泽亲自咏唱，倘若当真如此，恐怕拜塞尔星人宁可搬回母星。

　　现在，爱莲小区已然是一座异星流亡者的天堂，就连曾经最言之凿凿的反对者，此刻也站在这片土地上，成为其中的一员。他们拥有进出的自由，却没有人选择离开。

　　陆茂建立的体系被魏泽发扬光大，整个爱莲小区越来越舒适，所以才能留下无数外星住户……

　　大概是吧。

　　魏泽胸中迸发的并非自豪之情，而是一股股的怀疑。

　　辛纽的态度转变得太过迅速，这激起了魏泽的胡思乱想。辛纽的群落在魏泽的帮助下并不缺少物资，他们在外面也能活得衣食无忧。也许有各种不便，但就算音乐是他们的挚爱，也犯不上冒着风险搬到陌生的环境中。

何况，怎么可能每个拜塞尔星人都如此狂热地痴迷音乐？就算喜欢，不也应该有青睐的流派吗？

根据魏泽的经验，喜欢古典乐的人不会和摇滚乐的粉丝坐在一起倾听同样的曲目，蓝调和流行金曲的爱好者也泾渭分明。如此看来，整个小区居民的欣赏水平甚至比不上身为音痴的自己，他好歹还能把音乐粗糙地分成三大类，而本小区的居民们则是来者不拒，照单全收。

更何况，在上次不愉快的碰面中，辛纽的表现可不像是音乐的重度发烧友。为什么他会为了这么一样不甚了解的东西，放弃原则，说服自己的朋友们进入风险未知的世界中呢？

唯一可以肯定的是，这不是来自音乐的力量。

胜利来得太容易，反而令人疑窦丛生。

虽然怀疑在持续升温，但魏泽手上的工作没有落下。他送走了一位又一位热切追寻美妙声音的新住户，直到他发现面前的准住户，也就是领路者辛纽。

"辛纽，你好。"魏泽打了招呼，"我们又见面了，没想到这么快。"

辛纽挥舞着肢体。魏泽能看出来，这是极度兴奋的表现。

"你好，魏泽。我的同胞认为误会已经消除，现在是时候更换居住环境，放弃之前那个狭小的野外临时营地了。那里很不舒服，我们受够了。"

"尤其是那里没有音乐。"魏泽补充道。话刚出口，他就觉得不妙，因为声音有点阴阳怪气的。

幸好翻译机传达不出语言之外的信息，所以辛纽没有被冒犯

263

的感觉，仿佛魏泽说出的只是一件稀松平常的事情："是的，那里没有。这不是你告诉我的吗？那里不能安装。"

"是啊，是我告诉你的，没错。"魏泽叹了口气，"所以你们愿意来爱莲小区，动机是什么？"

"当然是在你和你同胞的管理下，这里符合我们对于安全舒适居住环境的要求。"

"而不是音乐？"

"音乐是额外的加分项。"

"我看未必。"尤其是新来的这群人，他们的目的太明确了，仅仅靠着稀烂的演技无法掩盖。

"这有什么关系？你的目标不是达到了吗？我们来了。至于因为什么，有必要深究吗？"

魏泽的确为了这个目标奋斗过，甚至付出了很多精力和时间，而现在的他已经没那么多热情了。

"这是调查内容之一。"

外星人的肢体摆出无所谓的动作："至少我不是为了这个而来的。我是因为你的……"

"那正好，有个坏消息告诉你，"魏泽忍不住故意恶作剧，他迫不及待想看到对方发怒，"对于新来的人，音响设备暂时无法安装。"

"什么？为什么！"果不其然，辛纽的肢体僵住了，眼睛不断放大，这就是拜塞尔星人生气的表现，魏泽在另一个人身上已经见识过了。

"反正你也不是为这个而来的。"

小警察的轻描淡写，更加衬托出异星来客的愤怒。"为什么？！"辛纽脱口而出的话暴露出他的恐慌。

"经费不足。"这句话半真半假，效果却非常明显。

辛纽的愤怒远超魏泽的想象，他几乎要爆炸了一般："你欺骗了我！"

"我欺骗你？"魏泽琢磨不出自己何时干过这样的事情。

"你说过，立刻就能给我们，只要我们来这儿！我们已经来了！"

"等一下，我当时根本没有答应，"有些慌乱的户籍警回忆了一番回应道，"我当时说的是'差不多'而已。"不过，他的气势较刚才，弱了一大截。

辛纽沉默不言，三白眼中饱含怒气。

在巨大眼睛的注视之下，魏泽感到无所适从。哑口无言半晌，魏泽主动开口，小心翼翼地问："那你们打算怎么办，离开这儿，回临时营地吗？"

这个问题似乎出乎辛纽的意料，问得外星人也愣住了。

"不，不，"他强硬地回答，"但你们的安装速度要快。"说完似乎还不放心，又抓紧补充一句，"越快越好！"

魏泽一眼就看穿了辛纽的伪装。

色厉内荏之中，透露出了外星人真正的目的。

03

辛纽的表现证实了魏泽的猜测，音乐对于拜塞尔星人的意义极其重大。

"怎么了？"从外界传来的声音打乱了魏泽的思绪。

"啊？"魏泽这才回过神来。他一只手里捏着辛纽的资料，另一只手举着水杯。他想起来了，刚才他是想喝水来着……清醒过来的魏泽赶忙抬头，定睛一看，发现马奇正居高临下，疑惑地盯着他。

"你好，马奇。你怎么来了？"他慌乱地放下手上的东西，站起来和对方面对面。

"你想什么呢，叫你好几声都不答应？"马奇对魏泽的态度不太好，大概是对魏泽堵住厕所门不让他使用这件事还有阴影，"我当然是来确定音响的安装啊。"

哦，对了，怎么把这件事忘了呢？魏泽之前把报告提交上去，上级部门回复将安排人员对现场进行核查。音响的数量很好计算，麻烦的是配套的布线、电源扩容等事宜，凡是家里装修过的人应该都深有体会。而魏泽看重的报警器，在新住户们的强烈反对下，退居到次要位置。

让他们凑合先用口哨好了，反正当时买的数量足够。

"你确认一下新来的是不是都住在这些地方。"

马奇拿出图纸铺开。

这图纸也太大了，桌子上东西又多，根本摆不开。魏泽左挪右移，才勉强腾出一小块空位，也就够摊开五分之一的。

"他们分别住在这里……这里……这里……"魏泽对着图纸一一确认。

"行了，明白了。"马奇在平板电脑上记录下来，"这几天安排施工，不会扰民吧？"

对拜塞尔星人来说，答案肯定是没有。就算没有施工，夜以继日不停息的音乐足够吵闹的了，幸好这里远离人类居住区，不然投诉电话非被打爆了不可。

"啊，对了，"魏泽心想，反正房间也要破墙施工，正好一起干了，"把那几个房间的暖气管道也做断开处理，和之前一样。他们不需要暖气。"他们恨不得在房间里加冷气。

"好的，那我和上级汇报一下，准备开工。"马奇收拾好了东西准备离开，走到门口，似乎想到了什么，回头问道，"对了，你最近有什么要提交的外星词语释义吗？"

这是什么东西？

"陆老师在的时候，会对拜塞尔星的语言和汉语的翻译做对照修正，"马奇不耐烦地解释，"给我们做参考，也提交给更高层用来更新翻译机。"

他的脸上写满了"你为什么会不知道"，可惜魏泽也不知道答案。

陆茂没和他提起过。多半提起了也没用，他听不懂拜塞尔星的语言。魏泽本来打算学的，可就是那时候陆老师出了意外。如果没有万能翻译机，现在的他，听拜塞尔星人说话还是像吐泡泡。

不过马奇的话倒是提醒了魏泽。他遇到过好几次翻译机并不能把对方的话语转换成汉语的情况，比如在医院和辛纽见面的那次。至于能不能准确地把汉语翻译成外星语，魏泽就更不了解了。这么说来，万能翻译机也并非"万能"，它的词汇量还需要不断拓展。

"如果有修正，我会提交的。"

目送马奇离开，魏泽重新坐回位置上，想看看辛纽的登记表，研究一下辛纽到底在拜塞尔星从事什么工作。这样至少可以帮助翻译机，多对照出一个词语了。

登记表呢？几分钟前魏泽还捏在手上，怎么这么一会儿工夫就不见了？他在办公桌上找了一阵没找到。刚才马奇满桌子铺图纸，该不会当时把那页纸碰到地上了吧？

魏泽弯下腰，在桌子底下没有找到，他又探往更深处，什么都看不见，魏泽点亮了手电筒。

灯光亮起的瞬间，魏泽一眼就看到了那页薄薄的登记表，伸手要摸时他赫然发现，视线所及处还躺着一个黑皮封面笔记本。

冥冥之中，魏泽仿佛看到了陆茂殉职当天的情形：

陆茂坐在办公椅上，翻阅着从不离手的笔记本，不时在上面写写画画，嘴里发出吐泡泡的声音。他自学拜塞尔星语言，随时练习。就在这时，来自"游戏"家的报警铃声打破寂静。陆茂立刻压抑着旧伤的疼痛快速起身，确认危机发生的位置，拿起装备出发。他手上的笔记本被顺手丢在办公桌的边缘，陆茂推开门跑出警务工作站，门反弹回来重重关闭，引发的振动传递到办公桌上。那本重心不稳的笔记本微微摇晃，最后掉落在地板上。接着是魏泽，以及各个部门的人员不断在工作站中进进出出。地板上的笔记本不知被谁的脚踢到，飞进了角落深处。灰尘扬起，沾染在黑色的表皮上。

直到几个月后，魏泽因为其他事情发现它，才让它重见天日。

轻轻抹去浮尘，带着怀念，魏泽翻开了黑皮本。

曾经，魏泽带着猎奇的心态胡乱猜测过里面的内容，也曾偷偷窥探满足好奇心，毕竟那时他只能看到那层黑漆漆的外皮。此刻，他终于有机会目睹笔记本内的真容，心情却非常复杂。

他得偿所愿之时，竟然是在笔记本的主人不幸亡故之后。

他打开一看，里面没有什么特别的。魏泽早就该想到，以陆茂一板一眼的性格，这个笔记本里就是工作记录。他仔细阅读，每一页都贪婪地看好几遍。

从这里可以看到整个爱莲小区从无到有的发展史——陆茂最初的规划、每项工作的实施经过和结果、其间遇到的新问题与解决办法……他把所有的过程都记录了下来。

再往后翻，魏泽看到了自己的到来和自己遇到过的各种难题：埋猫、辛纽受伤、克里特星人加入等。就连魏泽当时偏离实际情况的分析，陆茂也当作参考意见保留下来。在推翻这些分析以后，陆茂还会在边角上写清楚原因。

魏泽边看边回忆起自己曾经犯下的可笑错误，不禁露出羞愧的笑容。

直到他翻到最后一页，陆茂的生命永远停滞在那一刻，而在这本几乎被时间遗忘的小小黑皮本上，只有一个拜塞尔星单词。这个词周围写满了中文，似乎是释义，可又被逐一划掉，留下的是几个模糊的文字，看起来像是"听心者"。

魏泽后悔自己没有学习过外星语言，他总是借口没时间。现在回想起来，陆茂最初和魏泽一样只有一个人，而且工作更加繁重，却能抓住零碎时间掌握一门全新的语言，而自己……

他感到左胸发烫。他用手摸了摸胸前的口袋，也许是那封被反复拿出来看，又折叠了几次，早该生效的退职函在提醒着他。

"黄主任，您好。"魏泽拨通了上级的电话，他早该这么做。

"有什么事情吗，魏泽？"

"我正在整理陆老师留下的翻译资料，还有些疑问，不知道能否请您帮忙找一位翻译，我想请教请教。"

"没问题。"黄主任的声音似乎有些惊讶，"这是好事情呀，你放心，我肯定会好好安排的！"

黄主任没有食言。

很快魏泽就收到了同事的邮件——在没有及时查收邮件险些误事之后，魏泽现在一有空就打开邮箱。同事在邮件中自我介绍说是学习过拜塞尔星语的翻译，当初学习的教材就是陆老师编写的，也和陆老师合作过，对于陆老师的离开表示悲伤。

之所以采用邮件的方式而不是直接通话，是因为魏泽现在既无法读出也无法写出这种异星文字，只能拍摄下陆茂笔记本上的文字发送过去。

"这几个词的释义我们已经做了修正，他的解释要比之前使用的更确切。"

看着同事回复的邮件，魏泽想到，现在学外语，可以依靠现成的词典和音频资料，可是在缺乏这些资料的过去，语言不通的两个团体究竟依靠什么交流呢？手势和肢体语言恐怕也并不相近，是什么样的努力让他们完成原始的沟通，并互相了解的呢？

这么一想，魏泽对陆老师的尊敬又多了一分。

翻译回复的邮件中，最后写道："对于你提供的最后一个词，翻译机里没有收录，我们也从来没见过。我问了我的同事们，都不太理解'听心者'这几个字是什么意思。"

魏泽也想不明白。他的脑海中浮现出的画面是在医院的诊室里，身穿白大褂的拜塞尔星人坐在椅子上，每一肢拿着一个听诊器，贴在围坐在他身边的同胞的心脏处，每一声心跳都沿着听诊器的管线传入医生的耳朵里。

虽然时至今日，魏泽也没找到拜塞尔星人的耳朵在哪儿。

"谢谢。"魏泽敲打着键盘回复邮件，"请问这个词应该怎么发音？"他有机会可以问问小区里的住户们，这个词到底是什么意思。也许不是一个字两个字能解释清楚的，比如辛纽的职业，翻译过来就是"利用自己的生理优势，在交易中获益的人"，这么看来，这个职业和辛纽的"走私"及"黑市交易"前科倒是很般配。

很快对方回复了音频文件。魏泽对照着尝试念了好多次，直到发音相差无几才停下来。

04

一听到这个词，刚刚还喋喋不休的值班人员吕霸立刻闭上了嘴巴。之前一刻，他还在抱怨说，有没有便携式的设备可以放音乐，能让他们在为其他同胞送去物资的同时使用，最好上下班的路上也可以用。

上班时间也要享乐，这也太任性了吧！魏泽咬牙没吐口。毕竟这是个好机会，能够让魏泽了解拜塞尔星人的构造，于是他转而向吕霸询问对方耳朵的位置。

"耳朵？"

"对啊。"魏泽向吕霸介绍随身听的功能，便携式音响释放出的声音通过耳机传入耳朵，最终在脑中产生美妙的化学反应，成为绝妙的享受，"所以要知道你们耳朵的位置和形状，看耳机线是否足够长，能否塞入耳廓里。"

"不，不要听见。"吕霸的肢体在身前剧烈地旋转，就像快要升空的飞机螺旋桨，"放音。"他像是不放心一般，又着重补充道，"音乐满大地。"

欢乐满人间。魏泽不自觉地在脑中接出了这样的下半句。

"你是说要把音乐声放出来？"

"对！"吕霸忙不迭地以两肢交替叩地，表示强烈的赞同。

爱莲小区倒是不用担心噪声扰民，可是你喜欢音乐就自己听着好了，干吗非要开着公放干扰别人呢？

"为什么？"在拒绝之前，魏泽想知道原因，"难道不是你想听音乐吗，又不是要放给别人听？"

吕霸犹豫了一下，黑色的眼珠在硕大的眼眶里滴溜乱转："分享。好的东西，所有人享用。"

"等等，别人要想听，在家里就可以，他们又不必出门，不需要。"魏泽反驳道。

看出吕霸又在想什么幺蛾子，魏泽警告道："用这样的理由是无法申请新设备的。"

吕霸似乎放弃了找借口，抢着回答说："防身。"

"防身？用音乐防身？"魏泽张大了嘴巴，"这是什么意思？"他不该过分信任物业人员的汉语表达能力，魏泽开始后悔没有携带翻译机出门，否则不太可能产生这样大的误会。

吕霸在思考，他的肢体都停止了活动，一齐垂在地上："就是防身。"

虽不指望外星人能有多么良好的表达能力，可是这个词也太出乎魏泽的意料了。

"你的意思是说，有人会伤害你，而音乐能保护你？"

吕霸再次陷入沉思，过了一会儿才回复："不是，不是。"

"那是什么意思？"魏泽有点不耐烦，语气加重道。

"音乐可以听不到。"吕霸的举动像是绞尽脑汁，答复却是如此匪夷所思。

你们到底有没有耳朵啊，给你们搞来了音乐，最终却是听不到？魏泽越想就越气不打一处来："如果没有合适的理由，这个申请无法被审批通过。"

"这就是。"这成了吕霸最后的抵抗。

吕霸的努力没能取得效果，他那词不达意的表述让魏泽彻底迷失在语言里。两个人操着同样的语言，却无法互相理解，仿佛有一堵看不见的墙挡在中间。

那么换成吕霸熟悉的语言呢？

于是魏泽尝试着说出那个令同事不解的单词，他想从当地人口中了解这个词是什么意思。

然而他还没来得及多问，吕霸就嘴巴紧闭，两眼圆睁，伸长八肢把身体裹成一团，像是地球人被打倒在地时，全力抱住身体挨揍的动作。

这还是第一次，魏泽想，他从来没见过拜塞尔星人做出这般举动。他再仔细看，发现对方进入了呆滞状态，眼睛无神，肢体无力，跟被迫离开的房火强时而露出的表情近似，仿佛沉浸在无助的痛苦中。

之后，不管魏泽再怎么询问，吕霸都完全没了回复，彻底成了一个未熟的巨大"章鱼烧丸子"。

05

魏泽没时间在物业久留，看了看时间，进行电路测量和规划的人员该到了，他要带这群工作人员到各个住户家中工作。

无一例外，看到他们到来，新住户们都会问起何时才能获得独家音乐会演奏。自从有了便携式翻译机——尽管它并不方便携带——与操着异星语言的住户们沟通高效多了，与此同时，麻烦也更多了。在得知他们的要求不能立刻兑现后，住户们的态度马上发生一百八十度转变，从热切到冷漠，翻脸速度比翻书还快。

面对陷入沉默的拜塞尔星人，魏泽肚子里的一连串问题都折戟沉沙。同样沉默寡言的工作人员除了最基本的工作安排，也不愿意多对魏泽开口。新住户的家被分配到一幢之前少有人住的楼宇中，音乐声极其微弱，传递到房间里只剩下微微的震颤。在近乎静默的环境中，魏泽默然呆立，等待完工之后再去下一家，进行同样的循环，他希望了解的话题甚至都没有开口的机会，直到再次见到辛纽。

他们两个勉强算得上有交情，只是最近的几次见面，已经把最初的好感都消耗殆尽。

"辛纽，你好。"魏泽硬着头皮面对并不痛快的辛纽，"我们要对你的房间进行测量，之后就可以安装音响设备了。"

"还需要多久？"

魏泽没法给他明确的答复，只含糊地说出一个时间段，涵盖从此刻到世界末日。

可想而知对方的反应："这不是答案，魏泽，这是敷衍。"

辛纽说得没错。可魏泽也无法确定什么时候能完成施工，涉及的物资除了音响，还有报警器、房间内部整修，以及其他配套设施，工程量巨大。

"这些都不需要。"辛纽听完魏泽的解释更加不满，"我只想知道音乐什么时候可以好？"

"可是这些设施都是一整套的，必须提前规划好，免得容量不够。"魏泽同样心生不满，对方作为流亡的异星人，仅仅是客居，态度却比久居此地的主人更强硬，"我们必须为长远打算，你也不想时不时有人闯进你的屋子里干扰你的生活，对不对？"

"没关系，在拜塞尔星就是这样的，我已经习惯了，这能让我有宾至如归的感觉。"不知是翻译机翻译的缘故，还是辛纽本意就是如此，总之，这句话让魏泽觉得更像讽刺，"心灵警察可以随时闯进我的家里，甚至闯进我的心里。"

"但是我们这里不行，而且我们不会这样做。"魏泽愤愤地回答，"你现在居住的地方是一个自由的国度，没经过允许，谁也不能把你……"他停住了。

"心灵警察"可以闯进心里？难道这就是"听心者"的意思吗？

本来魏泽就打算找人问问这个词的意思，没想到这么快就找到了机会。他轻声重复着那个令吕霸惊惧的单词，本是自言自语的细微声音通过不近人情的翻译机转化成为异星语言，传入了辛纽的耳中。

"这就是你所谓的自由。"万能翻译机无法把辛纽的语气翻译过来，可是从他的反应上看，他接近于暴怒，"这一切都是谎言，你欺骗了我，你欺骗了我们。你把我们引到这里，就是为了将我们一网打尽。"

没等魏泽辩驳，辛纽的身体腾空而起，扬起八肢包裹住他。

没有准备的户籍警奋力挣扎，可是他的双臂被外星章鱼人的肢体牢牢地压紧，根本无法挣脱。

幸亏一旁进行测量的人类同胞赶忙上来，把辛纽控制住，才将魏泽救下。魏泽浑身上下沾满了辛纽肢体上析出的黏液，一脸狼狈。

身体被压住，但是辛纽的嘴还不闲着："你用音乐当诱饵吸引我们过来，等我们到了就让声音停止，让我们掉入陷阱，你们就可以控制我们，让我们成为无法思考的奴隶……"

这一番话，让全程沉默寡言的工程师也听不下去了，忍不住反驳道："你以为我们在干什么？我们就是在为你们安装音响做准备！"

"别骗人了，他刚才说的根本不是这样的。"

魏泽甩黏液的动作停住了，他焦急地问："我刚才说的是什么意思？"

"你想找借口说你忘了吗？"

"不是，我就是想知道，那个词是什么意思！"趁着辛纽发愣的当口，魏泽把前因后果简要地介绍一番——就连专业翻译人员都对这个字眼不知所措，他正在到处求教拜塞尔星的原住民，想找出它的真正含义。

此番解释没有打消辛纽的疑虑，虽然在魏泽的请求下，他已经被人类放开，但他还是摆出半信半疑的肢体动作。

良久，他问道："我可以帮助你，你用什么保证？"

除了自己的名誉，魏泽想不出任何担保，偏偏名誉又是最不受信任的："你想要什么？"

魏泽看到刚刚发怒的辛纽竟然做出高兴的动作。

"我只要一样东西。"辛纽洋溢着笑容说。

这一刹那，魏泽回忆起了辛纽的职业。这个外星人果然擅长抓住每一个获益的机会。

06

　　作为交换，魏泽给辛纽提供了一台音响——和之前他在小区空地使用过，后来被摧毁的那台型号一样，以电池为动力——在使用交流电源的音响投入以前，作为临时的代用品。希望电池用完之前，新设备就能安装到位。魏泽偷偷想，毕竟教辛纽更换电池也不轻松。

　　而且电池的费用也是一笔开销。

　　不管这么多了。

　　这台原本适合在开阔的广场使用，外放效果极佳的音响甫一投用，狭小的空间里就回荡起巨大的音乐声，连整幢大楼也随之摇晃起来。身处附近的魏泽耳朵都快要被震聋了，受到巨大声音干扰的心脏，连跳动的节拍都为之改变，让魏泽少有地感到身心同时不适。

　　"满意了？"魏泽只能靠吼来沟通。

　　辛纽几乎贴在音响旁边，一点也不担心声音带来的振动。外星人回头看了他一眼，挥舞着八肢，摆出心满意足的动作。

　　"你现在愿意相信我了吗？"魏泽心有余悸，现在房间里只有他们两个，如果再出现上次的情况可不会有帮手了。

　　"是的，魏泽，我相信你了。"沉浸在美妙音乐声中的辛纽拨冗回复道。

　　此刻的音乐，对魏泽来说，也许算不上美妙，但是音乐跨越了以光年计算的漫长距离，架起了一座友谊之桥——如果对方守约的话，那就是一座桥；如果辛纽不守约，这不过是条单行道。

　　"按照约定，你该告诉我答案。"音乐也是一种声音，或者说声音的本质都是振动。对于万能翻译机来说，分不清振动的源头，就会导致翻译出的声音时而变得莫名其妙，魏泽只好把万能翻译机尽可能贴近辛纽。而辛纽又不愿意远离音响，魏泽只得压抑着对巨幅振动的抵触，向音乐的源头靠近。

"说来话长。"

为了这次谈话，魏泽特意剪裁了乐单，他把所有带歌词的歌曲全部删除，免得翻译机把歌词也当作对话的一部分翻译成中文，扰乱魏泽的判断，甚至更糟，翻译成拜塞尔星语，再次触怒那颗脆弱的心。不过从距离音响的位置来看，辛纽的心也未必真的那么脆弱。

"没关系，我有的是时间。"至少在耳朵被震聋之前。

"那要从很久之前说起……"

只是一个词而已，魏泽暗戳戳地想，还要复习历史课，拜塞尔星真是个历史悠久的地方。

谁知辛纽要讲的历史远比魏泽想象的久远。

拜塞尔星人在进化的过程中，获得了复杂思考的能力，从而成为这颗星球的智慧生物，但是他们并不处于食物链的顶端。他们的身体不够强壮，只是通过工具获得微弱的优势。星球上依然活跃着很多可怕的掠食动物，严重威胁着他们的生命。终于在某个时刻，一个奇迹般的事件发生了。某个拜塞尔星人的祖先听到了其他生物的思维！他能够知道敌人的动向，以此提前发出警告，他的族人赢得了宝贵的机会，从而避开致命一击。

他便是拜塞尔星上第一个"通过倾听获取别人想法的人"，这个词最初是他家族的名字，最终演变成为一个令人生畏的名称。

"像是某种特异功能？"听完之后，魏泽大惑不解。这有什么可怕的？那些拜塞尔星人听到这个词，就像见到瘟神。

"更像是诅咒。"辛纽回答道，"一开始他是拜塞尔星人的保护神，可是后来他成为禁锢我们思想的牢笼。"

"他活了这么久？"魏泽更加困惑，从进化初期一直到辛纽的时代？

"当然不。"辛纽的眼睛传递了他的不屑，"我指的是所有拥有这个能力的人。"

"人数很多吗？"

"不多，几乎都在委员会掌握之下。"

根据魏泽读过的资料，"委员会"正是拜塞尔星的实际统治者，由八位拜塞尔星高官组成，象征着八肢可以牢牢控制一切。但拜塞尔星陷入连年内战之中，他们的地位并不稳固。

"他们的目的是……"魏泽在音乐声中艰难地活动脑子，"监控内战中的反抗军，窃取情报？"

辛纽嗤之以鼻——当然，他并没有真正用到鼻子："恰恰相反，正是因为他们的监控，才导致内战。"

灾难频频发生，统治者的应对迟缓且效率低下，人民生活越发艰难。当人民开始抗议时，"委员会"的老爷们不是想方设法解决人民的生活难题，而是施以高压。困苦的生活环境激起更多的抗议行动，委员会竟然启用了原先只用于预防刑事犯罪的"倾听者小组"，也就是把那些有能力"通过倾听获取别人想法的人"集中起来，改组为"心灵警察"，监控所有人。一旦发现有人冒出敢于反抗统治的念头，就进行预先逮捕。这样的行动没有浇灭反抗的火苗，反而更加激起反抗者的愤怒。内战随之爆发。

在建立"心灵警察"到内战爆发的漫长岁月里，为了应对无处不在的监控，无助的拜塞尔星人学会了随时放空自己，让自己陷入近乎呆滞的状态。这就是魏泽曾在房火强和吕霸身上见到过的情形，前一秒正常，转瞬间成为植物人。原来这是他们不得已而为之的处世方式。

"否则我们也不会背井离乡。"辛纽总结道，"能登上难民船的人都是幸运儿，至少那是一艘正规飞船。至于我们，耗尽家产换来的，只是一艘破烂。不知有多少人死在逃跑的路上。我们只是交了好运，才没有在飞行途中送命。"

"原来如此。"魏泽回忆起爱莲小区里发生过的一件件事，难怪每一个住户的行为举止都显得那么奇怪。

对于异星上的所谓"心灵警察"，魏泽不屑视其为同行。身为警察，所作所为都是为了保护人民的幸福生活，而不是让人民陷入恐慌。

"那么你呢？"除了乌——统治者的爪牙，他理所当然有特权——以外，辛纽似乎是个特例。和沉默到近乎木讷的住户同胞相比，他从最初和魏泽相遇时就畅所欲言，似乎没有被受监控的恐惧吓倒。

"为什么你敢于告诉我一切？"

辛纽笑了："在意志强烈时，我能短时间控制思想不过多外露。"

难道这就是他的优势？能够不被别人看透想法，所以才能在交易时获得更多的好处？这也是他能够担任群落的领导者，以及敢于和异星人交流的原因吧，因为他深知自己不会被抓住把柄。

"我明白了。"魏泽点点头。如此看来，陆老师的释义用词简单，也对应了当地人的说法，很合理。

只是魏泽还有一点没搞清楚："为什么是通过'听'呢？"陆老师也同样用了这个字眼，难道不是说"看透别人的想法"更好吗？

辛纽摆出表示疑惑的肢体动作："你怎么可能不知道？那你为什么要这么做？"

恰好此时，音响中传出如同爆炸般的乐曲声。

07

他怎么可能知道？

时间像凝固一般，魏泽呆呆地坐在办公椅上，不知持续了多久。

他都数不清楚，这是自己到爱莲小区后第几次被震惊了。拜塞尔星人的思维竟然是发自内心的——就是字面上的意思：这群外星人的思想不是来自大脑，而是心脏。

如果外界有杂音——声音本身就是一种振动，接收声音就是获取振动的频率，比如人类的耳朵就是这样工作的——也就是多余的振动存在，听心者就无法感受到正确的心脏跳动频率，也就无法获取被窃取者的所思所想。

曾经，魏泽还以呕心沥血找到异星来客们的挚爱而自豪不已。谁承想人家压根不喜欢音乐，对于他们而言地球上的音乐和噪声相去不远，甚至就算每天放频率单一的噪声也无妨。他们根本不在乎声音是什么，他们想要的就是声音本身。

声音可以掩盖他们的思想，让他们无法被监控，可以自由想象。这就是音响的存在价值，就像是加密器，或者掩码机。难怪他们喜欢处在音乐覆盖的场所，这样就可以逃避监控，用嘈杂的环境换取想象的自由。

这些外星章鱼人一度是魏泽眼中懒虫的代名词，因为他们只愿意成天到晚家里蹲。现在魏泽才明白，那是因为他们没有别的事情可以做，即使到了安全的爱莲小区里，恐惧依然控制着他们。他们宁可躲在阴影之中，放空自己。

还好在地球上，他们每个人都有自己的房间，可以躲避一切攻击，尽管这些想象中的攻击在现实中并不存在，也不必分心于如何获取食物和其他补给物资，因为物资会定时定量送到面前。

直到魏泽误打误撞，为这些逃离绝境的难民开启了新的生活篇章。处在无时无刻不存在的振动之中，他们可以自由想象，从而重新获得活力：再也不用担心他们的心灵被人窥探，而因此身陷囹圄。

早知如此，魏泽一定会大声向那些拜塞尔星的流亡者宣告：在这里，没有任何人会监控你们的心灵，更不会因此治罪，这是世界上，不，是宇宙中最自由的地方。说不定不需要这些制造声波的机器，异星来客也一样能获得在魏泽看来本是与生俱来的权利。

在祖国荣誉感爆棚之前，魏泽突然想起刚才辛纽讲述的故乡往事，关于听心者的特征。

"他们的模样一眼就能分辨出来：皮肤非常薄，几乎一碰就破，所以身体格外脆弱。也许正是因为他们的皮肤薄，才能轻易感受到别人的想法。他们无法独立生存，无论是在野外面对猎物，还是在群落中面对其他族人，都没有自我保护的能力。他们是强大的武器，但必须操纵在有实力的人手中。"

魏泽产生了警觉，如果有听心者在爱莲小区里，可以说会生活得非常惬意。对于拥有特殊能力，却没有任何求生技能的人来说，爱莲小区简直是为他们量身打造的完美居住点：衣食无忧，无须费心基本生活；幽静，适合发挥他们的特长；没有敌人，能够全心投入于听心之中。

如果再为所谓的"心灵警察"搭配一个强大的杀人机器，类似乌那样的人，那么他完全有能力在这里制造出新的恐怖气氛。

如此稀有却又宝贵的战力，不会奢侈地投放到一个难民点吧？魏泽自我安慰道。不，不，完全有可能。他之前的怀疑成倍放大。

原因在于音响。

不管是新来的住户，还是久居的住户，他们对于音响的渴求远远超过了普通的配给物资，除了一个人。

苟富贵。

他是否因为害怕音乐带来的振动对他产生影响才抗拒的呢？

知道了音乐的秘密之后，魏泽开始不停地联想过去：苟富贵敢于出现在房门之外、苟富贵恐惧其他同胞、苟富贵拥有第一道门锁……

而且苟富贵还犯下了反人类罪行。

这一点让魏泽百思不得其解。如果苟富贵真的是潜伏在爱莲小区的"心灵警察"，或者称其"听心者"更为准确，那么乌是出于什么样的目的，要让地球人注意到苟富贵呢？

对于远在成百上千光年以外的拜塞尔星统治者，在失去了杀手之后，不更应该保住这颗好不容易才揳入地球内部的宝贵钉子吗？怎么会主动告知，让魏泽和他的同侪们重视他？本来他只是上千名流亡者之一，别人有时都想不起他的存在。

明明藏叶于林才最安全。

不过考虑到目前魏泽的信息来源过于单一，怎么说也得听一听其他声音，兼听则明嘛。

怎么才能从苟富贵嘴里得到答案呢？

魏泽的头发都掉了好几根，还是没有想出答案。

最好的办法，就是直接上门了解。这是魏泽干了多年基层派出所工作后得出的经验。只是贸然上门未免太过直截了当，万一惊吓到对方，反而会让他隐瞒真相，还是旁敲侧击地打听比较好。

啊，对了，有主意了。

魏泽想起最近的采购单。苟富贵家的猫早该补充新猫粮了，可他一直也没提出采购请求。正好，魏泽索性买上一袋，以看望他家猫为名上门。

这下他该不会生疑了吧？

不过在出发之前，魏泽要回家翻箱倒柜找找老式的随身听之类的东西。魏泽对那些自愿从事物业工作的外星人的看法发生了本质的转变。现在看来，他们其实拥有着一颗强大的心灵。

既然已经清楚来龙去脉，魏泽便不忍心让辛苦劳作的工作人员被恐惧支配，至少让他们在工作时免受额外的伤害吧。可惜在资金不足的压力下，他只能先提供这些老旧的东西，至于新品还要等上级部门的审批。

08

平心而论，魏泽和苟富贵的见面次数，在爱莲小区的住户里算是多的。大多数住户躲进自己的房间里，就不愿意再出门，也不额外提要求；苟富贵在这两项上都是例外。也正是因为他的不同，得以让魏泽发现爱莲小区的秘密。总而言之，就算没有乌的恶意和辛纽的历史课，魏泽也会对苟富贵多留意一点。

见面次数虽多，可是除去他们初次碰面时的匆匆一瞥，其他时候都是只闻其声不见其人，而且出面沟通的都是陆茂，魏泽甚至连话都没和他说过。

魏泽正好利用这次机会和苟富贵多聊聊。

待魏泽准备好所有东西，才发现分量超出想象。

便携式翻译机的"便携"只体现在名称上，实际上依然是台庞然大物，魏泽用上双手才能抱住。再加上翻译机上面压着的猫粮，魏泽根本腾不出手掏万能钥匙——这把钥匙是出于安全原因打造的，可以打开全小区的房间大门。经过几次尝试，他放弃了，选择撞门——连敲门都腾不出手——至于把东西放下这个选项，魏泽完全忘记了。

咚咚咚……越来越用力的冲撞声总算盖过了楼宇里回荡的音乐声。这就是为什么魏泽的第一选择是钥匙而不是敲门。

门敞开了一条缝。

虽然手上的物品遮挡住了大部分视线，他依然能看到门缝在撞击之下不断扩大。

没锁？疑惑之中，他又撞了一下。门一下子敞开了。

今天会有物业送物资过来还是怎么着？为什么疑心病这么重的苟富贵会不锁门？

"苟富贵？"魏泽轻声叫道。没有回应，可能是因为他的声音还没有隔壁的动静大？

"苟富贵！"他提高音量，反复几次之后，终于有了回答。

"喵。"

魏泽的脚边蹿过一只橘色小猫。正是苟富贵收养的那只猫，说收养并不确切，最初这位外星人需要的是一个试毒者，后来发现并没有什么人要加害他，这只猫就成了他的同伴。

魏泽还记得当初陆茂回答让苟富贵养猫的原因。

"因为猫和拜塞尔星人差不多吧。"

猫也同样拥有易于伸展和蜷缩的骨骼，可以钻进各种奇怪的容器中；猫也同样沉默寡言，轻易不开口；猫也喜欢把自己隐藏在封闭的安全空间里。对了，网上不是也称呼猫为"喵星人"吗？他们都是外星人。

只是猫不喜欢音乐，但那是后话了。

弯下腰，把手上的东西放到地上，魏泽摸了摸小猫："你怎么没在箱子里玩？"他四下看看，在陆茂的力主之下送来的纸箱还在，这是曾经他重金买下的各种玩具中，唯一深受本地居民，不，编外居民喜欢的。

手拂过猫的身体，轻轻一触，魏泽就感受到了。"你瘦了？"

猫的身体比上次见面时明显瘦弱了许多，几乎可以用瘦骨嶙峋来形容。魏泽连忙打开一袋猫饼干，这也是王院长推荐的，据说猫很喜欢。看着猫狼吞虎咽地吃着食物，他心里感到不痛快。

鉴于苟富贵的杀猫史，当初同意让这只橘猫留下，完全是因为那只外星章鱼人承诺会好好对待它。况且上次送箱子的时候魏泽亲眼所见猫的情况还不错。没想到坚持了仅仅个把月，苟富贵的真面目就露了出来。

"苟富贵！"魏泽大声叫道，"快出来！"

他发现猫的食盆里空空如也，就连碎渣都被舔得一干二净。而旁边就是早该被吃光的一袋猫粮，实际上还剩了四分之一。猫粮袋上甚至有猫的爪痕，可以想见猫的绝望。幸好猫喝水少，水盆中还有剩。

可这个房间里的住户还是没有动静。魏泽气得咬牙切齿，与其说是关心猫的健康，不如说是觉得又被自己信任的人欺骗。自从他来到爱莲小区任职后，这样的案例已经不是一件了。"别想装不存在，小心我拆了整套房把你揪出来！"

"什么事？"

毫无感情的机器声音没有经过任何预警，冷不丁从身边传来，反而让处于愤怒情绪中不能自拔的魏泽吓了一跳。他转向声音的来处，看到的是全新的整袋猫粮，片刻之后才意识到，原来是从被压在袋子下面的翻译机中传出的。

和以前一样，环视一周也没有发现苟富贵的身影，魏泽对着隐形人说道："你为什么不喂猫？"

全无声息，对方压根不屑回答。

魏泽压抑着怒火，打开新买的猫粮，倒满了食盆。猫早已等不及，把头埋进了食物中。怜爱地看着这只小生灵吃饭，魏泽同时不满地警告道："要定时喂猫粮和水！如果再出现类似的事情，我就把它带回去！"

原则上说，猫属于爱莲小区警务工作站，因为在魏泽的发现导致采购方式改变之前，所有的采购任务都是以工作站的名义发起的，宠物自然也被登记在值班民警名下。这只无名橘猫最初的主人是陆茂，现在则是魏泽。身为名义上的主人，他更有一份责任感。

"随便。"

听到这样随意的答复，魏泽的火气更大了。

知道没有人会加害自己之后，猫的价值就减弱了，再加上多年来唯一的行凶者被捕并引渡回拜塞尔星，彻底失去外在威胁的苟富贵也就完全失去了照顾同伴的动力，开始三天打鱼两天晒网似的应付差事。

联想到大门都没锁，魏泽立刻对苟富贵的小心思了然于心。

这让魏泽更加生气了，他真想抱起猫转身就走。可是今天他并不是为了猫而来的。

"苟富贵，我今天前来是想和你聊聊，你来到爱莲小区这么久，我还从来没有和你谈过呢。"魏泽无奈地放弃之前的话题，"之前一直是陆茂警督和你沟通，他……咳咳，"一提到这个话题，魏泽的喉咙就禁不住发酸，"他不幸离开。你能不能告诉我，你和他都聊过什么？"

"没聊过什么。"

苟富贵的回答太敷衍。他现在脱离了恐惧状态，于是便对曾经帮助过他的人毫不在意。说起来陆茂也算得上他的恩人，在异星为他提供过重要的帮助。苟富贵惶惶不可终日之时，正是陆茂伸出援手解救，在那之后，陆老师对他也是照顾有加。可是没想到陆老师刚一离开，苟富贵就翻了脸。

魏泽横下心，若不问出个所以然来就不离开，诱导直接变强攻："你担心来自同胞的袭击是怎么回事？"

"是我的错觉。"

魏泽感受到回答的延迟，和刚才的迅速形成鲜明的对比。苟富贵在说谎，这是毫无疑问的。

"是你告发了很多同胞的缘故吧？"不屑与对话者当同行的魏泽忍不住说道，"如果你还留在拜塞尔星，就不会有这样的恐惧，有人会保护你。可是你独自流落到了异星，所有的保护神都远在千里之外，不对，是远在几千光年之外。你成了孤家寡人。"失去了价值的"心灵警察"落在曾经的受害者手中，会是什么样的结果，苟富贵早就考虑到了，所以他要早早保护好自己：房间建立起堡垒，试毒者替他防御毒剂，小心谨慎地躲在所有人的视线之外。

"你的身边就是你曾经监视过的人，所以你才如此害怕。"

他是如何成为现在的样子的？大概和房火强一样吧，犯下了太多的罪恶——那些罪名便是明证，失去用处之后，他就被统治者当成弃子。他为了活命，放弃一切特权，选择了守口如瓶和流亡。

"他们就是胆小的社会渣滓，如果没有境外的反动势力支持，他们就连上街买东西都不敢。有一部分人害怕了，逃跑了，那还好，不回来更好。希望他们不要再回去继续干肮脏的勾当。"被激将法激怒的苟富贵不再沉默。

机器声没有任何情感，可是在魏泽听来，苟富贵的话语中带着强烈的厌恶。

"他们只会破坏，而我是在保护遵纪守法的人民，维护拜塞尔星的安全。"苟富贵已经默认了魏泽的猜测。

苟富贵兀自说着："他们原本只会抱怨，一有外援，突然变得敢于毁灭。如果没有人在他们下手之前阻止他们，他们一定会摧毁一切，乃至整颗星球。"苟富贵的怒气似乎憋了很久，好不容易才找到机会说出口，"我在尽责任。毁掉拜塞尔星的不是我，而是那些自诩是反抗军的家伙，他们把我们这些只求正常生活的人拖进了深渊。"他停了下来，似乎只为喘口气，稍后便又激昂地补充道，"你刚才说我害怕那些被监视者，不，你错了，我无所畏惧。该恐惧的应该是他们，因为他们是罪犯，在拜塞尔星的时候如此，现在依然如此。"

爱莲小区的最初住户也好，刚搬进来的新住户也罢，他们全都流露出过恐惧。这种恐惧与苟富贵表现出的，是完全不同的类型。苟富贵以外的拜塞尔星人害怕的不是死亡，而是害怕失去最基本的权利——表达。就像魏泽初来爱莲小区时感觉到的一样，他们就像碎片，每一个拜塞尔星人互相之间没有任何交集。

他们无法信任别人，因为信任本身也是思想。而在思想之上，还存在着监控者。

苟富贵的生活和他们完全不一样：他生活在富足的环境中，而这个富足是建立在众人的不富足之上；他生活在自由的空间中，而这个自由是建立在众人的不自由之上。

所以他才会怀念他的世界。

即使被迫流亡。

当他来到异星之后深陷恐惧，总算体会到同胞的遭遇，可惜他的生活水准依然维持在较高水平，毕竟……

魏泽环顾四周，目瞪口呆，地上堆积着未开封的食物和钢瓶。

苟富贵剩下的食物太多了，足有几天的份。按照爱莲小区的惯例，每户的物资均由物业配发上门，配发的数量就是当天的份，除非特意提出多要。而苟富贵没有提出过。

他怎么会剩下这么多？从刚才的问答里可看不出苟富贵生病了。最近他应该心情变好了，怎么反而胃口变差？这是什么缘故？

正想着，猫似乎吃完了食物，来到魏泽腿边，用头蹭着警服。

对了，还有猫粮，算起来剩下的也是差不多的分量。魏泽以

288

为是苟富贵忘记喂猫的缘故，但换算成天数如此接近，看起来不是忘记了这么简单。

就在这时，隔壁响起了歌声，"When the beating of your heart/ Echoes the beating of the drum/ There is a life about to start（当你跳动的心脏／应和那战鼓的声响／新的曙光将被开启）"。

应和着音乐声，魏泽感受到心脏的悸动，甚至他能听到盖过音乐的剧烈心跳声。声音萦绕在他的耳中，像鼓点一样有力，响亮得让他觉得整个房间都在震荡。

与此同时，他的大脑也在飞速地转动。

食物。

就在这一刻，关于食物的所有记忆都连接在了一起。

辛纽曾经多要过一次食物。

苟富贵定量配给的食物还没吃完。

应该吃完的猫粮还有剩余。

警方一直想不出逃脱的幕后组织者如何获得食物。

食物！

他早该意识到这一点！

魏泽的脑海中反复闪现着这句话。

他早该发现的。

受不了了。必须冷静下来，不然他恐怕难以控制住自己的脾气。

魏泽对着不知身在何处的苟富贵挤了挤笑容，飞速逃了出去。

不用担心那外星章鱼人会跑掉，魏泽就站在唯一的出入口，而里面是坚不可摧的堡垒，同时也是无法逃离的牢笼。苟富贵做了一个完美的茧，正好把他自己牢牢困住。

在门口，魏泽急促地来回踱步，思绪不断激荡着，没花费多久就想通了。之后，魏泽立刻重新踏入外星人的流亡之所，轻声呼唤着对方的名字。

没有回应。

没关系，我会找到你的。

他四下查看，一低头正好看到刚刚对他还恋恋不舍的小猫咪，此刻正挡在他的行进路线前面。他想绕过小猫，可是猫却继续阻挡。它似乎在向他指引着什么。魏泽无奈只好决定先安抚猫，可是刚刚蹲下身子，就注意到猫犀利的眼神正在注视着箱子。

你是想要我把箱子搬来吗？往纸箱里一看，魏泽就发现里面装得满满当当。魏泽感到万分诧异。这个箱子是陆茂送给猫的玩具，不是用来装杂物的。再说，苟富贵家里不应该有可以装进箱子里的东西啊！他弯下腰，打算翻出纸箱里塞的物品。

就在那一瞬间，魏泽惊得坐到了地上。

里面是一具干尸。

死者是苟富贵。

09

法医把资料采集并提交给上级部门，上级部门通过复杂的信息交换系统交与星际联盟的联络官，再由联络官转交给具有资质的外星医官，检测结果再逆向沿着这条信息通道传回到爱莲小区。得到验尸报告，要等到几周之后了。

这也是地球没有审判外星人资格的原因之一：地球上的警方缺乏必要的证据分析能力。

"至少死亡几天了。"地球法医只能拿出这样的初步判断，"似乎是被锐器刺伤后导致的失血过多而死。"

赵宝生看完薄薄的报告，转向魏泽问道："你有什么线索？"

从动机上看，整个小区全是嫌疑人：苟富贵是爱莲小区居民的公敌，除了克里特星人。但拥有作案动机是一回事，下手是另外一回事。如果说上一次凶手有可乘之机是因为魏泽不在爱莲小区，那么这次情况就完全不同了。他前一分钟还在和死者沟通，后一分钟被害人就成了死亡多日的尸体，这实在难以用常理解释。

"我不知道。"魏泽的声音中也饱含着无奈。

"你说你之前正在和他说话，那你为什么要离开？"赵警督的语气里充满了怀疑。

"我需要静下心来想一想。"

那个时候的魏泽完全沉浸在食物之谜中。

食物没有被消耗的日子，是否会是苟富贵身处小区之外的时间呢？爱莲小区对于拜塞尔星人来说可谓来去自由，他们的身体能轻松穿越栏杆。所以那时他当然有可能身在别处，和杀手乌进行着谋划，如何袭击前来募兵的反抗军特使。

乌不惜一切代价要破坏音响也正是这个原因：为了宁静。而宁静则是为了——

听心者。

除了需要倾听特使的心声，他的任务恐怕还包括利用恐怖或更加暴力的方式阻止有积极参军意愿的住户。就像苟富贵刚才对魏泽说的那样，对于拜塞尔星的统治阶层来说，那些流亡者可以自由离开母星，但不准回来。

为了达到上述目的，听心者需要绝对安静。

乌当然可以频繁出入苟富贵家中，可是万一引起别人的注意就麻烦了，比如多管闲事的魏泽，最喜欢刨根问底。他的家中也时常被来自地球的警察造访，就算没有警察也会有猫，因此，对于他们来说最好的方案还是另寻一个隐秘之所。

如此一来，他们就需要额外的食物——辛纽的临时营地能够为他们提供。但这样，苟富贵家中的食物也就有了剩余，而他离家期间没有喂猫，因此，猫粮也出现了剩余。

但是他们的罪恶计划随着陆茂之死意外改变走向，乌被捕并供出秘密地点，幕后黑手也神秘消失。

魏泽，以及他的同事们，一直想不通的问题之一，就是这个幕后黑手如何在异星独立求生。

答案非常简单：这个可恶的幕后黑手根本不用考虑食物问题，因为有人会自动为他奉上。

只要他待在爱莲小区里就行。他不需要费心寻找食物，他只要回家，衣食无忧的生活就回来了。

如果苟富贵就是幕后黑手的话，那么乌和他的统治集团为什么还要反咬一口，告诉地球人苟富贵的罪行呢？声东击西的雕虫小技而已。他们大概认为这样一来，魏泽和战友们就会略过这条大鱼。苟富贵的流亡说不定是统治集团的苦肉计。

当魏泽想通这一切并回到房间里准备问询时，一切都太迟了。

10

听完尸体发现者的汇报，赵宝生依然抱有怀疑。四下无人时，他拨通黄主任的电话，了解魏泽的情况。

"你怀疑是魏泽杀死了苟富贵？"黄主任深感震惊。

赵警督解释说，魏泽的叙述过于离奇，让人很难接受。如果换个角度，苟富贵死于数日之前，那么食物的剩余量就可以认为是死后没有继续进食。至于屋内的食物累积则是魏泽的行为，他利用每日巡逻的机会将食物转移进来。

黄主任思索良久，问道："他这么做的动机是什么？"

沉吟片刻，赵宝生回答："为了给陆茂警督报仇。他认为苟富贵就是导致陆警督之死的幕后黑手。直接行凶的凶手被引渡回去后，他受到刺激，意识到法律无法惩处犯人，于是自己化身制裁者，杀死了苟富贵。"

"不对。食物余量是魏泽推理出苟富贵是幕后黑手的基础。如果剩余量仅仅来自苟富贵死后未进食，那就意味着之前的剩余量极少，这样的话魏泽就不应该得出苟富贵是幕后黑手的结论，那么魏泽就不需要对他进行复仇。它们是矛盾的。"黄主任敏锐地否决道。

赵警督边听边点头："你说的有道理。那我们再等等证据看。"

11

苟富贵的邻居对一切一无所知，自从有了音响，他们更是整天窝在房间里，而音乐声又盖过了可疑的响动。物业那边情况也差不多。和往常一样，他们并没有把物资直接交到苟富贵手上，只是留在门口。等下一班再去会发现之前的物资已经不在了。

问到的所有人都自称没见过苟富贵，对他的情况一无所知。

空有设施完备的堡垒——这座堡垒的进出口都设置阻拦，足以挡住外来攻击。尽管如此，小心谨慎的苟富贵也没能逃过死亡的劫难。

说到小心谨慎，魏泽突然一惊，如果苟富贵真的很小心的话，那么他怎么会如此轻易死于非命？魏泽先入为主地认为这是苟富贵的尸体，是因为这具干尸出现在苟富贵的房间里。但是魏泽几乎没见过苟富贵的模样，变成尸体之后更加难以辨认。和苟富贵见过很多次面，能够确认尸体归属的，只有陆老师，可是他已经不幸殉职。

有没有可能那具尸体根本不是真正的苟富贵？

"我需要查一下苟富贵的指纹！"爱莲小区里保存着苟富贵的原始档案，那里的数据是未经任何修改的，肯定能找到重要的线索，"很有可能这并非他的尸体。"

正在案发现场协助调查的魏泽灵机一动，似乎找到了盲点。

"不用了，这就是他的尸体。"同样在现场的同事听完魏泽的理论，摇头说道，"赵警督的第一个想法就是确认尸体的身份，最高优先级。现在已经得到答复，的确是他。"

原来如此。自己想到的，其他人也想到了，而且时间更早。

"赵警督还向上级要求检查了什么？"魏泽钦佩地问道。

"死亡时间与食物的剩余量，两者是否对应。"同事回答道。

魏泽也早就注意到这一点：如果剩余量真的和死亡时间相对应，那就是说苟富贵死后再也没人动过那些食物，若与猫粮的消耗做对照就更能说明问题。如此一来，那天和魏泽交谈的又是谁？肯定不可能是苟富贵。

魏泽第一次遇到苟富贵时，就觉得他像一个神出鬼没的幽灵。难不成是他的幽灵？

不，没有什么幽灵。魏泽感到不寒而栗。和他交谈的是别人。

那么问题又来了。魏泽进门的时候，并不是凶手刚刚杀死苟富贵，而是过了几天，凶手明明有充足的时间离开。如果门被锁住了，就像上次一样，也许是凶手不会开锁才被关在屋子里的。可是魏泽进门时，注意到门是敞开的，没有锁住。

况且房间里没有能够藏人的空间，同事们已经四处搜索过了，里面的确没有人。

那食物的剩余量又如何解释？凶手总不能不吃饭。他进入房间的时间，假定就是苟富贵的死亡时间，那么顶多是两个人互换，他吃掉的食物数量约等于苟富贵吃掉的，最终的食物余量应该依然为零才对。

突然间，他听到了猫叫声。可惜万能翻译机对猫语无效，不然魏泽可以问问猫，这只白橘相间花色的小猫全程目击了房间里的凶案。如果它能站出来说话该多好啊。可惜它不能。

"你也发现这只猫很奇怪了？"同事疑惑地说，"它得到食物却只吃一点，把剩下的猫粮藏到角落。"正说着，猫回到了他们的视线中，重新蹲回空空如也的食盆旁。

它是饿怕了吧？魏泽蹲下，怜爱地摸摸小猫的头。他了解这只可怜小猫的遭遇，能够靠数量稀少的存粮过活，简直是奇迹。有了这段经历之后，它大概会多储备以防万一。

这在心理学上叫什么来着？好像叫"固着"，就是遭受创伤后，会不停重复某种行为模式。对于这只小猫来说，自然就是挨过饿后不断囤积猫粮，即使猫粮已经足够。它身处绝地，不像野外生存那样可以打猎，食物来源只能靠人来供给，它无法预知明天是否会得到食物，于是它就把所有见到的猫粮都储存起来，未雨绸缪。

囤积粮食以防万一？

如果还有人有这样的经历，是否也会做出相同的行为呢？这个人同样经历过较长时间的饥饿，那么他会把到手的所有食物都一次性吃掉吗？不一定，为了以后少挨饿，他说不定会预留些储备以防万一。因为他之前挨过饿，就算来到了食物供给充足的地方，也难以忘记挨饿的经历，所以他无时无刻不在防备可能发生的另一次饥荒。

而且他不了解爱莲小区的习惯，更何况他不属于这里，随时都有可能被再次驱赶，他每时每刻都准备拎起物资逃跑——魏泽再次确认后发现，剩下的食物都是没开过封的，易于携带，不用担心在奔跑过程中食物会散落。

另一方面，魏泽和他的同僚们一直在找一个人：自从乌被逮捕之后，这个人就失踪了。失去乌也就意味着失去了食物来源，因为他没有任何野外生存能力。

那么这个幕后黑手，能否靠自己来到爱莲小区呢？没问题，他肯定可以。这里来去自由。

那么他能否找到苟富贵的位置？当然可以，乌在这里活动很久，搜集到了很多情报。

唯一的障碍是，他如何进入这个房间？苟富贵建造的堡垒，最大的命门就是这扇房门，要想取到食物和氮气瓶，就必须敞开大门。若是凶手埋伏在此，等待着这一刻完成致命一击，处于无防备状态的苟富贵肯定不是他的对手。

那么苟富贵会注意到他的埋伏吗？倘若没有音乐声，苟富贵说不定能听到门外的杀意。可惜在声音的干扰下，受害者失去了这样的机会。

是否会有邻居或物业人员发现他的行动呢？邻居已经问过了，他们沉醉于音乐声之中，完全没有出过门。最后的屏障只剩下物业的工作人员，他们现在能够熟练地使用电梯。如果凶手适时地躲进楼梯间，那么物业人员也无能为力。

乌在被抓之后，就与他的上级断了联系。他在把苟富贵的罪行提供给人类，以此扰乱爱莲小区的内部关系时，大概不会料到自己的上司竟然选择跑进苟富贵的家中取而代之。所以乌的操作也情有可原。

按照这个推理流程看下来，魏泽的社区改造竟然为凶手害死苟富贵提供了诸多便利，这是小警察始料不及的。他自以为为住户创造了更美好的生活，没想到却在阴错阳差之中害死了苟富贵。

他不安地想着，如果真能为苟富贵做点什么的话，那唯有找出凶手为受害者报仇。

也为了陆老师。

12

以上都是在现有的疑点上做出的推测，缺乏必要的证据。即使魏泽的推测准确，也无法解释，凶手到底躲在何方。

他的同事们已经搜索过这个房间，一无所获。

在拜塞尔星上，苟富贵说不定真的狡兔三窟，准备了很多出人意料的密道，可是在爱莲小区里，魏泽可以拍着胸脯打包票，没有任何人工建设的秘密机关，尤其是他在几天前刚刚看过整个小区的建筑图。

马奇要为新的住户增加电容并且安排线路走向，借着这样的契机魏泽看到了图纸。里面并没有为某一个远道而来的异星客的住所额外施过工，就连苟富贵的"堡垒"，也是他自己向地球人索要材料后独立建设的。他的"违章建筑"，从材料和工程规模上看，仅限于室内见到的防御措施，比如窗户和排水孔上的尖刺，有了这些尖刺，就能够阻挡身体柔软、可以任意变换形状的拜塞尔星同胞，通过楼内互通的管道钻入自己的房间。但这些更像是保护堡垒里的住户不受外界攻击，无助于他脱出。

苟富贵也没有机会修一条地道。爱莲小区都是高层楼房，苟富贵的房间也不在一楼，打洞瞒不过楼上或楼下，也瞒不过警务工作站，因为他需要的任何东西都会被登记造册，而记录中完全没有特殊器材。

至于新来的拜塞尔星人，恐怕也没有随身携带先进的外星装备，不然的话也不至于沦落到这般境地——他们不得不在陌生环境中乞食为生。

而案发后的日子里，魏泽和同事们不眠不休，时刻守卫在案发的房间中。

如果那个幕后黑手真的存在的话，那一定还在苟富贵的房间里，藏身于寥寥无几的家具或陈设之中。

负责搜查的同事们经验丰富，检查过程中不会有遗漏；房间本身也实在没有什么可以藏人的地方：简易的家具敞开了门，也被调换位置，里面或后面空无一人；他们甚至还撬开了地板和天花板，同样没有藏过人的痕迹；浴缸的缝隙也检查过，没有丝毫踪迹；马桶中无法隐蔽；想跑到窗外更不可能。

环顾四周，魏泽想象不出还有哪个空间能藏得下异星来客。

是他搞错了吗？

腿边传来"喵"的一声。

魏泽低下头，看到猫正围着被叠成纸板的纸箱打转——在移出苟富贵的尸体后，负责检查物证的同事也对纸箱进行了仔细的勘查，拆开发现有苟富贵的血迹。这曾是小猫的最爱，听宠物医院的王院长说，猫喜欢箱子是因为箱子的结构，只有一个方向是开放的，其他区域都是封闭状态，让它有安全感。而且纸箱的材质瓦楞纸板是很好的隔热材料，狭窄的空间使猫不得不蜷成一团，反过来有助于猫咪保存热量。

猫蜷缩在纸箱中可以保温，猫需要保温……魏泽猛然意识到，原来那个部件也是房间的组成部分。正是因为它太常见了，才逃过众人的法眼。

北京地处北方，冬天寒冷，因此，室内安装了暖气片。暖气片的形式有很多种，比如挂在墙上，或埋在地板下等。爱莲小区是回迁房，所以采用的是最简单的外挂式。不管形式如何，它们都有着共同点：外面看上去不大，内部却有很长的管道，以利于热水流动。

被众人忽略的原因是，自己家中的暖气管道都是与市政的相连的，潜意识里认为没有空隙可乘。而拜塞尔星人习惯在寒冷的环境中生活，无须暖气加热。

考虑到未来可能还有其他种族的外星人入住爱莲小区，如果彻底切断暖气供应会影响到新种族，因此，他们在安装音响的同时，对拜塞尔星人所住房间的暖气管道进行了简单的改造。

改造方式很简单：松开连接管两端的螺丝口，取下热水的进出口与暖气片直接相连的连接管，再用盲板将热水管道堵死，这样热水就无法进入暖气片里，暖气片就失去了作用。

这相当于给暖气片内部的通道敞开了一扇门。

拜塞尔星的听心者此刻肯定就蜷缩在暖气片内的管道里。魏泽的眼睛死死地盯住室内那几片暖气片。

"你发现了……"同事刚开口，就被魏泽制止了。

便携式翻译机还在室内。

魏泽掏出手机，双手快速打字，简要地说明情况，让同事立刻出门呼叫支援。

同事看完一怔，露出掺杂着难以置信和醍醐灌顶的复杂表情，随后毫不犹豫地冲出门去。

又一次，魏泽听见了自己的心声。

怦、怦、怦。

室内还有之前同事搜查时留下的工具，魏泽抄起锤子，直奔其中一片而去。

他的理智告诉他，应该等同事们到达，可是他的情感拒绝了这个建议。

伴随着心跳的节奏，他挥舞铁锤击碎第一个暖气片，没有。然后他转向第二个。

就在这时，一道黑影从他的身边掠过。等他想明白这是苟富贵养的猫时，致命的尖刺已经近在眼前。

事后多日，这一幕还像电影里的慢动作，在魏泽的脑海中不断重演：一条肢体从暖气片的出水口中伸出，甩出致命的尖刺。与此同时，注意到这一情形的猫高高跃起，冲向那个暖气片。猫先完成了攻击，它的爪尖刺破听心者薄薄的皮肤。在疼痛的影响下，拜塞尔星人投掷武器的力量和角度发生了巨大的改变。

尖刺直奔魏泽而来。不过半米外的魏泽毫无闪避的机会，甚至来不及做出任何防御动作。魏泽几乎直视尖刺袭来，直到撞击的疼痛让他意识到这枚致命武器击中了自己的胸口。他的身体迟了半拍才对冲击做出反应。他的手一抖，铁锤落在身边，腿脚向后挪了半步，上半身摇晃了几下，没有倒。

我还没死。

那就快点抓住罪犯。

意识到这一点的魏泽在本能的支配下，大步冲到袭击者身前。顾不上伤势，他伸出双手拉住那条未及缩回的肢体，铆足劲儿将暖气片中的隐蔽者拽了出来。双方扭打在一起。魏泽拼命将那一条肢体拽到自己身前，用背部压住对方。而对方则依靠其余七肢全方位攻击魏泽，想竭力挣脱。增援是何时到达的，魏泽全然不知道，他闭上眼睛，咬紧牙关，脸憋得通红，手臂用尽全力，死死地拽住那条肢体。

蜂拥而至的同事将外星人的其余肢体牢牢摁住，这才让罪犯彻底放弃了抵抗。

沉浸在成功的喜悦之中，魏泽全然忘记了胸前的尖刺，直到围上来庆贺的同事们发现他被击中了要害。众人大惊失色，丝毫不敢怠慢，立刻手忙脚乱地解开魏泽的警服，查看他的伤势。

胸前只有一块撞击引起的青斑，除此以外竟然连皮都没破！

锐利的尖刺穿透了警服，却无法更进一步，仅仅刺穿左胸的口袋，就卡在厚厚的信封上。那里面装着黄主任签发后又收回、一直激励着魏泽前进的退职函。

"你干得太棒了，魏泽！"大家向维护爱莲小区治安的户籍警发出衷心的祝贺，同时感叹于他的好运气，"你逮捕了凶手！"

可是魏泽突然冷静下来，现在还不是庆祝的时刻。

之前无法惩治乌，让这个外星杀手全身而退，令魏泽备感耻辱，不快的回忆驱散了所有的快乐。

"没有！"魏泽用盖过一切的声音大吼道，"你们搞错了，我没有抓住任何嫌疑人。"不等质疑声起，他又急促地说道，"他不是嫌疑人，而是受害者。"说着他拨开众人，来到那个筋疲力尽的幕后黑手身前，指出受伤的一肢，"被猫所伤。受害人需要配合警方调查。"

根据协定，地球没有审判外星人的资格。即使明知这个不知名的外星人犯下重罪，可一旦以刑事罪名逮捕对方，用不了多久对方还是会像上一个凶犯，也就是杀死了陆老师的乌那样，被拜塞尔星政府当作英雄引渡回去。

不行，不能再眼睁睁地看着同样的悲剧发生。

他不是谋杀苟富贵的嫌疑犯，理由随随便便就可以找上几百条，比如最显而易见的"证据不足"。毕竟时至今日，他们还没有收到尸检报告，因此，并没有确定无疑的证据证明他就是凶手。在所有的资料中，他都只是一个无辜的被害人，被猫伤害。作为伤害他的宠物的主人，魏泽将陪同他一起进行调查。

13

当听心者被带入地球警察局的消息传回拜塞尔星之后，要求引渡的文件像雪片般飞来，拜塞尔星政府的焦急溢于言表。

无一例外，所有的函件都被打了回票。

"毫无疑问，业不是犯罪者，他是因在地球被伤害而配合警方调查，因此，不适用双方签署的引渡协议。"官方的回复理由充分又不失强硬。

业就是这位幕后黑手的名字，他受到拜塞尔星高级官员派遣，前往地球进行秘密谍报工作。除间谍行动外，他还杀死了流亡在地球上的苟富贵，因为他坚持认为对方败坏了家族的传统。

在乌被捕后，业通过自己听心者的高超能力，接收到乌的警告，及时逃脱。在经历了长期的饥饿后，他又闯入爱莲小区。根据乌之前提供的情报，他得知了自己亲属的位置所在。后面的事情就和魏泽推测的一致，当他们在苟富贵家谈话时，虽然无法听取魏泽的心声，不了解魏泽的发现，但由于魏泽心脏跳动频率的巨大变化，令机敏的外星间谍意识到事情不对。于是趁着魏泽出门的空隙，他将装有苟富贵尸体的纸箱摆放到明显位置，想造成自己已死的假象。但他百密一疏，没有想到苟富贵的家中完全没有可供逃脱的通道，他被彻底堵在里面，最终被抓了个正着。

只可惜依然未能实现魏泽的愿望，让业在地球受到公正的审判。这个听心者、杀人犯、王牌谍报员仍将依据引渡协议，被送回拜塞尔星——至少这次不是被当成英雄衣锦还乡的。

因为业吐露出数量庞大的绝密情报，足以将拜塞尔星的全部境外谍报工作摧毁。

14

谍报执政官对着乌连声大吼。

连日的噩耗令他身心俱疲：反抗军的势力一再扩大；控制区内有反抗军潜入，"心灵警察"却没有发现，据说有奇怪的东西干扰了他们的听力；境外活动曝光，引起星际联盟不满；来自委员会内部的压力也非常大。他已经接连好几天没有休息，不辞辛劳全天候工作，积压的事务却越来越多。

"对不起，阁下。"乌紧张地回答，"我没有想到……"

出于对曾经的合作者、后来的叛逃者的厌恶，乌选择将他的罪行公开给了地球。那个叫作其的前"心灵警察"，也是业的亲族，逃亡之后用了当地风格的名字，自称苟富贵，一直隐居在难民营里，不允许别人轻易接近。

乌解释说，他的本意是让地球人怀疑流亡者，使他们的信任关系破裂。可是他的行为暴露了业的身份。好不容易才潜伏进难民营的乌的上级因此被地球人逮捕。狡猾的地球人玩弄字眼，不履行协议，故意拖延，使得业迟迟无法被引渡。虽然费尽心机让业回来，但那时的他已经泄露无数重要机密。

谍报执政官的怒火刚要释放，外面传来了不合时宜的嘈杂声。

他不满地问道："发生了什么事？"声音越来越大，谍报执政官不得不放弃对乌的怒叱，转而说道："你去看看。"

然而乌出去后一直没有回来。

执政官对乌的态度更加不满。连这点事情都做不好！执政官被迫自己走出来。他好久没有离开自己的办公室了。刚走出半步，就发现乌躺在门口不远处，身子还在抽搐。看上去这家伙活不了多久了。

怎么回事？执政官心情忐忑，谨慎地探头向外查看。

一片狼藉。

他的护卫不是被解除了武装，就是被击倒在地。

糟糕。执政官惊恐之下退回到办公室，一支全副武装的战斗小队紧随其后闯入。

"你们是反抗军，来杀我的吗？"谍报执政官强作镇定。他一直躲在与他身份落差极大、不引人注目的小型旧式航海艇上，这是他成功逃过追杀的重要原因。看来今天他是难逃厄运了。

"为拜塞尔星而死，我死而无憾！"他的牙齿在打战，说的话自己听来都觉得不可信。

"不，我们奉命逮捕你，阁下。"为首的指挥官回答道。

"奉谁的命令？"不会立刻死亡给了他底气，他又变回趾高气扬的领导者，用居高临下的语气问道。

"委员会。"

"这不可能！"谍报执政官终于有机会发泄刚才未能及时宣泄的怒火，"我就是委员会的成员！"

"你已经被解职了，这是解职令。"指挥官拿出文件，在谍报执政官面前一闪而过，随后他挥舞肢体，招呼手下一拥而上，将对方牢牢绑住。接着他向徒劳挣扎的前任高级官员展示另外一份文件，道："依据由委员会投票通过，由统合执政官签发的最高级别命令，你被控叛国、谋杀、绑架、非法监控、间谍行为、未经许可的违法行动，并将以上述罪名接受来自正义法庭的公正审判。"

谍报执政官的震惊无以复加。没想到那些混账同僚下手如此之快，远远出乎他的意料。统治者们过去的罪行在不久之前被曝光：于内监控国民，对反抗者实施威胁乃至肉体消灭政策；于外向异星难民营派遣杀手，清除潜在威胁。

他当然清楚，此刻内忧外患的拜塞尔星统治者们需要一个替罪羊，用来平息公民的怒火和星际联盟的不满。

只是他没有想到，那个人竟然是自己。

"我可以忘掉这一切，"他磕磕巴巴地说，"去一个没有人认识我的地方。"他们以前都是这样操作的：用曾经立下的汗马功劳，换取苟延残喘的余生。

"对不起，阁下，我得到的命令里没有这一部分。"指挥官轻蔑地说，"我的任务是送你上法庭。"

委员会一定是遇到了前所未有的困难。位列八人统治集团中的自己，都被他们当成随意抛出的弃子。一想到这儿，他竟然想笑。

我完蛋了，他们也快了。

15

黄主任走进警务工作站的时候，魏泽正在参考陆老师的笔记本学习拜塞尔星语。

"听上去还挺像那么一回事的。"黄主任笑着说道。

魏泽抬头看见黄主任进门，马上站起来打招呼。

"不必麻烦了。"黄主任挥挥手示意。

两个人面对面坐在狭小的办公室里。

本来就堆满了文件和设备的工作站，为了给新的设施腾出空间，只好牺牲人的了。魏泽把自己的地盘缩了又缩，总算容下了猫食盆。

那只救了魏泽性命的橘猫很快恢复原有体形，多亏了宠物医院的王院长指导。它也不认生，见到黄主任，直接在他的腿脚旁边蹭来蹭去。

"工作站又添了一员干将啊。"黄主任抚摸小猫的头。

"是啊。"小猫似乎还挺享受，魏泽见状也笑了，"毕竟在登记表上，我是它的主人嘛。"

"小区里又多了一个外星人：喵星人。"

两个人都笑了。

"对了，上级让我转告你，星际联盟非常感谢你，能够摧毁潜伏在难民中的谍报组织，多亏你发现的重要信息。"黄主任的表情严肃了起来。

"希望任何争端都不要再被带到爱莲小区，最好不要带到地球上。我们救助外星人，就是想让他们过上平静的生活。"魏泽感慨道。他不关心那虚无缥缈的感谢，他只想他的辖区里不要再出现任何流血事件。

"星际联盟已经把此事当作反面典型，知会各成员星球。他们相信，以后任何星球再想进行类似的活动，都会三思的。"

在经历了一系列悲剧事件之后，魏泽真心期望那些高高在上的统治者不要再将黑手伸向流亡的苦难民众。

"对了，听说你的退职函被毁得不成样子？"黄主任突然问起。

那封信被业投出的尖刺刺穿了，破成好几段。魏泽尝试过把它们拼起来，结果那封信经手工不及格的他费劲粘贴之后，完全没法读了。

"很抱歉，我……"

"这么说，你只能继续干下去了。"黄主任又成了"笑面虎"。

"我会的。"

魏泽神情严肃地回答。

我一定会的。

（全文完）